D1874638

Andreas Schlüter

Flucht vom Mond

Andreas Schlüter
(geb. 1958) ist einer der erfolgreichsten neuen Jugendbuchautoren der letzten Jahre.
Mit seinem Kinderroman »Level 4 – Die Stadt der Kinder« hatte er
vom Start weg großen Erfolg und eine riesige Leserschar.
Bevor Andreas Schlüter zum Schreiben kam, leitete er mehrere Jahre
Kinder- und Jugendgruppen in Hamburg. Von 1991 bis 1996 arbeitete er
als freischaffender Journalist und Redakteur, seit 1996 als freier Schriftsteller.

Homepage: www.aschlueter.de

Andreas Schlüter

Flucht vom Mond

Arena

Limitierte Sonderausgabe

Die Umschlagmotive aller zehn Bände dieser Reihe ergeben zusammen ein großes Gesamtbild. Also mitmachen und alle Bände sammeln!

In neuer Rechtschreibung

© Arena Verlag GmbH, Würzburg 2004
Alle Rechte vorbehalten
Einband: Karoline Kehr
Gesamtherstellung: Westermann Druck Zwickau GmbH
ISBN 3-401-05655-7

Der Flugsimulator

Keiner fasst hier etwas ohne Erlaubnis an, verstanden?« Frau Krützfeld-Jansens[1] Stimme zitterte durch die kahlen Gänge, als wüsste sie, dass sie kaum etwas auszurichten vermochte. Ihre Schulklasse stürmte trotzdem durch die Räume, als blieben nur noch wenige Sekunden Zeit, sich alles anzusehen. Dabei waren sie gerade erst angekommen, hatten eine kurze Begrüßung über sich ergehen lassen müssen und es blieben ihnen nun volle vier Stunden, um die Deutsche Luft- und Raumfahrtbehörde in aller Ruhe zu besichtigen.

Vorneweg schlenderte amüsiert ein Beschäftigter in einem grauen Overall, für den die Aufregung nicht neu war. Alle Schulklassen benahmen sich so. Schließlich hatte er sich selbst auch zum Astronauten ausbilden lassen, weil er von frühester Jugend an eine fanatische Begeisterung für die Raumfahrt empfunden hatte.

»Dürfen wir auch mal in den Kotzbomber?«, rief Ben laut dem Raumfahrer zu, woraufhin die Krützdoof sofort energisch einschritt. »Benimm dich mal!«, herrschte sie Ben an.

Der Raumfahrer lachte. »Schon gut. Wir nennen das Flugzeug tatsächlich so!«

Eben!, dachte Ben mit Genugtuung. *Die hat wirklich von nichts 'nen Schimmer!*

»Es ist ein spezielles Flugzeug, in dem man für wenige Minuten die Schwerelosigkeit – Nullschwerkraft sagen wir dazu –

---

[1] Ehemals einfach nur Frau Krützfeld, nach Heirat dann Krützfeld-Loderdorf, nach Scheidung kurz wieder nur Krützfeld. Jetzt allerdings wieder verheiratet mit schönem Doppelnamen. Die Kinder aber nennen sie schon immer einfach nur die »Krützdoof« (natürlich nur, wenn sie es nicht hört).

erlebt. Wer so etwas zum ersten Mal mitmacht, dem wird in aller Regel schlecht. Daher der Kosename!«

»Genau!«, konnte Ben sich nicht verkneifen.

»Glück gehabt, Bürschchen!«, konterte die Krützdoof.

»In so einem Flugzeug haben die doch auch den Film Apollo 13 gedreht, oder?«, wusste Miriam hinzuzufügen, die sich in Kinofilmen bestens auskannte.

Der Raumfahrer nickte ihr freundlich zu, doch bevor er antworten konnte, piepte etwas in seiner Hosentasche. Er fummelte einen kleinen Scall-Empfänger heraus, las die Nachricht und entschuldigte sich: »Sorry. Ich muss eben schnell zur Zentrale. Schaut euch ruhig um. Ich bin gleich wieder da.«

»Machen wir!«, antwortete Miriam an Stelle der Lehrerin, hakte sich sofort bei ihrer besten Freundin Jennifer unter und schlug vor: »Schauen wir uns doch erst mal an, was die Astronauten im Weltraum eigentlich so zu futtern kriegen?«

Jennifer hielt das für eine sehr gute Idee und auch Frank, Bens bester Freund und ein außerordentlicher Sportfanatiker, sprang sofort auf diesen Vorschlag an. »Das wollte ich auch schon immer mal wissen!«, rief er aufgeregt. »Die haben bestimmt total vitaminreiche Kraftnahrung in Tablettenform. Wäre ideal für ein Mittagessen während des Joggens!«

Ben schüttelte den Kopf: »Kaum zu glauben. Jetzt will der auch noch beim Essen Sport machen!«

»Hey, seht mal, was ich gefunden habe!«, krakeelte eine Stimme von hinten. Niemand kümmerte sich sonderlich darum, denn alle wussten, dass die Stimme Thomas gehörte. Dass Thomas etwas gefunden hatte, war nichts Außergewöhnliches. Thomas fand immer etwas, geriet jedes Mal völlig aus dem Häuschen deswegen, obwohl es so gut wie nie etwas wirklich Aufregendes war.

Entsprechend sahen die Reaktionen seiner Mitschüler aus.

»Thomas hat was gefunden!«, leierte Miriam und machte eine Mundbewegung, als ob sie gähnte. »Vermutlich einen kaputten Kugelschreiber.«

»Oder einen verrosteten Schlüssel!«, mutmaßte Jennifer.

»Letzte Woche hat er allen Ernstes zwei abgerissene Schnürsenkel eingesteckt, die er auf dem Schulweg gefunden hatte. Bestimmt hatten schon fünfzig Hunde darauf gepinkelt.«

Alle lachten und kicherten, aber Thomas kannte das schon und ließ sich nicht aus seiner sprichwörtlichen Ruhe bringen. »Hier ist ein Raum, in dem sieht es aus wie in einem Raumschiff!«

Das ließen sich Ben und seine Freunde natürlich nicht zweimal sagen. Die anderen stürmten auf Thomas los, sodass er erschreckt zurückwich und die Tür frei machte.

Sie rannten den dahinter liegenden Gang geradeaus, stiegen eine Treppe hinauf, mussten weiter einen Gang entlang und waren endlich bei Thomas' Entdeckung angelangt.

Kolja hatte den Eingang als Erstes erreicht, preschte in den Raum hinein, blieb so plötzlich stehen, als sei er gegen eine Wand gelaufen, wandte sich mit einem Ruck zu den Nachfolgenden um und bölkte los: »Das soll ein Raumschiff sein? Das sieht eher aus wie ein Bus!«

So ganz Unrecht hatte Kolja damit nicht. Denn tatsächlich war in dem Raum nichts Aufregendes zu sehen. Zu beiden Seiten gab es je eine lange Reihe von Zweiersitzen, worauf Miriam dann auch sogleich bemerkte, dass das Ganze doch eher wie in einem Charterflugzeug aussah als wie in einem Bus.

»Auf jeden Fall hat das keine Ähnlichkeit mit einem Raumschiff!«, beharrte Kolja, was die anderen ihm bestätigten.

»Ihr habt bloß keine Ahnung!«, verteidigte sich Thomas eingeschnappt. »In Zukunft sehen die Raumschiffe nämlich so

⇩

aus, weil es dann Raumschiffe gibt, die Touristen transportieren, genau so wie heutzutage Flugzeuge!«

»Ach!«, grunzte Kolja missmutig. »Und dann machen wir Urlaub auf dem Mond oder was, du Schnapsnase?«

Thomas zuckte ein wenig mit den Schultern. Er wagte es nicht, dem stärkeren Kolja zu widersprechen. Obwohl Kolja sich seit überraschend langer Zeit anständig benommen hatte, traute er ihm nie so ganz über den Weg. Stattdessen sah er Hilfe suchend hinüber zu Ben. Schließlich hatte er die Geschichte mit dem Weltraum-Tourismus aus einer von Bens Zeitschriften. Thomas hatte einen Blick hineingeworfen, als Ben – sein Sitznachbar – sie während des Deutschunterrichts gelesen hatte.

»Thomas hat Recht«, sprang Ben ihm erwartungsgemäß bei. »Es gibt wirklich schon Pläne für künftige Ferienflüge zu Raumstationen oder sogar zum Mond. Ich wollte den Astronauten auch unbedingt fragen, wie weit sie in der Praxis damit sind, aber nun ist er ja weg.«

»Der Mond?«, fragte Thomas.

»Quatsch, der Astronaut!«, lachte Ben.

»Jedenfalls sieht es hier öde aus«, befand Kathrin, die nur mal kurz die Nase in den Raum gesteckt hatte, sofort wieder den Kopf zurückzog und laut durch den Gang fragte: »Ich denke, die haben hier auch solche künstlichen Gärten, die sie mit in den Weltraum nehmen. Wo sind die denn?«

Sofort schloss sich eine Gruppe von sechs oder sieben Schülern an, um nach den Gewächshäusern zu suchen. Auch Jennifer wollte gerade hinterher, als Ben sie festhielt.

»Warte!«, flüsterte er ihr zu. »Ich glaube, Thomas hat wirklich etwas Interessantes entdeckt.«

Kolja spitzte sofort die Ohren. »Was Interessantes? Was denn?«, wollte er wissen.

»Wenn die hier den Passagierraum eines modernen Raumgleiters ausgestellt haben«, lautete Bens Vermutung, »dann bestimmt nicht, um die Polster zu testen!«

»Sondern was?«, hakte Thomas nach.

Miriam stöhnte. Sie verstand nichts von Weltraumfahrten, aber sie war pfiffig genug, um eins und eins zusammenzuzählen. »Na, den Raumflug!«, belehrte sie Thomas.

Ben nickte. »Das denke ich auch!«

»Eine Flugsimulation?« Frank bekam richtig leuchtende Augen bei seiner Frage. Flugsimulationen, das war in etwa so etwas wie Karussell fahren. Und das liebte er.

Genau wie Miriam. »Super!«, rief sie und hüpfte vor Freude gleich zehn Zentimeter hoch. »Komm, Frank, wir sitzen nebeneinander!«

»Interessant!«, bemerkte Jennifer schnippisch.

Doch Miriam beachtete sie nicht. Natürlich war Jennifer ihre beste Freundin, aber doch nicht beim Karussellfahren! Da saß sie immer neben Frank. Der war wenigstens nicht so zimperlich wie Jennifer. Außerdem hatte Jennifer ja ihren Ben, mit dem sie seit einiger Zeit ging – jedenfalls mehr oder weniger. Miriam hatte manchmal den Eindruck, Ben hatte das noch immer nicht so richtig kapiert. Jetzt war auch nicht die Zeit, darüber nachzugrübeln. Miriam schmiss sich gleich in die erste Reihe auf einen der schönen dunkelblauen Sitze. Frank hechtete hinterher und setzte sich neben sie.

Kolja beobachtete das Ganze mit kritischem Blick. »Meinst du echt, hier findet gleich eine Flugsimulation statt?«, fragte er noch mal nach.

Ben zuckte mit den Schultern. »So überzeugt wie Miriam bin ich davon nicht, aber es könnte schon sein.«

»Wehe nicht!«, brüllte Miriam durch den Raum. »Dann gibt's Saures!«

⇩

»Aber die Krützdoof hat davon gar nichts erzählt!«, wandte Jennifer ein.

»Ach, die weiß doch nie, was los ist«, entgegnete ihr Ben, der seiner Lehrerin den Anpfiff noch immer nicht verziehen hatte.

Jennifer gab sich aber damit nicht zufrieden. Sollte sie sich einfach aufs Geratewohl auf einen dieser Sessel setzen und geduldig auf den Beginn irgendeiner Flugsimulation warten? Selbst wenn es tatsächlich eine geben sollte, so war noch lange nicht klar, wann sie begann. Das konnte ja noch Stunden dauern.

»Alte Miesmacherin!«, drängelte Miriam weiter. »Wenn hier genug sitzen, wird es schon losgehen.« Um ihre Worte zu unterstreichen, hopste Miriam auf dem Sitz rhythmisch auf und ab und rief im Takt immer wieder: »An-fan-gen! An-fan-gen!«

Jennifer ergab sich. Sie zuckte mit den Schultern, grinste Miriam an und setzte sich hinter sie, wobei sie mit der flachen Hand auf den Nebensitz klopfte, um Ben zu zeigen, wo sein Platz war.

Auch Thomas und Kolja suchten sich einen Platz.

Und tatsächlich: Es dauerte keine drei Minuten, bis jemand den Raum betrat, allerdings nicht durch den Eingang, durch den die Kinder gekommen waren, sondern von vorne.

»Aus dem Cockpit«, vermutete Thomas, woraufhin Ben ihn auslachte: »Cockpit! Das ist eine Flugsimulation. Da gibt es kein Cockpit, sondern nur eine Leinwand wie im Kino!«

»Ich sehe aber gar keine Leinwand!«, verteidigte sich Thomas.

Bens Aufmerksamkeit richtete sich jedoch schon wieder auf etwas anderes; auf die Figur, die gerade gekommen war. Ben erkannte sofort, dass es sich hierbei nicht um einen Menschen, sondern um einen Automaten handelte. Man hatte sich auch gar nicht erst die Mühe gemacht, die Maschine wie etwas Menschenähnliches aussehen zu lassen. Sie wirkte eher wie ein zu groß geratenes Kofferradio mit einer Kamera auf einem flexiblen Hals. Die Stimme allerdings war menschlich und wurde in einer erstklassigen Klangqualität gesprochen.

»Nur sechs Reisende?«, fragte die Maschine. »Es waren doch sieben angemeldet?«

Ben und Jennifer sahen sich ratlos an. Angemeldet? Hatte die Krützdoof die Flugsimulation doch angemeldet? Weshalb hatte sie davon nichts erwähnt? Und wieso nur für sieben Schüler? Sie waren 25 in der Klasse!

Miriam schaltete mal wieder am schnellsten. Sofort packte sie die Gelegenheit beim Schopfe. Bevor der ganze Spaß ins Wasser fallen konnte, weil statt 25 nur sieben Schüler angemeldet und statt sieben nur sechs gekommen waren, rief sie schnell dazwischen: »Eine kommt noch!«

»Wo ist sie denn?«, hakte die Maschine nach.

Darauf wusste natürlich auch Miriam keine Antwort, weil sie ja auch nicht wusste, wer da überhaupt noch kommen sollte. Statt sich aber in peinliche Debatten mit einer Maschine einzulassen, sprang sie lieber schnell vom Sessel auf und versicherte dem Automaten: »Ich hole sie!«

»Warten Sie!«, befahl der Automat. »Wo ist denn Ihre Begleitung?«

»Unsere was?«, fragte Miriam.

»Ihre Begleitung!«, wiederholte die Maschine. »Sie sind doch nicht ohne Begleitung hierher gekommen!«

Miriam wagte einen verstohlenen Blick zu ihren Mitschülern. Doch die wussten mit dieser Frage auch nichts anzufangen. Was meinte die Maschine? War es so schlimm, dass sie ohne ihre Lehrerin hier waren?

»Ihre Begleitung hätte sich doch auch bei mir melden müssen!«, beharrte der Automat.

»Tja!«, stammelte Miriam ratlos. »Ich weiß es auch nicht. Wir wurden einfach vorgeschickt.«

»Allein?«, wunderte sich die Maschine. Jedenfalls klang es so, als ob sie sich wunderte. Miriam wusste nicht, ob Maschinen sich wundern konnten.

Vielleicht wäre an dieser Frage der ganze Spaß in der Flugsimulation gescheitert, wenn Miriam nicht in diesem Augenblick durch die Tür hindurch Kathrin auf dem Gang gesehen hätte.

Miriam erkannte sofort die Gunst der Stunde.

»Da ist sie ja!«, rief Miriam und winkte Kathrin eifrig zu.

»Die Begleitung?«, fragte die Maschine.

»Nein!«, widersprach Miriam. »Unsere fehlende Person!«

Kathrin kam ihr mit mauligem Gesicht entgegen. »Ich finde die künstlichen Gärten nicht. Jetzt bin ich schon wieder in diesem Gang, in den ich gar nicht wollte. Warum gibt es hier auch nirgends Hinweisschilder?«

Natürlich war Miriam klar, dass die fanatische Tier- und Naturliebhaberin Kathrin nie im Leben freiwillig an einer Flugsimulation teilnehmen würde. Es sei denn natürlich, sie wusste nichts davon.

»Oh, die Gärten, die sind hier hinten!«, schwindelte Miriam und zeigte auf die andere Seite des Raumes.

Kathrin schaute sie skeptisch an. Schließlich hatte sie selbst schon einen Blick in den Raum geworfen und war von dort gelangweilt auf die Suche nach den Gärten gegangen.

Miriam legte nach: »Der Raum ist so eine Art Wartezimmer. Es dürfen immer nur kleine Gruppen von sieben Personen die Gärten betreten!«, log Miriam das Blaue vom Himmel herunter und bemühte sich dabei möglichst leise zu sprechen. Sie war sich nicht sicher, was die Maschine zu alldem sagen würde. Doch zum Glück schwieg sie zunächst. »Und wir sind schon sechs! Wenn du mitwillst, dann komm!«

Kathrins Augen leuchteten vor Begeisterung. In froher Erwartung stiefelte sie Miriam hinterher, die sich schnell wieder neben Frank setzte, denn sie wollte Kathrins Ärger nicht direkt miterleben, wenn sie merkte, wohin sie geraten war. Kathrin blieb nur sich allein auf einen der Zweiersitze zu setzen.

»Ich glaube es nicht!«, flüsterte Jennifer nach vorne zu Miriam. »Kathrin wird sich noch wundern, wenn sie erfährt, wo sie wirklich ist!«

»Psst!«, machte Miriam und grinste gehässig. »Kathrin muss ja nicht alles wissen.«

Jennifer lehnte sich zurück, wagte einen verstohlenen Blick nach hinten zu Kathrin und flüsterte Ben zu: »Das gibt noch Ärger!«

»Dann sind wir jetzt komplett?«, fragte der Automat in die Runde.

Thomas, Frank, Kolja und Kathrin nickten eifrig. Ben und Jennifer machten vorsichtshalber gar nichts. Und Miriam rief: »Klar! Alle an Bord! Wir können!«

»Wieso an Bord?«, wollte Kathrin von hinten wissen, aber niemand beachtete sie.

»Gut!«, befand die Maschine. »Dann schnallt euch bitte an!«

Sein Kamerakopf wandte sich Richtung Eingangstür, die sich daraufhin von selbst schloss und – wie man hören konnte – verriegelte.

»Weshalb sollen wir uns denn anschnallen?«, fragte wieder Kathrin aus der letzten Reihe.

»Psst!«, machte Miriam schnell. Das würde Kathrin noch früh genug erfahren, dachte sie bei sich.

⇩

In dem Moment setzte sich der Raum in Bewegung. Der vordere Teil fuhr ganz langsam nach oben, sodass die Kinder in ihren Sitzen immer mehr nach hinten kippten. An ihrem Verhältnis zum Raum änderte sich nichts, aber sie fühlten deutlich, dass ihr Rücken nach unten, ihr Blick nach oben gerichtet war.

»Cool!«, fand Miriam. »Das wirkt total echt!«

»Das ist ja auch echt!«, korrigierte Ben. »Der Raum hat sich wirklich bewegt. Vermutlich so eine Kapsel, wie es sie auch auf dem Jahrmarkt gibt.«

»Nun müsste aber mal die Leinwand kommen!«, dibberte Thomas. »Wie soll man sich denn sonst wie in einem Weltraumflug fühlen, wenn man gar keinen Weltraum sieht?«

»Das finde ich aber auch!«, pflichtete Kolja ihm bei.

»Welcher Flug?«, hakte Kathrin ein.

Kolja hatte jetzt die Faxen dicke. Er wandte sich zu Kathrin um und machte mit der Hand eine Scheibenwischer-Bewegung. »Wie bescheuert bist du eigentlich? Glaubst du immer noch, wir besuchen einen Garten, oder was?«

»Was denn sonst?«, wollte Kathrin wissen. Allmählich begann sie zu ahnen, dass Miriam sie an der Nase herumgeführt hatte.

»Wir sind in einem Flugsimulator, Mann!«, raunzte Kolja ihr entgegen und drehte sich wieder nach vorne, um endlich mal eine Leinwand zu sehen.

»Miriam!«, kreischte Kathrin von hinten, oder besser gesagt, von unten nach oben. Am liebsten wäre sie vom Sessel aufgesprungen und zu Miriam gelaufen, um ihr kräftig eine zu schallern.

Aber das war ganz und gar unmöglich. Denn sie hätte die Wand hochlaufen müssen. Der Raum stand mittlerweile senkrecht.

Der Automat hatte sich mit zwei seiner Teleskop-Arme an zwei Haltegriffen an der Wand verankert, sodass er nicht herunterrollen konnte. Wie ein Lehrer vor der Schulklasse stand er vor – besser über – den sieben Schülern und tat nichts. Aus den Wandlautsprechern ertönte eine blecherne Stimme, die von einem starken Rauschen begleitet war. Es war kaum etwas zu verstehen, nur dass englisch gesprochen wurde.

»Noch immer kein Bildschirm!«, nörgelte Kolja. Trotzdem war auch er fasziniert von der Szene, die sich ihm bot. Allein schon das Gefühl, kopfüber im Sessel zu sitzen, war klasse, natürlich nur, weil es die Vorfreude auf das war, was sogleich folgen würde: ein fulminanter Raketenstart!

Nur Kathrin saß zusammengekauert in ihrem Sessel und war stinksauer. »Wenn das hier vorbei ist, kannst du was erleben, Miriam!«, zischte sie ihr zu.

Miriam hörte sie nicht. »Es geht los!«, freute sie sich und ruckelte aufgeregt in ihrem Sessel hin und her.

Aus den Lautsprechern wurde ein Count-down gezählt. Ab fünf zählten alle – bis auf Kathrin – mit.

»Five!«

»Four!«

»Three!«

»Two!«

»One!«

»Zero!«

Ein unvorstellbarer Lärm krachte durch den Raum. Mit schmerzverzerrten Gesichtern pressten sich die Kinder die Hände an die Ohren, was sie aber auch nicht lange durchhalten konnten. Ihre Arme wurden schwer wie Blei.

»Das finde ich aber übertrieben!«, brüllte Miriam. Niemand konnte sie verstehen. Durch den Raum dröhnte ein so gewaltiger Lärm, dass Miriam ihre eigene Stimme nicht hören konnte. Sie war kaum noch in der Lage, ihren Mund zu bewegen. Die Sitze zitterten, der Raum wurde durchgeschüttelt. Miriam wurde in ihren Sessel gedrückt, als würde jemand mit dem Fuß gegen ihren Bauch treten.

Dann kippte der Raum endgültig nach hinten weg!

Mit einem Schlag hingen die Kinder mit dem Kopf nach unten, den Beinen nach oben, sie spürten, wie der Raum mit einer höllischen Geschwindigkeit durch die Luft fegte. Irgendwo in weiter Ferne zwischen Rauschen und Krachen, Dröhnen und Brummen hörte Miriam was von »1.600 Kilometer. Beschleunigung auf G3.«

Sie hätte sich gern umgedreht, um zu schauen, was Ben zu allem sagte. Aber es gelang ihr nicht einmal, zu Frank neben ihr zu sehen. Ob sie wollte oder nicht, sie konnte jetzt nur noch geradeaus schauen. Wo immer auch geradeaus war, wenn man kopfüber durchgeschüttelt wurde und einem dabei der Krach auf die Ohren hämmerte, bis die Trommelfelle zu zerplatzen drohten!

Miriams Magen schlug einen Purzelbaum nach dem anderen. Sie sperrte ihren Mund weit auf, um gegen den Druck in den Ohren anzukämpfen. Sie schrie und kreischte, wie sie es in der Achterbahn auf der Kirmes auch immer machte. Miriam liebte das Karussellfahren, aber dies war die turbulenteste Fahrt, die sie je erlebt hatte. Sie merkte, wie Frank neben ihr sich so fest an die Sessellehnen klammerte, dass seine Fingerknöchel schon weiß wurden. Auch er hatte Mund und Augen weit aufgerissen und schrie aus Leibeskräften.

Was um alles in der Welt war das für eine Fahrt? Nie hätte sich Miriam vorgestellt, dass eine Flugsimulation so realistisch, so heftig, so beängstigend sein konnte.

Miriam konnte ihre Arme nicht bewegen. Ihr Körper fühlte sich an, als würde er plötzlich das Dreifache wiegen.

»Speed Mach 4. Höhe 45.000 Meter.«

Ein Lichtblitz schoss von irgendwo in den Raum hinein. Miriam spürte einen kleinen Ruck. Doch dann war es plötzlich vorbei. Es wurde ruhig im Raum. Jedenfalls bei weitem ruhiger als noch Sekunden zuvor.

»Speed Mach 4. Raketen abgesprengt. Höhe 130.000 Meter. Vorbereitung Tankabsprengung.«

Was geht hier vor?, schoss es Miriam in diesem Augenblick durch den Kopf. Sie war wirklich eine geübte und furchtlose Karussell-Fahrerin. Wenn es auf diesem Planeten ein Karussell geben würde, das Miriam zu heftig war, dann würde es auf ewig leer bleiben. Es gab keine Fahrgäste, die mehr aushielten als die verrückte Miriam.

Aber diese Flugsimulation war selbst Miriam zu heftig.

Das ist keine Simulation! Dieser Gedanke blitzte für einen Moment durch ihre Gehirnwindungen, dann sprach wieder die Maschine: »Speed 27.000 Kilometer pro Stunde. Main engine cut off.«

Miriam und die anderen kippten in ihren Gurten nach vorn, so, als ob jemand versehentlich zu stark auf die Bremse getreten hätte. Keine Minute später aber wurde schon wieder beschleunigt. Miriam wurde in ihren Sessel gedrückt.

»Mir wird schlecht!«, jammerte Thomas von hinten.

»Kotz hier bloß nicht rum!«, warnte Kolja neben ihm. »Das wischst du sonst alles selbst wieder auf! Das schwöre ich dir!«

Thomas klappte seinen Mund zu. Eiskalte Schweißperlen standen ihm auf der Stirn. Er schloss die Augen, aber das machte alles nur noch schlimmer. Er wünschte sich nichts sehnlicher, als dass diese Höllenfahrt endlich ein Ende hatte. Warum nur musste er auch mitmachen? Warum hatte er sich nicht rechtzeitig aus dem Staub gemacht?

»Speed 28.300 Kilometer pro Stunde. Umlaufgeschwindigkeit erreicht«, surrte die Maschine.

Oh Gott!, dachte Thomas. 28.300 Kilometer in der Stunde! Was für eine Geschwindigkeit! Und obwohl es nur eine Simulation war, so vermittelte sie ihm doch realistisch das Gefühl, tatsächlich mit einem solchen Tempo durchs All zu rasen.

Es war jetzt nichts mehr zu hören von Maschinen und Motoren. Alle hörten auf zu schreien und für einen Moment herrschte eine Stille in dem Raum wie in einer alten, ehrwürdigen Bibliothek. Nur ein leises Summen war zu hören. Vor ihnen öffnete sich endlich eine große Leinwand. Ohne das geringste Flimmern eines Bildschirms wurde ihnen ein Film des Weltraums gezeigt.

Es war so schön, dass Miriam jegliche Worte dafür fehlten. Sie hatte das Gefühl, in die unendliche Weite des Weltraums zu blicken. Die Sterne funkelten so klar und hell, wie sie es noch nie gesehen hatte. Nicht einmal im Urlaub am Mittelmeer konnte man in einer klaren Nacht die Sterne so strahlend deutlich sehen wie jetzt.

»Wow!«, hauchte Miriam. »Ein Wahnsinns-Film!« Jegliches Schwindelgefühl war wie weggeblasen. Selbst aus Thomas' Gesicht wich die giftig grüne Farbe einem gesunderen Teint.

Miriam war so fasziniert, so hingerissen von dem Schauspiel, das sich vor ihr auf der Leinwand bot, dass sie gar nicht auf die anderen achtete, die ebenso beeindruckt nach vorne zur Leinwand starrten. Und es fiel ihr auch gar nicht auf, dass plötzlich ein kleiner roter Kugelschreiber an ihrem Gesicht vorbeischwebte.

Die Verwechslung

»Miriam! Schau mal!«, rief Frank aufgeregt. Er hatte den Kugelschreiber entdeckt, der von Miriam zu ihm herüberflog. »Das ist ja ein irrer Effekt, den die hier draufhaben. Richtig wie in Schwerelosigkeit!«

Miriam stimmte Frank vorbehaltlos zu. Das war wirklich die tollste Flugsimulation, die sie je mitgemacht hatte. Sie fühlte sich mit einem Mal auch ganz leicht. Ihre Arme und Beine schwebten hoch, und wenn sie sich nicht angeschnallt hätte, wäre sie bestimmt durch den Raum geflogen.

»Ich glaube, das ist meiner!«, rief Thomas sofort, wollte nach dem Kugelschreiber greifen, wurde von seinem Haltegurt allerdings zurückgehalten. Aber seltsamerweise warf ihn das nicht zurück auf den Sitz, wie es einem passiert, wenn man angeschnallt von einem Flugzeugsitz aufstehen will. Thomas blieb einfach nur hängen.

Er löste die Sicherung seines Gurtes, beugte sich lang über die Sitzlehne vor ihm, um den Kugelschreiber erreichen zu können, schnappte ihn schließlich und wollte sich sofort wieder setzen. Aber unter ihm war kein Sessel mehr, jedenfalls nicht seiner. Sondern dort saßen plötzlich Miriam und Frank.

Die beiden staunten zu Thomas hinauf, der mit dem Kopf nach unten über ihnen schwebte.

»Was machst du da?«, fragte Frank verblüfft.

»Keine Ahnung!«, antwortete Thomas. »Ich habe nur nach dem Kugelschreiber gegriffen!«

»Wahnsinn!«, fand Kolja. »Die simulieren hier echte Schwerelosigkeit!« Er drehte sich zu Ben um und rief ihm zu: »Das

⇩

war wirklich ein guter Tipp, Ben! Ich hätte mich schwarz geärgert, wenn ich diese Fahrt nicht mitgemacht hätte!«

Ohne zu zögern, löste auch Kolja seinen Gurt, stieß sich mit einem Fuß vom Boden ab, weil auch er wie Thomas schweben wollte. Doch Kolja hatte in seinem Übermut zu viel Schwung genommen. Als hätte er auf eine Sprungfeder getreten, sauste er vom Sitz empor und knallte hart gegen die Decke. »Au!«, fluchte er. Da wurde er durch den Rückstoß des Aufpralls schon wieder in die Gegenrichtung geworfen. »Hilfe!«, schrie Kolja. »Was ist das für ein Mist! Man kann ja gar nicht steuern!«

Schon krachte er gegen Miriams Sitzlehne. Bevor er nun aber wieder nach oben abzischte, packte Frank blitzartig Koljas Arm. Kolja schwebte wie ein Luftballon über Frank und wurde von seinem Arm am Fortfliegen gehindert.

»Ich werd echt verrückt!«, rief Ben aus. »Die haben mit uns einen echten Flug gemacht!«

Jennifer, die die ganze Zeit fasziniert auf Frank und Kolja gestarrt hatte, wunderte sich, wie Ben auf einen solchen Gedanken kam. »Das ist doch Unsinn!«, war sie sich sicher. »Das wäre doch viel zu teuer! Die starten doch kein Raumschiff wegen einer Schulklasse!«

Ben schüttelte den Kopf, was in der Schwerelosigkeit, die noch immer herrschte, lächerlich langsam aussah.

»Aber wir sind offenbar nicht in einer Flugsimulation, sondern in einem Übungsflugzeug KC-135«, referierte Ben.

»Ach!«, machte Miriam. »Ich glaube, unser Kühlschrank heißt so ähnlich!«

»Quatschkopf!«, grinste Ben. »Die KC-135 ist einer dieser Kotzbomber! Er fliegt hoch und wendet in einer Art Sturzflug, sodass man für einige Minuten Schwerelosigkeit erlebt!«

»Und in so einem Ding sind wir?«, staunte Jennifer. »Woher willst du das denn wissen?«

»Weil man keine Schwerelosigkeit simulieren kann!«, wusste Ben.

»Das glaube ich nicht«, widersprach Kolja. »Heutzutage können die doch alles nachmachen.«

Ben schüttelte den Kopf. »Wie soll das denn funktionieren? Die Schwerkraft ergibt sich aus der Erdmasse und der Erdbeschleunigung. Es gibt einfach keinen Planeten ohne Anziehungskraft und deshalb ist es auch unmöglich, auf der Erde einen schwerelosen Zustand herzustellen!«

»Auf jeden Fall . . .«, jammerte Kathrin von hinten, ». . . ist mir schon hundeelend zu Mute.«

»Mir auch!«, fing Thomas sofort wieder an. Er war froh, dass es nicht nur ihm so erging.

»Ist ja gleich vorbei!«, versicherte Ben, was Kolja allerdings gar nicht gefiel.

»Och Mensch, nur so kurz!«, nörgelte er. »Lass mich mal los, Frank!«

»Aber pass diesmal besser auf!«, gab Frank ihm mit auf den Weg.

Kolja schwebte langsam davon.

»Kannst du stattdessen mich festhalten?«, fragte Thomas, der sich ängstlich an eine Schlaufe geklammert hatte, die aus der Wand ragte, weil ihm umso übler wurde, je mehr sich sein Körper in der Luft drehte.

Doch Frank erteilte ihm eine Absage. »Wenn das hier nur noch zwei Minuten dauert, will ich auch mal fliegen!«, entschied er und löste sich vom Gurt.

Miriam erschrak. Daran hatte sie gar nicht gedacht. Gleich würde es mit der Schwerelosigkeit vorbei sein und sie hätte sie verpasst. Das wäre ja wohl das Letzte! Sofort schnallte Miriam sich los. In ihrer Eile passierte ihr das Gleiche, was zuvor Kolja widerfahren war. Sie löste sich zu hektisch von ihrem

Sitz und trudelte sofort quer durch den Raum, ohne irgendwo Halt zu finden oder die Richtung steuern zu können.

»Hilfe!«, kreischte Miriam, mehr vergnügt als ängstlich. Sie wusste, dass sie sich bestenfalls ein paar blaue Flecke zuziehen würde. Das machte ihr nichts aus, solange diese Flecke nicht öffentlich zu sehen sein würden. Sie wollte schließlich bei der nächsten Kirchen-Disco nicht als Ungeheuer auftauchen. Deshalb schützte Miriam nur ihren Kopf und die Arme, versuchte mit den Füßen voran an den Wänden zu landen, was ihr besser gelang, als es zuvor Kolja geglückt war.

Behutsam probierte auch Jennifer das Schweben in der Schwerelosigkeit aus. Vorsichtig löste sie ihren Haltegurt und hielt sich sofort an der vorderen Stuhllehne fest. Langsam hob sie ein Bein, was sofort bewirkte, dass ihr Unterkörper emporschwebte. Ohne dass sie es wollte, schwebte Jennifer nun über dem Sessel, als ob sie auf der Lehne einen Handstand probte.

Miriam kam ihr entgegengeschwommen. Tatsächlich machte Miriam Schwimmbewegungen wie beim Tauchen.

Sie hatte das mal im Fernsehen gesehen. Es klappte hervorragend. Schwerelosigkeit ist am ehesten mit dem Zustand eines Körpers im Wasser zu vergleichen. Deshalb probten auch Astronauten auf der Erde bestimmte Bewegungen oder Arbeitsabläufe in der Regel unter Wasser.

Während also Miriam waagerecht auf Jennifer zuschwamm, die ihrerseits senkrecht wie beim Handstand auf der Sessellehne verweilte, löste sich Ben von seinem Sitz, indem er zunächst über den Fußboden und dann die Wand hinaufkrabbelte wie eine Spinne. Er wagte es noch nicht, loszulassen und frei zu schweben.

Nur Kathrin blieb angeschnallt auf ihrem Sessel sitzen und mochte gar nicht hingucken, welch verrücktes Bild ihre Schulfreunde boten, die kreuz und quer, kopfüber und seitlich, quer und diagonal durch den Raum schwebten. Wenigstens besaß dieser Raum noch normale Dimensionen. Es gab Sessel, die nur in einer Richtung angeschraubt waren. So gab es auch einen Fußboden und eine Decke. Es war eindeutig lokalisierbar, was oben und was unten war. Aber vielleicht war es gerade das, was Kathrins Schwindelgefühl ausmachte. Dass in einem richtig dimensionierten Raum sich alle völlig falsch bewegten.

Sie hoffte auf die Richtigkeit von Bens Prognose und diese furchtbare Schwerelosigkeit würde nur wenige Minuten dauern. Sie kamen Kathrin allerdings jetzt schon wie etliche Stunden vor.

»Ich halte das nicht mehr aus!«, stöhnte sie. »Miriam, das verzeihe ich dir nie!«

Miriam hörte nicht hin. »Seht mal, durch diesen Film vom Weltall wirkt das wirklich, als ob wir in einem Raumschiff wären. Ich finde es total affenscharf! Kathrin, du bist eine echte Spielverderberin.«

Kathrin fischte sich ein Taschentuch aus der Jeanstasche, welches beinahe fortgeflogen wäre, und wischte sich den kalten Schweiß von der Stirn.

Anschließend öffnete sie ihren kleinen Rucksack und holte einen Tetrapack Orangensaft hervor. Vielleicht würde es ihr etwas besser gehen, wenn sie einen Schluck trank? Kathrin stach den Strohhalm in die Packung, wobei sie diese etwas von ihrer Hose fern hielt. Sie wusste aus Erfahrung, dass es immer etwas kleckerte, wenn man den Strohhalm hineinpikste.

Am Strohhalm bildete sich eine eigenartige gelbe Kugel.

Kathrin starrte das Gebilde an und wackelte etwas mit der Packung. Sie beobachtete, dass über die gelbe Kugel winzige Wellen liefen.

»Das ist ja eklig!«, fand Kathrin und schüttelte den Halm kräftiger, damit die blöde Kugel abhaute.

Auf Grund der Erschütterung löste sich die Kugel tatsächlich, allerdings auf eine eigenartige Weise. Sie begann zu beben, vibrierte, wackelte und – teilte sich plötzlich in zwei Kugeln, die zitternd davonflogen.

Kathrin sah den beiden Kugeln nur einen Augenblick nach, dann widmete sie sich wieder ihrer Saftpackung.

Doch an ihrem Halm hatte sich schon wieder eine neue Kugel gebildet.

»Verdammt!«, fluchte sie, »was ist das denn?«

Ben klebte über ihr an der Decke wie ein Insekt in der Sommerlaube, sah von dort auf die Kugel herunter und rief: »Das ist O-Saft, weiter nichts!« Er hatte genügend Bücher über Raumfahrt gelesen, um sich sicher zu sein.

»Saft?«, wunderte sich auch Thomas. »In Kugelform?«

»Probier es!«, forderte Ben ihn auf.

Thomas zögerte. »Ich bin froh, dass ich hier an der Wand eine Halterung gefunden habe«, gab er zu bedenken. »Die Kugel aber fliegt ganz dahinten.«

Sie kam gerade an Jennifer vorbei.

Ben bat sie die fliegende Kugel zu Thomas hinüberzustupsen.

»Bist du ganz sicher, dass das Saft ist?«, vergewisserte sich Jennifer vorsorglich.

Ben versicherte es ihr.

»Und wie trinkt man den?«, wollte Jennifer noch wissen. Inzwischen trudelte die Kugel dicht an ihrem Kopf vorbei.

»Einfach in den Mund nehmen!«, lachte Ben.

Jennifer entschloss sich es zu wagen. Während sie sich mit einer Hand an einer Wandhalterung festhielt, beugte sie sich langsam vor und öffnete den Mund. Die Kugel schwebte genau auf ihren Mund zu.

Jennifer schielte über ihre Nase hinweg auf die Kugel.

»Jetzt!«, rief Ben.

Jennifer schnappte zu.

»Mmh, lecker!«, rief sie ihm schließlich zurück. »Mindestens 15 Prozent Fruchtgehalt, würde ich mal tippen.«

»Das ist ja wie im Schlaraffenland!«, freute sich Miriam und machte sich mit zwei kräftigen Schwimmbewegungen sofort auf, um die zweite schwebende Kugel einzufangen.

»Hey, das ist mein Saft!«, beschwerte sich Kathrin. »Ich will auch mal was trinken!«

Fassungslos zeigte sie auf ihren Trinkhalm, an dessen Ende die gelbe Kugel immer dicker wurde.

»Das hört gar nicht auf!«, jammerte Kathrin. »Gleich ist mein ganzer Saft in dieser verdammten Kugel!«

»Du musst den Halm abklemmen!«, riet Ben ihr. »Sonst geht es so weiter, bis die Packung leer ist.«

Kathrin klemmte mit Daumen und Zeigefinger den Halm ab, so gut sie konnte. Durch die Erschütterung teilte sich die große gelbe Kugel in zwei kleinere, die sich auf und davon machten.

Kolja fing eine davon mit dem Mund auf.

Die andere stieß in Bens Nähe an die Decke, worauf die Kugel sofort ihre Form veränderte. Jetzt war der Saft eine perfekte Halbkugel, die wie ein Wackelpudding an der Decke hing. Stunden- oder sogar tagelang würde sie dort nun regungslos in der Schwebe bleiben, wenn nicht der Lufthauch eines Menschen sie wieder forttreiben würde oder ... Ben die leckere Halbkugel mit 15 Prozent Fruchtgehalt nicht genüsslich aufgesogen hätte.

»Man kann hier buchstäblich vom Boden essen!«, lachte er.

»Igitt!«, befand Kathrin. »Die Wände hier sind doch bestimmt nicht sauber. Eben ist Thomas da noch mit seinen

⇩

Schuhen gegengeflogen und jetzt trinkst du davon! Bäh! Hoffentlich ist das hier bald vorbei mit der Schwerelosigkeit.«

»Also von mir aus könnte das noch Stunden dauern!«, widersprach Miriam, machte eine kräftige Schwimmbewegung und flog damit auf Frank zu, der gerade versuchte wie sonst nur unter Wasser einen Salto in der Luft zu drehen.

»Wie ein Trapez-Künstler!«, schwärmte er. »Ohne Schwerkraft ist das echt kinderleicht. Ich finde es auch blöd, dass es gleich aufhört.«

»Wie lange haben wir denn noch?«, fragte Kolja hinüber zu Ben und wagte mal einen Sturzflug zum Sessel.

Ben sah auf seine Armbanduhr, die auch eine Stoppuhr besaß. Leider aber hatte er versäumt sie zu betätigen. Er konnte sich auch nicht an die Uhrzeit erinnern, zu der die Schwerelosigkeit begonnen hatte. Er wusste nur, dass sie höchstens vier Minuten anhalten würde. Irgendwie kam ihm die Zeit aber schon viel länger vor. Aber Unsinn. Das ging ja gar nicht!

»Ich weiß es nicht!«, antwortete er Kolja also schließlich. »Ich hab nicht auf die Uhr geschaut!«

»Aber ich!«, rief Jennifer dazwischen. »Rein zufällig. Es war fünf nach, als der Krach vorbei war!«

Ben warf noch einmal einen Blick auf seine Uhr. Nach ihrer Anzeige verbrachten sie bereits mehr als 15 Minuten in der Schwerelosigkeit. Das war schier unmöglich. Es gab keine Flugzeuge, die diesen Zustand so lange hervorrufen konnten.

»Hier geht etwas nicht mit rechten Dingen zu!«, war er sich sicher.

»Was du immer gleich denkst!«, mischte sich Miriam ein. »Vielleicht bist du ausnahmsweise mal nicht auf dem neuesten Stand der Technik und die Schwerelosigkeit dauert doch länger. Ist doch cool!«

Sie versuchte, ob sie wie eine Spinne auf allen vieren an der

Decke entlangkrabbeln konnte. Das funktionierte natürlich ebenso wenig, wie sie auf dem Fußboden hätte gehen können. Die Schwerelosigkeit kannte kein Oben und Unten. Es gab nichts, wovon Miriam hätte gehalten werden können. So schwebte sie durch die Kraft ihrer eigenen Bewegung wieder durch den Raum.

»Ich finde, Miriam hat Recht!«, stimmte Kolja ihr zu. Auch er fand es amüsanter, den schwebenden Zustand nur zu genießen, als sich den Kopf darüber zu zerbrechen.

Jennifers Skepsis hingegen wuchs. Sie konnte sich beim besten Willen nicht vorstellen, dass ihr Freund Ben von so einer gewaltigen technischen Neuerung – die Dauer der Schwerelosigkeit in einem Flugzeug zu verdreifachen – nichts mitbekommen haben sollte. Jennifer kannte kein anderes Zimmer im Universum, das derart mit Wissenschafts-, Computer- und Raumfahrtzeitschriften zugestopft war wie Bens. Wenn Ben sagte, dass hier etwas nicht stimmte, dann war es auch so.

Wenn man sich in einem kleinen Raum befindet und nicht so recht weiß, was mit einem geschieht, überkommt einen unwillkürlich das Bedürfnis, aus diesem Raum hinauszuschauen, um sich besser orientieren zu können. So erging es auch Jennifer in diesem Augenblick. Sie ärgerte sich, dass es in diesem Raum kein Fenster gab, sondern nur so einen blöden technischen Bildschirm. Selbst wenn hier Aufnahmen einer Außenkamera übertragen werden könnten, so verließ sich Jennifer doch lieber auf ihre eigenen Augen, die aus einem realen Fenster schauten.

Trotzdem blickte Jennifer hinüber zum Bildschirm. Was sie sah, verschlug ihr den Atem. Ein gigantisches Farbenspiel füllte den Bildschirm aus. Prächtige, bizarre dunkelblaue Formen kringelten und kräuselten sich, wurden abgelöst von weißbraunen und schwarzen Mustern, über die sich teilweise ein seltsamer Nebel zog und in denen – je genauer man hinguckte – eine gewisse Regelmäßigkeit zu erkennen war. Gleichförmige Muster lösten sich mit verworrenen ab. Das Bild verschwand links aus dem Rahmen des Bildschirms und setzte sich mit neuen Farben und Formen fort, die rechts in den Rahmen hineinrutschten.

Jennifer waren diese Farben und Formen keineswegs unbekannt. Sie wusste, wo sie so etwas schon einmal gesehen hatte: im Geografieunterricht und in manchen von Bens Zeitschriften. Es handelte sich um Satellitenbilder. Satellitenbilder von der Erde!

Jennifer ließ den Sessel los, gab damit auch den eigenwilligen Handstand auf, drehte sich, sodass sie den Bildschirm richtig herum betrachten konnte, und schwebte etwas näher an das Bild heran.

Ben flog ihr neugierig hinterher. Das wollte er jedenfalls. Doch auch Ben, der am meisten von allen über die Raumfahrt und Schwerelosigkeit gelesen hatte, musste erkennen, dass zwischen theoretischem Wissen und praktischem Können Welten liegen! Viel zu ungestüm preschte er los und trieb zur linken Seitenwand statt zum Bildschirm. Er stieß sich von der Wand ab. Auf dem Weg zum großen Bildschirm trudelte jedoch Thomas mitten im Weg herum. Ben und Thomas stießen leicht gegeneinander, was wiederum als Antrieb genügte, beide in entgegengesetzte Richtungen schweben zu lassen.

»Himmel!«, fluchte Ben. »Man kommt ja gar nicht dorthin, wo man hinwill!«

Aber für Bens Ärger blieb einfach keine Zeit.

»Das darf nicht wahr sein!«, schrie Jennifer. »Kommt mal alle her! Schnell!«

»Will ich ja die ganze Zeit!«, meckerte Ben. »Erst mal können vor Lachen!«

Miriam schwebte schon flink auf Jennifer zu und auch Frank hatte weniger Schwierigkeiten, die Richtung zu halten. Sein sportliches Talent kam ihm hier sehr zugute.

Kolja polterte zumindest in die grobe Richtung des Bildschirms, wobei er einige Male gegen die Sessellehnen und die Wände stieß. Ben hangelte sich an den Griffen und Schlaufen entlang, die es in den Wänden gab, und Thomas schaute von fern zu, ebenso wie Kathrin, die noch immer steif und verärgert angeschnallt in ihrem Sessel saß und fest entschlossen war, dort sitzen zu bleiben, bis der ganze Spuk ein Ende hatte.

»Das ist überhaupt kein Bildschirm!«, rief Jennifer entsetzt. »Das ist ein Fenster!«

»Und deshalb machst du so ein Geschrei?«, fragte Kolja enttäuscht. Er hasste es, wenn Mädchen erst alles zusammenkreischten und dann gab es letztendlich weder eine zünftige Randale noch eine abenteuerliche Überraschung!

Jennifer fuhr wütend herum: »Du hast mit deinem hohlen Gipskopf mal wieder nicht kapiert, was das bedeutet!«

»Dann erklär es mir doch, du eingebildete Schnepfe!« Kolja hätte Jennifer jetzt vor Wut am liebsten an den Haaren gepackt. Aber inzwischen hatte er begriffen, dass unvorsichtige Bewegungen in der Schwerelosigkeit erhebliche Auswirkungen haben konnten.

»Das bedeutet«, kam Miriam ihr zuvor, »dass wir keinen Film vom Weltraum sehen, sondern tatsächlich im Weltraum sind!«

Jennifer nickte. »Und das, was du dort an schönen Farben und Formen siehst, ist nichts anderes als unsere Erde. Soweit ich es erkennen kann, überfliegen wir gerade Europa. Da, der Stiefel Italiens ist ganz deutlich zu erkennen!«

»Das glaube ich nicht!«, entfuhr es Kolja. »Die schießen uns doch nicht einfach so ins Weltall!«

⇩

»Deshalb dauert die Schwerelosigkeit so lange!«, rief Ben. »Dann sind wir gar nicht in einem Kotzbomber!«

Wäre die Lage nicht so ernst gewesen, hätte diese Situation ein lustiges Bild abgegeben. Jennifer schwebte vor dem Fenster, hielt sich an einem Griff fest und schaute hinaus, genau wie die anderen, aber Miriam sah alles genau andersherum, denn ihre Beine schwebten nach oben. An der linken Seite hing Ben waagerecht und rechts schwebten Kopf auf Kopf Kolja und Frank.

Ihre Gesichter aber waren ernst, todernst, als Ben seine Vermutung äußerte, dass sie sich statt in einem Spezialflugzeug aller Wahrscheinlichkeit nach in einer Raumfähre befanden.

»In einer Raumfähre?«, schrie Kathrin aus ihrem Sitz. »Was soll das heißen? Wieso sind wir in einer Raumfähre? Wann fahren wir endlich zurück?«

Ben antwortete ihr nicht, sondern sah Jennifer nur ernst an.

Sie wusste, was er dachte, und sprach es laut aus: »Wir sind versehentlich hier drinnen gelandet. Das bedeutet, dass es niemand weiß!«

»Aber die Krützdoof wird uns doch vermissen!«, warf Thomas ein und schöpfte aus seinem eigenen Gedanken die große Hoffnung, dass sich in aller Kürze alles schnell aufklären würde.

»Sicher wird sie uns vermissen«, glaubte auch Miriam, »sie wird uns aber wohl kaum in einer Raumfähre vermuten, die ins Weltall gestartet ist. Das ist doch echt ein dicker Hund! Die können doch nicht einfach mal eben so eine Raumfähre starten, während wir die besichtigen! Was ist denn das für ein Sauhaufen da unten in der Raumfahrtbehörde?«

Miriam hatte sich mal wieder richtig schön so in Wut geredet, dass sie selbst gar nicht merkte, wie sehr sie mit ihrem Wutausbruch den Nagel auf dem Kopf traf.

»Eine Raumfähre wird niemals einfach so gestartet!«, war Ben sich sicher.

Doch was bedeutete diese Erkenntnis? Schließlich hatten die Kinder erlebt, dass sie fröhlich und völlig unvorbereitet in diesem Raum Platz genommen hatten und dann tatsächlich mal eben in den Weltraum geschossen worden waren. Das war doch unglaublich!

»Dieser Maschinen-Willi hat uns doch sogar noch begrüßt!«, fiel Jennifer ein.

»Ja!«, rief Ben plötzlich. »Das ist die Lösung!«

»Was?«, wollte Kathrin wissen.

»Dieser Maschinen-Mann hat doch sogar noch behauptet, dass einer fehlen würde!«, erinnerte sich Ben, worauf Miriam sofort zustimmte: »Genau! Deshalb habe ich doch Kathrin geholt!«

Das war Kathrins Stichwort! »Allerdings!«, keifte sie sofort los. »Und das werde ich dir nie vergessen. Wenn ich erst mal wieder festen Boden unter den Füßen habe, kannst du was erleben, das sage ich dir. Und vor allem . . .!«

»Halt doch mal den Mund!«, unterbrach Frank sie barsch.

Kathrin schluckte ihre weiteren Beschimpfungen hinunter und biss sich auf die Lippen. Sie war so wütend, dass sie diesen ganzen Laden am liebsten Stück für Stück auseinander genommen hätte. Und Miriam gleich mit. Sie war reingelegt worden, wollte überhaupt nicht in diesen Raum, sondern hatte nur die Gärten gesucht, und jetzt war sie wegen dieser blöden Zicke von Miriam in diesen Schlamassel geraten. Versehentlich in den Weltraum geschossen! So etwas Absurdes. Das durfte man gar keinem erzählen! Kathrin presste sich zornig in den Sessel. Sie war zum Zerplatzen sauer!

»Was ist denn nun die Lösung?«, hakte Frank ungeduldig nach.

⇩

»Man hat uns verwechselt!«, kombinierte Ben.

»Mit wem?«, entfuhr es Thomas verblüfft.

»Mit einer Gruppe von sieben Leuten, für die dieser Flug vorbereitet worden ist! Das ist die einzige Erklärung!«, behauptete Ben.

Es gibt kein Zurück

Ich muss mal!«, meldete sich Thomas.

»Na und?«, rief Miriam ihm zu. »Sollen wir dich jetzt abhalten oder wieso erzählst du uns das?«

»Ich weiß nicht, wo die Toilette ist!«, rechtfertigte sich Thomas.

Doch wo die Toilette sich befand, wusste niemand.

»Suchen!«, schlug Miriam deshalb vor.

Thomas druckste ein wenig herum. Ihm war das Thema peinlich. Er verfluchte sich dafür, dass er der Erste war, den das dringende Bedürfnis quälte. Sein Problem war nicht, dass er die Toilette suchen musste – schließlich war er der genialste Finder aller möglichen Dinge –, Thomas' Problem war, dass er nicht wusste, was er suchen sollte.

»Wieso?«, fragte Miriam verwundert. »Weißt du nicht, wie eine Toilette aussieht?«

Natürlich wusste Thomas das. Thomas wusste allerdings nicht, wie eine Toilette im Weltraum aussah. »Ich meine . . .«, fügte er zur Erklärung an, »wir sind hier in der Schwerelosigkeit und . . .« Er unterbrach sich, weil es ihm mehr als unangenehm war, darüber zu sprechen.

». . . und ich habe wirklich keine Ahnung, wie das hier gehen soll, ohne dass . . .« Wieder legte er eine Verlegenheitspause ein. Er wusste, dass die anderen sich gleich totlachen würden. Das hätte er ja auch getan, doch nun betraf es schließlich ihn selbst. ». . . Na ja . . .«, setzte er schließlich beherzt fort, »ohne dass einem die Kacke um die Ohren fliegt.«

Für eine Zehntelsekunde blieb alles still. Thomas erntete

⇩

nur verblüffte Gesichter. Dann aber prustete Kolja wie erwartet los: »Stimmt ja! In der Schwerelosigkeit bleibt die Scheiße ja nicht in der Kloschüssel! Affenscharf! Möchte wissen, wie gesprenkelt Thomas gleich vom Klo kommt!«

»Dann hat auch Thomas Sommersprossen, genau wie ich!«, frohlockte Miriam. »Nur seine riechen etwas streng!«

Miriam kugelte sich vor Lachen. Im wahrsten Sinne des Wortes. Sie hielt sich den Bauch, winkelte die Beine an, kicherte und gackerte und drehte einen Salto nach dem anderen, wie ein Trampolinspringer, der einfach nicht aus der Luft zurückkehrt.

»Ha, ha, ha!«, motzte Thomas genervt. »Furchtbar witzig! Ich muss aber wirklich dringend. Was soll ich denn machen?«

Jennifer bekam Mitleid mit ihm. Auch weil sie eher als Kolja und Miriam kapierte, dass es nur eine Frage der Zeit war, wann sie alle von Thomas' Problem betroffen sein würden.

Auffordernd sah sie Ben an. »Die Astronauten werden sich ihr Bedürfnis auch nicht wochenlang verkneifen, also gibt es dafür bestimmt eine Lösung, oder?«

»Sicher!«, bestätigte Ben.

»Und welche?«, fragte Thomas hoffnungsvoll.

Ben zuckte mit den Schultern. »Ehrlich, ich weiß es nicht.«

Thomas' Hoffnungen zerplatzten wie gleich auch sein Darm, wenn er nicht bald eine funktionsfähige Toilette fand.

»Jedenfalls nicht so genau!«, ergänzte Ben schnell, als er in Thomas' leidendes Gesicht blickte. »Die Toilette müsste eigentlich ganz normal aussehen; mehr oder weniger. Ich weiß nur wirklich nicht mehr, wie so ein Ding funktioniert.«

»Das werden wir nach Thomas' Versuch ja wissen!«, konnte sich Kolja nicht verkneifen und seine Mimik verriet, dass er sich von diesem Versuch mindestens ein kleines Unglück erhoffte, wenn nicht sogar eine größere Sauerei.

»Kolja, manchmal bist du immer noch der Blödmann, der du früher warst!«, wies Jennifer ihn zurecht. »Vielleicht bist du der Nächste, der aufs Klo muss. Also, lasst uns gemeinsam nach diesem Hightech-Klosett suchen.«

»Jennifer hat Recht!«, pflichtete Kathrin ihr bei, die es endlich wagte, sich aus dem Sessel zu befreien. Sie sah ein, dass die Reise länger dauern konnte und es unmöglich war, die ganze Zeit im Sitz kleben zu bleiben wie ein versteinerter Buddha.

Sie ahnte nicht, welchen Gefallen sie damit ihrem Körper tat. Früher, in den Pionierzeiten der Weltraumfahrt, hatte man Astronauten, die sich lange Zeit in der Schwerelosigkeit aufgehalten hatten, nach der Landung förmlich aus ihren Raumkapseln herausziehen müssen, weil die Körper so sehr geschwächt waren.

Über viele Jahre war man der Überzeugung, dass der Mensch nicht in der Lage war, sich über längere Zeiträume in der Schwerelosigkeit aufzuhalten. Bis man ganz allmählich herausfand, dass die Schwächung der Astronautenkörper auf reine Bewegungslosigkeit zurückzuführen war. Dass auch Kathrin sich jetzt zur Bewegung entschloss, entsprach den jahrzehntelangen Raumfahrterfahrungen, natürlich ohne dass Kathrin davon wusste.

»Ich habe nur etwas über Toiletten in einer Weltraum-Station gelesen«, überlegte Ben laut. »Dort befindet sich die Toilette im Mitteldeck. Aber hier sind wir ja in einer Raumfähre. Ich weiß gar nicht, ob es hier überhaupt Toiletten gibt. Denn ich vermute, dass unser Flug nur sehr kurz sein wird.«

»Wieso das denn nun wieder?«, fragte Kathrin. Sie kannte sich nicht mehr aus. Erst hieß es, dies sei kein Kotzbomber, der nur für wenige Minuten Schwerelosigkeit garantierte, dann stellte sie sich auf eine längere Reise ein und nun sollte es doch wieder nur von kurzer Dauer sein.

»Bestimmt hat Ben wieder was Schlaues in seinen Heften gelesen«, vermutete Miriam und traf damit mal wieder ins Schwarze. Ben hatte wirklich etwas in seinen Wissenschaftszeitschriften gelesen, und zwar, dass die amerikanische Tourismusbranche bereits fieberhaft Urlaubsflüge in den Weltraum vorbereitet.

»Man kann die Flüge heute schon buchen«, referierte Ben. »Man muss 4.000 Euro anzahlen.«

»Anzahlen?«, quiekte Jennifer auf. »Und wie viel kostet der Spaß insgesamt?«

»86.000 Euro!«, wusste Ben.

»Das glaube ich nicht!«, stieß Jennifer aus. »Welcher Idiot zahlt denn so viel Geld, nur um einmal in den Weltraum zu fliegen?«

»25 Passagiere sollen schon gebucht haben«, zitierte Ben den Zeitschriftenbericht. »Am 1. Dezember 2008 startet der Flug angeblich.«

»Und wie lange dauert er?«, wollte Kolja wissen. Für so eine Stange Geld von fast 90.000 Euro müsste man ja schon einiges verlangen können.

»Drei Stunden!«, antwortete Ben.

»Bloß drei Stunden?«, Kolja war entsetzt. »Das ist ja echter Nepp!«

»Kann sein«, räumte Ben ein. »Aber für uns ist das jetzt gut. Denn ich vermute, dieser Flug ist einer dieser Testflüge für den Tourismus. Wir sind mit der Testgruppe verwechselt worden und werden schon bald wieder landen.«

»Gott sei Dank!«, seufzte Kathrin erleichtert.

»Hältst du es noch so lange aus, Thomas?«, fragte Jennifer besorgt.

»Ich denke schon!«, versprach Thomas. Was blieb ihm auch anderes übrig?

»Mensch, dann lasst uns doch wenigstens noch die Aussicht genießen!«, schlug Miriam vor.

Was dort draußen zu sehen war, verschlug ihnen wirklich die Sprache. Es war der phantastischste, grandioseste, magischste Ausblick, den sie je genossen hatten.

Wenngleich sie jetzt auch nicht mehr erkennen konnten, was sie sahen. Europa war es jedenfalls nicht mehr. Sie sahen auf gigantische Bergwelten, die durch riesige, schier unendliche Wolkenlandschaften sichtbar wurden. Es war sehr deutlich Schnee zu erkennen. Die Berge mussten also sehr hoch sein.

»Ich würde gerne wissen, wo wir jetzt sind«, sagte Jennifer. »Meint ihr, wir fliegen einmal um die Erde?«

»Das dauert doch viel zu lange!«, glaubte Thomas. »Ben hat doch gesagt, wir fliegen nur drei Stunden!«

Ben lachte. »Das reicht doch dicke. Wenn wir in der Erdumlaufbahn liegen wie die Raumstationen oder Satelliten, dann brauchen wir nur 90 Minuten, um einmal um die Erde zu fliegen.«

»Nur 90 Minuten?«, staunte Miriam. »Das geht ja fix.«

Jennifer kräuselte nachdenklich die Stirn. »In 90 Minuten um die Erde? Moment mal! Dann hat unser ganzer Tag ja auch nur 90 Minuten.«

»Hä?«, machte Kolja. »Was soll das denn heißen?«

»Ist doch wohl logisch!«, begann Jennifer zu erklären. »Die Erde dreht sich in 24 Stunden einmal um sich selbst, also genau pro Tag einmal. So entstehen Tag und Nacht. Wenn wir aber schneller sind als die Erde, diese Umdrehung statt in 24 Stunden schon in 90 Minuten vollziehen, dann heißt dies, dass wir in diesen 90 Minuten einen vollen Tag erleben: Sonnenaufgang, Tag, Sonnenuntergang, Nacht.«

⇩

»Stimmt das, Ben?«, fragte Kolja nach, was Jennifer wütend machte. Der glaubte wohl, logische Schlussfolgerungen konnten nur von Jungs gezogen werden.

»Natürlich stimmt das!«, schnauzte sie Kolja an.

Ben hütete sich davor, sich einzumischen, und Miriam war es mal wieder, die mit einem lockeren Spruch aus der Streitsituation herausführte: »Wenn du weiter so blöd fragst, Kolja, dann kommst du gleich ins Bett. Spätestens in einer halben Stunde ist nämlich Nacht.«

»Da haben wir wieder Glück, dass wir nur drei Stunden fliegen!«, warf Kathrin ein. »Ich wüsste wirklich nicht, wie ich hier schlafen sollte.«

Kathrin trudelte hilflos durch den Raum. Verzweifelt bemühte sie sich die anderen am Fenster zu erreichen, doch es war geradezu aussichtslos. Sie wusste einfach nicht, wie sie es anstellen sollte, sich schwebend fortzubewegen. Nicht nur, dass sie dauernd irgendwo gegenstieß, nein, sie konnte nicht einmal ihren Körper waagerecht halten. Im Verhältnis zu den Sitzplätzen unter ihnen stand sie ständig kopf oder quer oder schlug Purzelbäume. Ihr war schon hundeelend zu Mute. Am liebsten hätte sie sich in den Sessel zurückfallen lassen, aber auch das schaffte sie nicht. Diese Schwerelosigkeit war einfach furchtbar.

»WER HAT IHNEN DAS ERLAUBT?«

Die Stimme dröhnte durch den Raum und ließ die Kinder zusammenschrecken, wodurch Kolja und Thomas sofort durch den Raum eierten. Ben konnte sich gerade noch an Frank festhalten, der ebenso wie Miriam und Jennifer einen Wandhaltegriff zu fassen bekommen hatte.

Kathrin hatte beinahe einen der Sessel erreicht, verlor vor Schreck aber die Richtung und klebte nun seufzend unter der Decke.

Urplötzlich hatte sich die eigenartige Maschine wieder gemeldet. Seit der Begrüßung und dem Start hatte sie nur still dagestanden, in zwei Schlaufen festgezurrt, als hätte man ihr den Stecker herausgezogen. Nun aber wurde sie plötzlich sehr lebendig. Sie wiederholte ihre eindringliche Frage: »WER HAT IHNEN DAS ERLAUBT?«

»Was denn?«, hakte Miriam nach.

»Es ist streng untersagt, während des Shuttle-Flugs die Sitzplätze zu verlassen! Das wurde Ihnen in der Vorbereitung doch ausdrücklich mitgeteilt!«, behauptete die Maschine. Die Linsen ihrer Kamera-Augen surrten vor und zurück.

»Verboten?«, maulte Kolja, der reichlich Erfahrung mit Verboten aller Art hatte. Sie störten ihn schon aus Prinzip. »Man reist doch nicht in die Schwerelosigkeit, um dann im Sitz angeschnallt zu bleiben. Was ist das denn für ein Schwachsinn!«

»Ich fordere Sie auf sofort die Plätze einzunehmen und sich anzuschnallen. Dieser Raum ist für die freie Bewegung in der Nullschwerkraft nicht konzipiert! Sie stellen ein Sicherheitsrisiko dar. Dieses ist die letzte Aufforderung, bevor Sie gewaltsam an Ihre Position zurückgebracht werden!«

»Dem ist wohl die Ölkanne ausgelaufen!«, motzte Kolja. »Du kannst ja mal versuchen mich zu kriegen, Schraubenkopf!«

»Ich verstehe den ganzen Ärger gar nicht!«, versuchte Jennifer die Lage etwas zu beruhigen. »Ich denke, dies ist ein Tourismustestflug? Da will man doch die Schwerelosigkeit spüren!«

»Sie werden hierzu in der Raumstation genügend Gelegenheit haben«, leierte die Maschine herunter. »Bitte setzen Sie sich jetzt sofort und schnallen sich an!«

Hätten sich die Kinder jetzt nicht in der Schwerelosigkeit befunden, wären sie mit Sicherheit vor Verblüffung in ihre

Sessel geplumpst. Was faselte die Maschine da von einer Raumstation?

»Der Start des Mond-Shuttles hat sich verzögert. Deshalb wird sich unser Aufenthalt in der Raumstation etwas in die Länge ziehen. Letzte Aufforderung, Platz zu nehmen. In zehn Minuten docken wir an der Raumstation an. Sie haben noch 45 Sekunden, um einer gewaltsamen Zuführung zuvorzukommen!«

»Wie redet der denn mit uns?«, empörte sich Miriam.

»Das finde ich aber auch!«, gab Jennifer ihr Recht. »Wir können schließlich nichts dafür, dass Sie uns verwechselt haben. Trotzdem können Sie uns behandeln wie andere Touristen auch!«

Die Maschine ließ sich jedoch auf keine Debatten ein. Sie gab ein paar piepsende Geräusche von sich und schneller, als die Kinder gucken konnten, öffneten sich selbstständig an verschiedenen Stellen der Wände kleine Klappen, aus denen spiralförmige Arme herausschossen.

Thomas bekamen sie zuerst zu fassen. Er schrie auf, hatte aber keine Chance, sich gegen den festen Griff der Greifzangen am Ende der Arme zu wehren. Sie packten fest zu, rissen ihn von der Decke zurück auf seinen Sitz und statt der Anschnallgurte schloss sich ein metallener Ring um Thomas' Bauch. Wie von einer zu groß geratenen Handschelle gefangen, wurde Thomas auf seinem Sessel festgehalten. Den anderen erging es ebenso. Es dauerte keine 30 Sekunden, da waren Ben, Jennifer, Miriam, Kolja, Frank und Kathrin eingesammelt und an ihren Sitzen fest verankert.

»Na also!«, kommentierte die Maschine zufrieden und verhielt sich wieder still.

»Was soll das?«, brüllte Miriam ihr entgegen.

Doch die Maschine wirkte wie abgestellt.

Aus irgendwelchen Lautsprechern ertönte die Information, dass in Kürze das Andockmanöver begann und es daher aus Sicherheitsgründen erforderlich war, sich Raumanzüge anzuziehen!

»Andockmanöver?«, rief Kathrin entsetzt.

»Raumanzüge?«, rief Frank begeistert. »Wo sind die denn?«

Wie auf Bestellung öffneten sich wiederum die Klappen. Die nun schon bekannten hydraulischen Arme reichten Frank und Miriam jeweils einen unglaublich dicken, aufgeplusterten Raumanzug.

»Ankleidevorgang jeweils in Zweiergruppen!«, befahl die Maschine.

Miriam und Frank wurden von ihren Fesseln befreit, während die anderen zunächst brav sitzen bleiben mussten.

Frank stürzte sich sofort begeistert auf seinen Anzug, aber leider war es gar nicht so leicht, in den Anzug hineinzukommen. Der Anzug war so dick, steif, unförmig und unbeweglich, dass Frank es beim besten Willen nicht schaffte, sich in ihn hineinzuzwängen. Vermutlich wäre das schon auf der Erde ein schwieriges Unterfangen gewesen, hier oben in der Schwerelosigkeit aber schien es tatsächlich unmöglich zu sein. Immer wenn Frank gerade glaubte, nun hätte er einen Einstieg in das dicke Plusterding gefunden, schwebten seine Beine in eine gänzlich andere Richtung wie die Beine des Anzuges und wieder passte nichts zusammen. Miriam hatte sich mit den Beinen an einem der Sitze festgeklammert und mühte sich unter größten Anstrengungen Frank den Anzug zu halten, der sich schließlich umständlich und fluchend in ihn hineinfummelte.

Es dauerte fast 20 Minuten, ehe Frank und Miriam es mit gegenseitiger Hilfe geschafft hatten, sich die Raumanzüge anzuziehen.

Anschließend folgten Ben und Jennifer, Thomas und Kolja. Die beiden halfen dann auch Kathrin noch in ihren Anzug.

Es dauerte insgesamt fast vier Stunden, bis endlich alle – wie von der Maschine gefordert – unbeweglich, im dicken Raumanzug eingepackt, auf ihren Sitzen saßen und das Andockmanöver endlich beginnen konnte.

Die Kinder konnten es durch das Fenster sogar mitverfolgen.

Mit langsamer Präzision schwebte der Raumgleiter einer Raumstation entgegen, die Ben bisher nur in seinen Raumfahrtbüchern gesehen hatte. Sie sah tatsächlich genauso aus.

Die einzelnen zusammengesteckten Module mit ihren Sonnensegeln sahen aus wie eine riesenhafte Fernsehantenne. Die Module waren nach dem Baukastenprinzip zusammengefügt und nur an einer Stelle war es möglich, mit einem Shuttle anzudocken.

Die Lautsprecher verkündeten, dass das Andockmanöver erfolgreich absolviert worden war. Die Kinder sollten sich bereitmachen zum Umstieg durch die Schleuse.

Die Metallfesseln in den Sesseln lösten sich. Sofort begannen die Kinder wieder durch den Raum zu schweben, was ihnen nun noch erheblich schwerer fiel als beim ersten Mal, weil man sich in den Raumanzügen kaum bewegen konnte.

Jennifer und Ben hielten sich fest an den Händen. Zum einen erleichterte es die Fortbewegung in der Schwerelosigkeit ein wenig und zum anderen bekamen sie es jetzt wirklich mit der Angst zu tun. Ben war sich sicher, dass hier irgendetwas furchtbar schief lief. Sie wurden von der Maschine eindeutig nicht als Teil einer Schulklasse angesehen, die sich versehentlich in diesen Raum verirrt hatte.

Mehr und mehr deutete das Verhalten der Maschine darauf

hin, dass sie auch nicht als Touristengruppe betrachtet wurden, sondern als irgendeine andere Gruppe.

Nur als welche, das war die entscheidende Frage, von der das weitere Schicksal der sieben Kinder abhing.

»Einer nach dem anderen begibt sich nun in die Schleuse. Erwarten Sie dort weitere Anweisungen!«, befahl die Maschine. »Nachdem Sie das Modul 1 erreicht haben, werden Sie vom Roboter Juwä 31-45 empfangen und für Ihre weitere Reise eingewiesen. Ich darf mich nun von Ihnen verabschieden. Ich darf Ihnen im Namen des Ministeriums die nötige Kraft und Disziplin wünschen, die Sie benötigen werden, um eines Tages zurückkehren zu dürfen.«

Ben verstand nicht so ganz, was diese Maschine ihnen sagen wollte. Aber ihm war klar, dass es sich um eine äußerst ernste Angelegenheit handelte.

»Was bedeutet das: eines Tages zurückkehren zu dürfen?«, brauste Kathrin aufgeregt auf.

Die Maschine antwortete nicht. Sie hatte ihre Funktion erfüllt und hüllte sich wieder in Schweigen.

»Ich werde das Gefühl nicht los, dass wir verflucht im Schlamassel stecken«, unkte Miriam.

Kolja, der ein feines Näschen für Ärger von Staatsseite besaß, machte ein grimmiges Gesicht.

»Das sehe ich genau so«, nickte er Miriam zu. »Hinter dieser Schleuse wartet gewaltiger Ärger auf uns. Darauf verwette ich mein Leben!«

Jennifer schrak auf. »Sei vorsichtig mit solchen Sprüchen!«, warnte sie. »Sie werden schneller wahr, als es einem lieb ist.«

»Ich will nach Hause!«, jammerte Thomas. »Mensch, wir sind doch bloß auf einem Schulausflug. Das kann doch alles nicht wahr sein!«

Diesmal war es Frank, der all seinen Mut zusammennahm. »Es

sieht ganz so aus«, gab er zu bedenken, »dass man mit der Maschine nicht reden kann. Also müssen wir jemanden treffen, dem wir klar machen können, dass es sich hier um irgendein blödes Missverständnis handelt. Und dieser Jemand wird – wenn überhaupt – hinter dieser Schleuse sein, oder?«

Ben nickte. »Ich glaube, da hast du Recht.«

»Na also!«, sagte Frank bestimmt. Er atmete einmal tief durch, bevor er fortfuhr: »Also schauen wir es uns mal an. Ich gehe vor!«

Frank wartete, bis alle ihre Raumanzüge abgelegt hatten; dann machte er tatsächlich den ersten Schritt. Er ging allerdings nicht, sondern schwebte in die Schleuse hinein. Die anderen folgten ihm mit unbehaglichem Gefühl.

Während unten auf der Erde Frau Krützfeld-Jansen verzweifelt eine Suche nach sieben vermissten Schülern begann, befanden sich Frank, Miriam, Jennifer, Ben, Kolja, Thomas und Kathrin 400 Kilometer über der Erdoberfläche und jagten mit einer Geschwindigkeit von mehr als 28.000 Kilometer pro Stunde um ihren Heimatplaneten. Und dabei hatten sie erst einen Bruchteil ihrer Reise hinter sich, wovon die sieben in diesem Moment freilich noch nichts ahnten.

Seltsame Gestalten

Ein eigenartiges Gerät erwartete die Kinder hinter der Schleuse. Jennifer hatte gehofft, dass sie endlich einem menschlichen Wesen begegnen würden, mit dem man alles in Ruhe hätte besprechen können. Kolja hatte eher einen Wächter oder Wärter erwartet. Das Gefühl, das ihm Unheil versprach, meldete sich jedenfalls immer deutlicher. Und Ben hatte zumindest mit einem faszinierenden Roboter gerechnet.

Doch nichts von alledem lauerte hinter der Schleusentür. Stattdessen wurden sie von einer Frisbee-Scheibe begrüßt, wie Frank seinem Freund Ben zuflüsterte. In der Tat hatte das schwebende Etwas Ähnlichkeit mit einem Frisbee. Es war nur größer und dicker. Und das Ding stand im Verhältnis zu den Kindern senkrecht. Es gab ja nach wie vor kein Oben und kein Unten, kein Rechts und kein Links. Da es aber besonders Thomas und Kathrin zu unangenehm war, die anderen über Kopf betrachten zu müssen, hatten die sieben vereinbart bei einer gemeinsamen Fortbewegung alle dieselbe Richtung einzunehmen. So schwebten alle mit ihrem Rücken nach oben, den Bauch nach unten, den Kopf nach vorne aus der Schleuse heraus. Es erleichterte die Orientierung erheblich.

Die Scheibe schwebte nun im Verhältnis zu den Kindern aufrecht, sodass man direkt auf ihre Oberfläche blickte.

Ben erkannte schnell, weshalb das Gerät in Scheibenform konstruiert worden war. Kaum hatten sie nämlich das erste Modul erreicht, schwebte die Scheibe an eine Wand und heftete sich dort wie mit Saugfüßen an, wobei ihre flache Scheibenform sehr hilfreich war. Nun hing die Scheibe wie eine Wandlampe an der Seite. Ben war sich sicher, dass das Ding mit einer kleinen Weitwinkelkamera ausgerüstet war, sodass es den gesamten Raum überblicken konnte.

Anders als im Shuttle gab es in diesem Raum keine Sitze. Es gab überhaupt nichts, woran man in diesem Raum Oben und Unten hätte festmachen können. An allen Wänden gab es unzählige Klappen und Griffe, Schalter und Schubladen, Lampen und Schrauben und Schläuche und Mulden. Der Raum sah aus wie ein Physik-Labor, aber nicht wie ein Empfangsraum. Genau das aber schien er zu sein, denn die Scheibe begann nun die neuen Besucher zu begrüßen:

»Es ist meine Pflicht, Sie an Bord der Raumstation Security zu begrüßen. Nach aktueller Information beträgt Ihr Aufenthalt drei Stunden 24 Minuten. Bitte geben Sie Ihren persönlichen Besitz in einen der bereitstehenden Container der Klappen eins bis sieben, die Sie unter mir finden. Sie haben 15 Minuten zur allgemeinen Orientierung in diesem Empfangsbereich. Anschließend werde ich Sie zur Einnahme einer gemeinsamen Speise ins Versorgungsmodul führen. Der Esseneinnahme folgt eine 30-minütige Pause, die Sie im Ruhezustand verbringen sollten. Es folgt ein Krafttraining von 20-minütiger Dauer. Haben Sie so weit alles verstanden?«

Jennifer wandte sich an Ben: »Hast du irgendwas verstanden?«

Ben zuckte mit den Schultern, hielt sich daraufhin schnell an Miriam fest, da allein das Schulterzucken schon wieder genügt hätte, ihn sonst wohin treiben zu lassen.

»Wir verstehen kein Wort!«, erregte sich Miriam. »Was soll das hier alles? Wir wollen zurück auf die Erde, und zwar schnell!«

»Ich weiß; das wollen alle!«, antwortete die Scheibe und Miriam überkam das ungute Gefühl, die Scheibe amüsierte sich sogar noch darüber.

»Ich sage doch: wie im Knast hier!«, zischelte Kolja leise durch die Zähne. In einem Gefängnis war er zwar auch noch nie gewesen, aber genau so stellte er es sich vor.

»Bitte legen Sie ihr Gepäck in einen der Container!«, wiederholte das Frisbee.

»Wir haben kein Gepäck!«, rief Kathrin der Scheibe zu. Sie hatte allmählich genug von dem Abenteuer. Sie hatte zufällig den eigenartigen Raum betreten, war versehentlich ins Weltall geschossen worden, hatte gegen ihren Willen an eine Raumstation angedockt und schwebte nun hier blöde im Weltraum herum, während sie auf der Erde verzweifelt gesucht wurde. Das war ja wohl alles schlimm genug! Das musste diese verdammte Scheibe oder wer immer sich dahinter verbarg doch wohl einsehen! Sie waren schließlich noch Kinder!

»Das ist ja eine Entführung!«, schrie sie heiser vor Verzweiflung.

Doch die Scheibe reagierte nicht mehr.

Vor Wut und Angst begann Kathrin zu schluchzen. Sie spürte, dass ihre Augen feucht wurden. Ihr Blick verschwamm, aber keine Träne lief an ihrem Gesicht herunter, weil in der Schwerelosigkeit kein Wasser fließen konnte. So pressten die Tränendrüsen die Flüssigkeit nach außen: Sie konnte nicht ablaufen. Kathrins Blick verschwamm mehr und mehr, bis sie nichts mehr sah und sich mit einem Taschentuch die Augen trockenreiben musste.

»Sagen Sie uns doch endlich, wo wir sind!«, schnaufte Miriam die Scheibe wütend an, blickte sich dabei aber in dem ganzen Raum um. Sie war davon überzeugt, dass die Scheibe nur ein fernbedientes Instrument irgendeines Obermackers war, der sie die gesamte Zeit über beobachtete. Vielleicht handelte es sich um einen Test? Sie hatte oft schon Filme gesehen, spannende Thriller, in denen die Helden in solche Tests geführt und heimlich von den Machern beobachtet worden waren.

Miriam überlegte, wo sich diese miesen Typen wohl aufhalten mochten und vor allem, weshalb sie einem solchen Test unterzogen wurden.

Thomas machte gar nichts. Er ließ sich resigniert durch den Raum treiben. Schon oft hatte er Abenteuer verpasst, die seine Freunde Ben, Jennifer, Frank und Miriam erlebt hatten, und sich hinterher schwarz darüber geärgert. Jetzt aber war er mittendrin und er würde in diesem Augenblick sonst etwas dafür geben, wenn er auch dieses verpasst hätte. Im Nachhinein, wenn die anderen von einem Abenteuer erzählten, das sie überstanden hatten, klang alles ganz toll und aufregend. Aber jetzt, da er mitten in der Gefahr steckte und niemand wusste, wie es weitergehen würde, bekam er es doch sehr mit der Angst zu tun. Sachte stieß er mit dem Hinterkopf gegen eine der Wände, als plötzlich zwei Greifarme aus zwei Klappen hervorschnellten und sich Thomas griffen.

»Hey!«, schrie er aus Leibeskräften und wollte sich flink beiseite drehen. Aber erstens war Thomas ohnehin nicht der Schnellste und zweitens kann man sich in der Schwerelosigkeit nun mal nur im Zeitlupentempo bewegen. Thomas hatte also keine Chance. Die Greifarme hielten ihn fest, entrissen ihm den Rucksack. Eine der Klappen eins bis sieben – es war die Klappe Nummer drei – öffnete sich automatisch, die Greifarme legten den Rucksack hinein und die Klappe schloss sich wieder.

Thomas' Angst war wie weggeblasen. In seinem Gesicht war

nichts als unbändige Wut auszumachen. Alles, wirklich alles, ließ der Gemütsmensch Thomas mit sich machen, aber wenn ihm jemand eine Tasche entriss, in der sich unter anderem mühsam gefundene und gesammelte Dinge befanden, mutierte Thomas zu einem wilden Tier.

Als hätte er sich in seinem ganzen Leben noch nie in einer anderen Atmosphäre als in der Schwerelosigkeit bewegt, glitt Thomas zielsicher wie ein Adler aus den Lüften herunter auf die Klappe Nummer drei.

»Ihr spinnt wohl!«, schrie er mit hochrotem Kopf. »Mein Rucksack! Da sind meine Sachen drin!«

Die Klappe war fest verschlossen. Thomas packte sie am Griff und zerrte und rüttelte an ihr herum, als hinge sein Leben davon ab. »Her damit, ihr Diebe!«, kreischte und keifte er.

»Ich habe doch gesagt, Sie sollen Ihr Gepäck abgeben!«, bemerkte die Scheibe dazu lapidar.

Thomas wandte sich um, blickte die Scheibe mit scharfem Blick an und zischte wie eine Schlange: »Jetzt reicht's!«

Gerade als Miriam dachte, jetzt würde bei Thomas etwas völlig aushaken und er sie alle in eine mittlere Katastrophe katapultieren, gab sich Thomas mit einem Mal ganz ruhig und höflich. Er drehte sich wieder um, öffnete eine der anderen Klappen und sagte mit sanftem Ton: »Na, Kinder, dann müsst ihr wohl auch. Will nicht noch jemand seinen Rucksack hier hineinstecken? Du vielleicht, Kolja?«

»Bist du bescheuert?«, blaffte Kolja ihn an. »Die können mich alle mal. Ich behalte meinen Rucksack.«

»Aber Kolja, sei doch nicht so!«, schleimte Thomas ihm entgegen.

Miriam war sich sicher: Jetzt war Thomas völlig plemplem. Er schwebte langsam und mit einem Gesichtsausdruck wie die heilige Madonna dem verdutzten Kolja entgegen, der sich oben an der Decke, in unmittelbarer Nähe der Scheibe, aufhielt.

»Sieh doch, mein Rucksack ist doch jetzt auch gut verstaut!«, predigte Thomas.

»Halt 's Maul, Quatschkopf!«, raunzte Kolja ihn an.

Thomas schwebte ganz dicht an Kolja heran, der schon die Hände hob, um Thomas eine zu knallen – auch wenn das in der Schwerelosigkeit vermutlich nicht sehr effektiv sein würde.

Dann aber schrie Thomas plötzlich: »Los, Kolja, hilf mir!« Mit einem Tempo, das niemand Thomas je zugetraut hätte, schon gar nicht in der Schwerelosigkeit, griff er nach der Scheibe, die an der Wand klebte, schnappte sie sich und paddelte wie ein Taucher im Tiefgang, der vor einem Hai flüchtet, zurück zur geöffneten Klappe.

»Lassen Sie das!«, forderte die Scheibe heftig.

Aus den Wänden schnellten sofort zwei Greifarme empor, doch Kolja handelte instinktiv. Er schwebte los und stellte sich den Armen in den Weg. Thomas hatte freie Bahn, legte die Scheibe in die offene Klappe, schloss sie, so wie die Arme es zuvor mit seinem Rucksack gemacht hatten, und dann war sie wie Thomas' Rucksack verschwunden, die Klappe fest verschlossen.

»Niemand klaut mir ungestraft meinen Rucksack!«, schnaufte Thomas und sah mit bitterem Blick auf die Klappen eins bis sieben.

Die Greifarme ließen von Kolja ab.

Ben und Jennifer starrten mit offenen Mündern auf Thomas.

Kathrin kratzte sich verwirrt am Kopf und Miriam gackerte laut los: »Thomas, du bist echt eine Knalltüte! Wegen ein paar Schrottteilen in deinem Rucksack schaffst du uns hier den Bewacher vom Hals, als hätte uns James Bond persönlich befreit!«

»Befreit?«, stammelte Frank, der überhaupt nicht begriffen hatte, was sich da eben vor seinen Augen abgespielt hat.

»Aber natürlich!«, jubelte Kolja. »Die Scheibe war unser Wächter, hab ich doch gleich gesagt. Thomas hat ihn alle gemacht! Prima, Kumpel!«

Thomas lächelte. Er hatte gar nicht an eine Befreiung gedacht. Er wollte nur Rache für seinen gestohlenen Rucksack.

»Meinst du?«, fragte er zaghaft nach.

»Klar!«, lobte Kolja. »Das hast du sauber hinbekommen!«

Jennifer war da erheblich skeptischer. »Ich glaube nicht, dass diese Raumstation allein von dieser sprechenden Frisbee-Scheibe betrieben wird. Wir sind sicher noch in der Macht von irgendwelchen Gegnern, die uns sehr genau im Visier haben.«

Davon war auch Ben überzeugt.

»Allerdings«, fand Miriam, »haben wir jetzt vielleicht etwas mehr Ruhe, herauszufinden, von wem wir entführt wurden und warum!«

»Und wie wir wieder zurückkommen!«, brachte Kathrin in Erinnerung.

»Also gut!«, ließ sich Ben von der Hoffnung der anderen anstecken. »Jede Raumstation hat Funkverbindung mit der Erde. Suchen wir also als Erstes die Schaltzentrale, mit der wir eine Funkverbindung aufnehmen und um Hilfe rufen können.«

»Genau. Auf geht's!«, rief Miriam. »Thomas, du bist doch der geniale Finder von allen möglichen Dingen. Wäre doch gelacht, wenn wir die Funkstation nicht finden würden!«

Thomas lächelte ihr zu. Erst langsam wurde ihm bewusst, dass er im Moment zu so etwas wie einem Helden aufgestiegen war.

In dem Eingangsmodul gab es nur zwei Ausgänge. Durch den einen waren sie gekommen. Auf eigene Faust zurück in

⇩

den Shuttle zu schweben erschien den Kindern zu riskant. Auf die Maschine, die sie vor und während des Fluges betreut hatte, schien kein Verlass zu sein. Also blieb nur die Möglichkeit, sich weiter in das Innere der Raumstation zu begeben und zu hoffen, einen Menschen zu treffen, der ihnen helfen konnte und auch wollte – oder eben über Funk Hilfe anzufordern.

Die einzelnen Module der Raumstation bestanden aus sehr kleinen Räumen. Die Verbindungen zwischen den einzelnen Modulen waren aber noch enger. Es waren klitzekleine Tunnel, durch die gerade mal ein Erwachsener hindurchpasste.

Miriam schwebte voraus und führte die kleine Karawane von sieben schwebenden Kindern an. Es wunderte Ben etwas, dass sie nichts mehr von irgendjemandem gehört hatten, seit die kleine, sprechende Frisbee-Scheibe von Thomas kaltgestellt worden war.

Doch Bens Verwunderung war nur von kurzer Dauer. Er schwebte als Letzter in das neue Modul hinein, welches erheblich größer war als das, in dem sie empfangen worden waren.

Auch dies war allerdings nicht gemütlicher, sondern sah aus wie ein Labor. Fasziniert schaute Ben sich um und entdeckte sogar einen Overall, so wie ihn der Raumfahrer in der Raumfahrtbehörde getragen hatte. Ben wusste, dass diese Anzüge ungeheuer viel Geld kosteten, weil sie aus einem ganz besonderen, feuerbeständigen Material genäht waren. Ben griff nach dem Raumanzug, der an eine Wand geklettet war.

»Wow!«, machte Ben. »Habt ihr den schon gesehen? Ich hätte wirklich Lust, den mal anzuprobieren!«

Jennifer zeigte wenig Verständnis für Bens Verspieltheit.

»Können wir uns jetzt mal darauf konzentrieren, die Funkstation zu finden?«, ermahnte sie Ben scharf.

Ben verzog das Gesicht. Es war doch immer das Gleiche.

Mädchen besaßen einfach keinen Sinn für einmalige Gelegenheiten. Es würde noch so weit kommen, dass sie viel schneller als erwartet gerettet würden und dann hätten sie alle Gelegenheiten verpasst, sich ausführlich mit einer Raumstation vertraut zu machen. Auf der Erde würden sie sich dann alle gemeinsam ärgern. Ben wusste, dass er nie wieder in seinem Leben die Gelegenheit bekommen würde, an einen echten Astronauten-Overall heranzukommen. Und wenn sie erst gerettet und das Missverständnis aufgeklärt sein würde und er gerade dann in solch einem Anzug steckte, dann würde er ihn zum Trost bestimmt behalten dürfen.

»Mit dem Overall kann ich genauso gut suchen!«, beharrte Ben.

Jennifer wandte sich beleidigt ab. »Jungs!«, schimpfte sie. »Immer vergessen sie das Wesentliche!«

Ben löste den Overall von der Wand, öffnete den Reißverschluss und fragte sich, wie man frei schwebend einen Overall anziehen sollte.

Kolja beobachtete ihn amüsiert, allerdings auch mit ein wenig Neid. Er hätte sich auch gern so einen Overall angezogen. Vorausgesetzt natürlich, dass er sich bei Ben erst mal abgeguckt hätte, wie man so ein Ding anzieht.

Frank reagierte schneller als Kolja. Statt mit großen Augen Ben anzustarren, hatte Frank einen zweiten Anzug entdeckt, der, aus seiner Perspektive gesehen, oben an der Decke hing.

Unter ihm schwebte Miriam vorbei, die sich einige Schalter besah, von deren Bedeutung sie aber keine Ahnung hatte. Es erschien ihr aber offensichtlich, dass sie nicht zu einer Funkstation gehörten.

»Ich glaube nicht, dass die Funkstation hier in diesem Raum ist!«, vermutete Kathrin.

»Ach und wieso nicht?«, fragte Thomas nach, der die große

⇩

Chance sah, sich bei den Mädchen beliebt zu machen, wenn er jetzt eifrig mitsuchte.

»Weil in diesem Raum ein Höllenlärm herrscht«, bemerkte Kathrin. »Da würde man doch sein eigenes Wort nicht verstehen.«

Miriam und Jennifer schauten sich an. Das war ihnen gar nicht aufgefallen in all der Aufregung, doch Kathrin hatte Recht. Von der Stille des Weltraumes war hier nichts zu spüren. Es rauschte und dröhnte, surrte und pumpte, piepte und knackte, dass man wirklich kaum sein eigenes Wort verstand. Doch auch durch diesen Lärm hindurch war Franks Schrei des Entsetzens unmissverständlich zu hören.

Erschrocken blickten die anderen zu ihm hinüber. Frank wirbelte brüllend mit einem Rückwärtssalto durch den Raum, schaffte es gerade noch, sich an einer Schlaufe in der Wand festzuhalten, zeigte mit ausgestrecktem Arm auf den Overall, den er sich hatte holen wollen, und stammelte fassungslos: »Da steckt einer drin!«

Man sah es wirklich erst auf den zweiten Blick. Der Raumanzug klebte einfach an der Decke, der Kopf des Mannes in dem Raumanzug steckte in einer kleinen Nische. Er trug eine schwarze Augenbinde. Die Kinder warteten ab, aber nach wie vor rührte sich der Mann nicht. Er klebte an der Decke wie tot. »Meint ihr wirklich, der ist tot?«, fragte Thomas entsetzt in die Runde.

Niemand wagte es, darauf eine Antwort zu geben, außer Kolja.

»Bestimmt einer der Astronauten dieser Raumstation. Und die Roboter aus einer anderen Welt wie diese Frisbee-Scheibe haben ihn umgebracht!«, phantasierte er sich zusammen.

Kathrin zitterte. Jennifer warf ihm einen strafenden Blick zu. »Red nicht solch einen Unsinn, Kolja!«, forderte sie energisch.

»Wieso denn Unsinn?«, verteidigte sich Kolja. »Woher willst du es denn besser wissen?«

»Weil wir nicht im Weltraum überfallen wurden, sondern von der Erde aus entführt wurden! Da stecken ganz handfeste Menschen dahinter, aber keine außerirdischen Roboter!«, erklärte Jennifer selbstbewusst.

»Aber wenn . . .«, wollte Kolja ansetzen.

»Erzähl uns jetzt nichts von einer außerplanetarischen Invasion!«, fuhr Ben energisch dazwischen. »So einen Quatsch glaubst du doch selbst nicht!«

Genau das hatte Kolja gedacht. Jetzt schwieg er lieber beleidigt. Immer hielten sich alle für schlauer als er. »Dann sag du uns doch, weshalb da die Leiche an der Decke hängt«, nuschelte er leise vor sich hin.

Ben hatte ihn trotzdem verstanden. »Das ist keine Leiche!«, beharrte er. »Der schläft!«

»Ha!«, brach es aus Kolja heraus. »So einen gesunden Schlaf möchte ich auch mal haben. Bei dem Krach hier kann man doch nicht schlafen.«

»Mit Augenbinde und Ohrenstöpseln schon«, entgegnete Ben. Er schwebte dichter an den schwebenden Mann heran, um sich von seiner Theorie selbst zu überzeugen. Zufrieden stellte er fest, dass er Recht hatte. Deutlich waren gelbe Stöpsel in den Ohren des Mannes zu erkennen. Ben erinnerte sich an einzelne Passagen seiner Weltraumbücher. Auf Grund der fehlenden Schwerkraft benötigte man im Weltraum keine Matratzen zum Schlafen. Man besaß ja kein Gewicht, welches einen auf dem Bett gehalten hätte. Ob man kopfüber schwebte oder seitwärts, gerade oder schräg, es war völlig schnurz. Überall hatte man dasselbe Schwebegefühl, weshalb es auch egal war, wo man schlief. Man machte einfach die Augen zu – und schlief ein. Um der Gefahr zu begegnen, während des Schlafes irgendwo gegenzuknallen, kletteten sich die Raumfahrer an irgendeine Wand an, banden sich eine Augenbinde um, steckten sich Ohrenstöpsel in die Ohren und konnten auf diese Weise überall sofort schlafen, ohne dass sie von den anderen gestört wurden.

In den Raumstationen gab es zwar auch Schlafkojen, die einzig den Zweck erfüllten, dass es ruhig darin war. Da Augenbinden und Ohrenstöpsel denselben Effekt hatten, nutzten die meisten Astronauten ihre Schlafkojen nicht. Das Schlafen in der Schwerelosigkeit war so einfach und angenehm, dass eine der größten Gefahren der Raumfahrer darin bestand, während der Arbeit einfach einzuschlafen. Auf Grund der Schwerelosigkeit warnte kein herabfallender Kopf, kein eingeschlafener Arm vor dem Wegnicken. Man schlummerte einfach ein, ohne es zu merken. Raumfahrer-Teams waren aus diesem Sicherheitsgrund dazu übergegangen, sich gegenseitig regelmäßig anzusprechen. Antwortete jemand nicht, so war er möglicherweise eingenickt und musste von seinem Kollegen geweckt werden.

Dieser Mann hier aber schlief bewusst. Davon zeugten die Augenbinde und die Ohrenstöpsel.

»Ob er auch ein Gefangener ist?«, fragte sich Frank.

»Das werden wir nie erfahren, wenn wir ihn nicht fragen!« Das war für Miriam glasklar und so entschied sie sich ihn zu wecken.

Die anderen sahen ihr gebannt zu.

Miriam schwebte entschlossen zu dem schlafenden Raumfahrer, zögerte nur einen kurzen Moment, als sie ihn erreicht hatte, und tippte ihn dann in die Seite.

Erschrocken fuhr der Mann zusammen, fuhr mit dem Kopf hoch, worauf sich sein Körper beinahe einmal um sich selbst drehte. Mit dem Kopf stieß er dabei versehentlich gegen die Decke, was einen entsetzlichen Fluch zur Folge hatte. Er riss sich die Augenklappe herunter, blickte verdutzt auf die Kinder, die vor und unter ihm schwebten, sah sich verwirrt im Raum um und schrie: »Verdammt, wo ist Creppi?«

»Wer?«, fragte Miriam nach.

»Hä?«, machte der Raumfahrer.

Miriam deutete mit den Zeigefingern auf ihre Ohren.

Der Raumfahrer begriff – und pulte sich die Stöpsel aus den Ohren.

»Was?«, wiederholte er.

»Wer?«, fragte Miriam ein zweites Mal, womit die Kommunikation der beiden völlig in der Sackgasse gelandet war.

Jennifer führte sie dort wieder hinaus, indem sie die vollständige Frage wiederholte: »Wer ist Creppi?«

»Sagt bloß, dem seid ihr nicht begegnet?«, staunte der Raumfahrer. »Eine kleine, sprechende Scheibe, sieht aus wie ein Crêpe – nur aus Metall. Deshalb auch sein Name.«

»Ach so!«, rief Thomas aus. »Den . . .«

Ein leichter Schlag in seine Nieren hinderte ihn am Weitersprechen. Thomas sah Kolja verwundert an.

Jennifer kapierte hingegen sofort: Sie hatten den Scheiben-Roboter eingesperrt. Und es war vielleicht von Vorteil, wenn das zunächst ihr Geheimnis blieb. So antwortete sie schnell: »Nein, so einem Ding sind wir nicht begegnet!«

»Verflixt!«, fluchte der Raumfahrer.

Kathrin hatte den Eindruck, dass dieser Mann nur aus Flüchen bestand. Alles, was er sagte, begann oder endete mit einem Fluch. »Wo steckt dieser Mistkerl schon wieder?«, meckerte der Raumfahrer.

Er sprach über die Metallscheibe wie von einem Mann, was Jennifer sofort unsympathisch war. Überhaupt machte der

Raumfahrer keinen besonders Vertrauen erweckenden Eindruck auf sie.

Gerade wollte Miriam die Stimme erheben, um zu fragen, weshalb man sie in diese Raumstation entführt hatte, als der Raumfahrer schon wieder lospolterte: »Alles muss man selber machen, verflixt noch eins. Wozu hat man diese Blechdinger an Bord, wenn die doch zu nichts taugen?«

Während er die Klettverschlüsse von der Wand löste, um sich aus seiner Schlafstellung zu befreien, schrie er aus Leibeskräften nach der sprechenden Frisbee-Scheibe: »CREP-PI! Wo steckst du schon wieder, verdammt? Die Neuen sind da!«

Wutentbrannt schwebte er zum Tunnel, der in das Eingangsmodul führte.

»Moment mal!«, rief Miriam hinterher. »Wir haben da noch ein paar Fragen!«

»Ich weiß. Himmel, Herrgott noch mal! Genau dafür ist Creppi ja da. Er soll euch alles erklären. Ich habe andere Dinge zu tun! CREPPI. Die Neuzugänge müssen essen und eingeführt werden. Verflucht, wo steckst du?!«

Derart schreiend, brüllend und fluchend, verschwand der Raumfahrer durch den Tunnel zurück in das Modul, aus dem die Kinder gekommen waren.

Fassungslos starrten die Kinder ihm hinterher.

»Was war das denn?«, platzte es aus Frank heraus. »Der ist ja vollkommen durchgeknallt!«

»Hausmeister!«, kommentierte Kolja.

Jennifer sah ihn fragend an und Kolja ergänzte: »Ich fresse einen Besen, wenn das hier nicht der Hausmeister ist. Hausmeister der Raumstation!«

Jugendreisen?

Nach einer kurzen Beratung hatten die Kinder sich entschieden dem merkwürdigen Raumfahrer nicht zu folgen. Zwar waren sie sich sicher, dass er genügend wusste, um die rätselhaften Ereignisse aufzuklären; gleichzeitig aber waren sie ebenso gewiss, dass er genau das nicht tun würde. Was immer er den Kindern erzählen würde, sie hätten ohnehin ihre Zweifel an seiner Aussage. Und wenn er erst erfahren würde, wo sich sein gesuchter Maschinenfreund Creppi befand, würde es mit der Kooperation ohnehin vorbei sein.

Der bessere Weg war also, so schnell wie möglich die Funkstation ausfindig zu machen und sich in der Raumfahrtzentrale auf der Erde zu melden. Immerhin wusste noch nicht einmal jemand dort unten, dass sie sich hier oben in der Raumstation befanden – und so lange würde sie auch niemand von hier zurückerwarten. Das machte es noch gefährlicher, dem merkwürdigen Raumfahrer allein gegenüberzustehen.

Das Innere einer Raumstation hatte sich Ben immer viel interessanter vorgestellt. Sicher, er hatte schon hunderte Fotos gesehen, die allesamt auch nie etwas Aufregenderes gezeigt hatten als kleine, enge Räume, die von Kabeln, Schläuchen, Schaltern und Klappen umgeben waren, aber irgendwie hatte er sich immer gedacht, dass die Fotos eben nicht alles zeigen konnten, dass es in Wirklichkeit viel Spannenderes zu sehen gab.

Jetzt, da er selbst im Overall der Raumfahrtbehörde durch eine Raumstation schwebte, war die Situation, in der er sich befand, zwar aufregend zum Verrücktwerden, die Räume

⇩

selbst aber waren tatsächlich so trist, wie sie auf Fotos auch aussahen.

Hinzu kam, dass man die einzelnen Dinge gar nicht richtig erkannte. Alles wirkte wie ein großes Chaos, so unfertig und provisorisch, als wären irgendwelche Leute erst dabei, die Raumstation zu bauen. Nicht einmal der Fitnessraum war als solcher zu identifizieren. Jeder weiß heutzutage schließlich, wie ein Fitnesscenter auszusehen hat. Groß, geräumig, hell, mit sauberem, strapazierfähigem Teppichboden und eben einer Menge Fitnessgeräte darin; für jedes einzelne genügend Platz, um niemand zu behindern, wenn man sich daran austobte. Aber hier?

Hier schwebte Ben unbedarft durch den Raum und wunderte sich, als Frank mit einem Male rief: »Hey stark! Ein Laufband!«

Ben suchte den Raum mit den Augen ab – und wusste noch immer nicht, wovon Frank sprach.

Frank jedoch hatte mit einem Instinkt, mit dem sonst nur Thomas Dinge fand, sofort das Sportgerät ausgemacht. Erst beim dritten Mal Hinsehen erkannte Ben ein kleines Fließband auf dem Fußboden, an dessen Seiten schlaff dicke Gummibänder schwebten, die am Fußende befestigt waren.

Frank hatte keine Ahnung von Raumfahrt und sich auch nie größere Gedanken um die Schwerelosigkeit gemacht. Aber er besaß ein exzellentes Gespür für Sportgeräte. Es dauerte eine Minute und Frank wusste, wie das Gerät zu handhaben war. Er schnallte sich die Gummibänder um die Schultern wie Hosenträger. Denn sofort war ihm klar, dass man in der Schwerelosigkeit nicht laufen konnte. Wie sollte man laufen, wenn man kein Gewicht besaß, das einen auf dem Boden hielt? Die Gummibänder ersetzten die Schwerkraft, indem sie den Läufer fest auf das Laufband drückten. Jetzt war es möglich, durch zunächst langsame, dann immer schneller werdende Laufschritte das Band in Bewegung zu setzen.

»Einwandfrei!«, schwärmte Frank und hatte im Nu ein Tempo drauf, das für Ben ein wahrer Rekordspurt gewesen wäre, für Frank hingegen lediglich einen zügigen Dauerlauf darstellte.

»Das darf ja wohl nicht wahr sein!«, schimpfte Kathrin. »Wir suchen die Funkstation, um schnellstmöglich Hilfe von zu Hause zu rufen, und du spielst hier herum!«

Frank verstand die Aufregung nicht. Für Sport hatte man immer und überall Zeit. Davon würde die Welt ja wohl nicht untergehen, weder die Welt, zu der sie zurückwollten, noch die künstliche, in der sie sich gerade befanden.

Ben sprang seinem Freund bei. »Die Sportgeräte sind hier oben kein Zeitvertreib«, erklärte er. »Sondern in der Schwerelosigkeit erschlaffen die Muskeln sehr schnell, weil sie ja mangels Gewicht nichts mehr zu halten haben. Deshalb ist es wichtig, sie durch Sport intakt zu halten.«

»Da siehst du's«, triumphierte Frank. »Was ich mache, ist sogar wissenschaftlich abgesichert!«

»Pah!«, erwiderte Kathrin schnippisch.

»Ich hab's gefunden!« Thomas' Aufschrei beendete den Streit zwischen Kathrin und Frank abrupt.

Freudestrahlend wandte Kathrin sich um. »Tatsächlich?«, rief sie ihm zu. »Wo bist du?«

»Na hier!«, meldete sich Thomas' Stimme zurück.

Kathrin war sichtlich erleichtert. Sie hatten die Funkstation gefunden. Jetzt war es nur noch eine Frage der Zeit, dass sich das Missverständnis aufklären und sie – endlich! – zurück zur Erde gebracht werden würden.

Kathrin schwebte der Stimme entgegen. Ben folgte ihr und selbst Frank brach – wenn auch nur mit einem Seufzer des Bedauerns – sein Sportprogramm ab, um in Richtung Funkstation zu schweben.

»Was wollt ihr denn alle hier?«, wunderte sich Jennifer, als Kathrin, Ben und Frank aufgeregt angeschwebt kamen.

»Na, das ist doch wirklich einen Blick wert!«, lächelte Miriam.

Kathrin ahnte schon, dass eine Enttäuschung folgen würde. »Ich denke, ihr habt die Funkstation gefunden?«, fragte sie sicherheitshalber nach.

Miriam lachte noch lauter. »Die Funkstation? Nein, Thomas hat endlich das Klo gefunden!«

»Das darf nicht wahr sein!«, stöhnte Kathrin. Am liebsten hätte sie vor Wut einen harten Gegenstand auf Miriam geworfen, aber sie wusste nicht, ob das in der Schwerelosigkeit überhaupt die erhoffte Wirkung haben würde.

Thomas hatte Glück. Neben der Kloschüssel war eine ausführliche Bedienungsanleitung angebracht, die jeden Hebel und jeden Knopf der Weltraumtoilette genau beschrieb. »Die hatten hier wohl öfter schon mal Ärger gehabt!«, schmunzelte Thomas. »Ich denke, damit komme ich klar.«

Seine letzte Bemerkung galt seinen lieben Freunden, die allesamt mit zur Toilette geschwebt waren, weil sie ihm »helfen« wollten, wie sie gesagt hatten. In Wahrheit hatten natürlich alle mal eine echte Weltraumtoilette sehen wollen und waren froh, dass Thomas und nicht sie selbst diese als Erster ausprobieren musste.

»Also bis gleich!«, betonte Thomas und machte eine deutliche Handbewegung, mit der er die anderen hinausbat.

»Augenblick mal!«, unterbrach Ben. »Seit wann wird in einer Raumstation deutsch gesprochen?«

»Wieso?«, wunderte sich Kathrin. »Wir sind doch auch in Deutschland gestartet.«

»Na und?«, entgegnete Ben. »Alle Astronauten der Welt sprechen englisch – oder russisch. Es gibt zwar auch deutsche, französische und sonst was für Raumfahrer, aber sie alle haben sich der Sprache der großen Weltraumnationen unterzuordnen – entweder den USA oder Russland.«

»Na, ich bin jedenfalls froh, dass das hier in Deutsch steht!«, stellte Thomas erleichtert fest. »Ich habe schon meine Probleme, wenn ein Computerspiel nur in Englisch erklärt wird. Ich weiß nicht, ob ich das Klo mit einer englischen Anleitung bedienen könnte.«

»Eben!«, bestätigte Ben, aber niemand wusste, was er damit meinte.

Thomas drängte die anderen nun endgütig hinaus, um sich in Ruhe seinem Bedürfnis zu widmen.

Ben nutzte die Zeit, um draußen den anderen seine Zweifel zu erläutern: Er wusste, dass große amerikanische Reiseunternehmen längst an einem konkreten Weltraum- und Mond-Touristikprogramm arbeiteten. Es war aber auch bekannt, dass diese Pläne noch lange nicht genug ausgereift für den Massentourismus waren. Wenn überhaupt, dann befanden sie sich in der Phase des Ausprobierens, der ersten Versuchsfahrten.

»Wen würdet ihr für solche Fahrten auswählen?«, fragte Ben nach seinen Ausführungen in die schwebende Runde.

»Ein paar ausgesuchte Wissenschaftler!«, rief Miriam.

»Typen mit Kohle«, glaubte Kolja. »All die durchgeknallten Reichen, die von Klippenspringen, Wellenreiten und Drachengleiten gelangweilt sind und den neuen Kick suchen.«

Ben nickte. »Das werden die späteren Touristen sein. Solche Reisen kosten schließlich locker mal eben 90.000 Euro.«

»Ich vermute zunächst Multiplikatoren«, lautete Jennifers Vorschlag.

⇩

»Wer?«, blaffte Kolja dazwischen.

»Na«, setzte Jennifer zur Erklärung an, »Leute, die das Abenteuer nicht für sich behalten, sondern anderen davon erzählen, sozusagen Reklame machen: also Fernsehteams, Journalisten, Werbeleute.«

»Das glaube ich auch«, stimmte Ben ihr zu. »Vielleicht noch ein paar mögliche Geldgeber und den einen oder anderen Arzt oder Wissenschaftler, falls es Probleme gibt.«

»Uns auf jeden Fall nicht!«, seufzte Frank. »Das hatte ich schon befürchtet.«

»Wieso?«, berichtigte Kathrin ihn. »Du bist doch hier. Wenngleich auch unfreiwillig.«

»Ganz genau!«, setzte Ben wieder ein. »Bei dem gesamten Personenkreis, den wir genannt haben, geht man davon aus, dass diejenigen englisch sprechen. Man würde sich nicht die Mühe machen, Hinweistafeln in Deutsch aufzuhängen, und schon gar nicht, die Roboter mit deutscher Sprache zu programmieren.«

»Den deutschen Hausmeister nicht zu vergessen!«, fiel Kolja ein.

»Kurzum, wir sind mit einer Gruppe verwechselt worden, die man für deutschsprachig hält«, schloss Ben seine Vermutung.

Die Tür der Weltraumtoilette öffnete sich. Thomas schwebte erleichtert heraus.

»Das ist das lauteste Klo, auf dem ich jemals gewesen bin«, berichtete er.

»Und?«, grinste Kolja. »Schwebt jetzt deine Kacke durchs All und bedroht in hunderttausend Jahren einen fremden Planeten als Meteorit?«

»Klar!«, juchzte Frank. »So ähnlich sind ja auch bei uns die Dinosaurier ausgestorben. Durch einen Meteoriten. Vermutlich war das vor Millionen Jahren auch nur der Schiss eines kleinen außerirdischen Jungen, der mal musste!« Frank lachte laut los. Diesen Gedanken fand er einfach unglaublich komisch.

»Quatsch!«, fuhr Ben dazwischen. »Außerdem werden auf einer Raumstation alle Abfälle gesammelt und auf der Erde entsorgt.«

»Schade!«, fand Kolja.

Ben kam auf seinen ursprünglichen Gedanken zurück.

»Eine deutschsprachige Gruppe hätte aber vermutlich einen Dolmetscher dabei!«, fuhr er fort.

»Da hier aber alles auf Deutsch ausgerichtet ist, bedeutet es: Die Fahrt und diese Raumstation sind auf regelmäßige deutsche Besucher eingerichtet.«

»Ist doch klar!«, rief Jennifer dazwischen. »Die deutschen Touristen tauchen doch immer überall als Erstes und vor allem nur massenhaft auf.«

Ben erinnerte sie an seine Eingangsüberlegung, dass an Massentourismus aber noch gar nicht zu denken war.

»Bleibt nur eine zweite Gruppe, denen man nicht zutraut, Fremdsprachen gut genug zu beherrschen.«

Niemand kam auf das, was Ben meinte.

»Jugendliche!«, überraschte Ben seine Freunde. »Jugendliche hatten einfach noch nicht genügend Zeit, eine fremde Sprache gut genug zu erlernen. In der Schule schon mal gar nicht.«

Das war eine Aussage, der alle aus eigener Erfahrung vorbehaltlos zustimmen konnten. Nirgends wurde einem das Erlernen einer fremden Sprache so schwer gemacht wie in der Schule. Jennifer, die allgemein als sehr sprachbegabt galt, war die Einzige, die durch eigenes Lernen in der Schule klarkam. Alle anderen quälten sich mit Nachhilfe oder halfen sich mit Ferienfahrten oder Brieffreunden im Internet weiter.

Das Dilemma war offensichtlich auch den Betreibern dieser Raumstation bewusst. Entgegen der in der Weltraumfahrt üblichen englischen Sprache war hier alles in Deutsch gefasst. Man erwartete offenbar regelmäßig Jugendliche in dieser Raumstation.

»Das ist doch unglaublich!«, entfuhr es Jennifer. Aber auch ihr wurde schnell bewusst, dass Bens Theorie Hand und Fuß hatte. Zumindest würde sie auch erklären, dass niemand – weder die Maschine während des Fluges noch der Scheiben-Roboter noch dieser Hausmeister – sich über diese Gruppe von sieben Jugendlichen gewundert hatte, die da in die Raumstation geflogen worden war. Hätte man sie mit Erwachsenen vertauscht, wäre das doch sofort aufgefallen.

Es gab keinen Zweifel: Man hatte in dieser Raumstation eine Gruppe von Jugendlichen erwartet. Aber welche? Und vor allem: Weshalb?

Reise zum Mond!

Ich begrüße Sie zum Mittagessen. Bitte nehmen Sie Platz, dann fällt Ihnen das Essen an Bord leichter.

Jennifer erschrak, als sie die Stimme hörte. Denn in diesem Modul, in das sie als Erstes hineingeschwebt war, war niemand zu sehen, der die Worte hätte sprechen können.

»Wer sind Sie?«, fragte sie entsprechend verblüfft.

Ich bin der Essenautomat!, antwortete es von irgendwoher.

Die anderen schwebten nun ebenfalls in dieses Modul hinein. »Mit wem redest du da?«, fragte Miriam sofort.

Jennifer gab eine ehrliche Antwort: »Mit dem Essenautomaten!«

»Mir wird das hier alles zu blöde!«, quengelte Kathrin, worauf aber niemand einging. Kathrins Nörgelei war am besten dadurch zu begegnen, dass man sie überhörte. Und bevor sich jemand über Jennifers eigenartige Antwort wundern konnte, redete der Automat weiter.

Bitte nehmen Sie Platz!, bat er höflich, verzichtete aber darauf, zu beschreiben, wo man Platz nehmen sollte – und wie.

»Das ist doch Unsinn!«, fand Kolja. »Wie soll man sich in der Schwerelosigkeit denn hinsetzen?«

Der Automat hatte diese Frage offenbar gehört, denn er gab auch darauf eine Antwort, indem er die Anweisung gab, wie man einen knallroten Tisch mit quietschgrünen Plastiksesseln, die in einer Bodenklappe versenkt waren, mit wenigen Handgriffen auseinander klappte.

Frank folgte den Hinweisen aus den Lautsprechern und hatte tatsächlich blitzschnell eine bunte Essgruppe zusammengestellt, die ein bisschen wirkte wie die Kinderecke bei McDonald's.

Bitte stellen Sie sich nun Ihr Menü zusammen!, forderte der Automat die Kinder auf, aber die Kinder wollten ja gar nicht essen, sondern sie suchten die Funkstation.

»Das ist doch alles nur ein mieses Ablenkungsmanöver!«, flüsterte Kolja den anderen zu.

»Wir haben keinen Hunger!«, rief er in den Raum hinein.

Der Appetit kommt beim Essen!, antwortete der Automat.

Die Kinder stöhnten laut auf.

»Das sind ja dieselben blöden Sprüche wie bei mir zu Hause!«, rief Miriam entsetzt.

Es freut mich, dass Sie sich wie zu Hause fühlen!, bedankte sich der Automat, worauf für Miriam fest stand: »Vollkommen plemplem, das Ding!«

Bitte nehmen Sie doch Platz!, wiederholte der Automat.

»Der hört wohl schwer!«, befand Miriam. »Wir haben keinen Hunger!«, schrie sie in den Raum hinein, weil auch sie noch nicht herausgefunden hatte, woher die Stimme kam.

Der Automat wiederholte monoton: *Der Appetit kommt beim Essen.*

»Jetzt langt's!«, entschied Miriam genervt. »Nichts wie raus hier. Ich wette, die Funkstation befindet sich woanders.«

Entschlossen schwebte sie auf einen der Ausgänge zu, musste dann aber feststellen, dass die freundliche Einladung des Essenautomaten keineswegs als höfliche Bitte gemeint war, sondern es sich stattdessen offensichtlich um einen strengen Befehl handelte. Denn mit einem Mal schossen aus den Wänden wieder krakenähnliche Fangarme heraus, packten Miriam und drückten sie auf einen der quietschgrünen Sessel. Kaum hatte Miriam den Sessel mit ihrem Hintern berührt, schlangen sich vollautomatisch ein paar Haltegurte um ihren Körper, pressten sie noch fester auf den Sitz und schnappten zu.

»Ich bin gefangen!«, schrie Miriam entsetzt.

Bitte setzen Sie sich doch!, bat der Automat das dritte Mal, als wäre nichts geschehen.

Miriams Freunde zogen es nun vor, den Befehlen des Automaten zu folgen. Es schien, solange man sich artig verhielt, durfte man sich frei bewegen und wurde nicht gefesselt.

»Sag ich doch!«, tuschelte Kolja. »Voll der Knast hier!«

Mit freundlicher Stimme beschrieb der Automat nun jeden Handgriff, den die Kinder zu leisten hatten, sodass Jennifer, die jetzt seinen Anweisungen folgte, keine Schwierigkeiten hatte, das Fach in der Wand zu finden, in dem das Essen bereitgestellt sein sollte. Jennifer öffnete die Klappe, sah hinein und stellte resigniert fest: »Hier ist kein Essen!«

Bitte nehmen Sie für jeden eine Portion aus dem Fach!, forderte der Automat sie auf.

Jennifer schwebte vor dem offenen Fach und wusste wirklich nicht, was sie tun sollte. Sie war ja gewillt den Anweisungen zu folgen, um nicht auch gefesselt zu werden, aber hier gab es kein Essen.

Ben trudelte schnell heran, um seiner Freundin zu helfen.

Ein kurzer Blick in das Fach genügte ihm, um festzustellen: »Hier ist doch das Essen!«

Jennifer verzog angewidert das Gesicht: »Das soll Essen sein?« Mit spitzen Fingern zog sie ein kleines Plastikpaket aus dem Fach, das auf den ersten Blick Ähnlichkeit mit einer eingeschweißten Portion Erdnüsse hatte.

Nur der Inhalt der festen Folie sah viel ekliger aus als Erdnüsse. Ein dunkles, unappetitliches Pulver befand sich darin, irgendeine undefinierbare Knetmasse. Auf der Folie war ein kleines weißes Etikett geklebt, auf dem in mikroskopisch kleiner Schrift zu lesen war: *Truthahnbrust mit Möhren und Kartoffeln.*

»Klingt doch gut!«, fand Frank. Kolja stimmte ihm zu.

»Sieht das vielleicht aus wie Truthahnbrust?« Jennifer hielt die Plastiktüte hoch über ihren Kopf.

»Sieht aus wie ein Truthahn, der unter eine Dampfwalze geraten ist«, fiel Thomas dazu ein.

Miriam musste lachen.

Ben schüttelte den Kopf. »Der Weltraumnahrung wird grundsätzlich jegliches Wasser entzogen. Das macht die Nahrung haltbarer und leichter zum Verstauen!«, belehrte Ben seine Mitschüler. »Man muss dem Essen jetzt nur noch etwas Wasser zugeben, dann alles in die Mikrowelle und fertig ist die Mahlzeit!«

»Mahlzeit!«, wiederholte Jennifer angewidert. »Klingt nicht gerade sehr gesund.«

»Fragt sich jetzt bloß, wo wir das Wasser herbekommen«, meldete sich Kathrin zu Wort, aber da war der Automat schon wieder mit einer Antwort zur Stelle und erklärte, wie der Druckwassersprühschlauch funktionierte.

Kathrin war allmählich genervt. Keinen Gedanken konnte man laut äußern, ohne dass dieser dämliche Automat dazwischenquatschte. Überhaupt ärgerte es sie, dass sie jetzt hier zum Sitzen und Essen verdammt war, wo es doch viel wichtiger gewesen wäre, die Funkstation zu suchen und um Hilfe zu rufen. Hunger hatte sie sowieso nicht.

Die Zubereitung des Essens funktionierte wie ein Zaubertrick. Der klebrige Inhalt der Plastiktütchen wurde mit Wasser vermischt, heiß gemacht und wie ein Wunder konnten Jennifer und Ben der Mikrowelle vollwertige Mahlzeiten entnehmen, die zwar immer noch alle gleich aussahen, aber tatsächlich nach dem schmeckten, was auf der Packung gestanden hatte.

Die Teller wurden auf spezielle Tabletts geklemmt, die wiederum festen Halt auf dem bunten Esstisch fanden. Zwar wäre es auch möglich gewesen, das Essen von diesem Tablett irgendwo im Raum schwebend einzunehmen, doch so rund um einen Tisch zu sitzen wie in einer Kantine entsprach doch mehr den Gewohnheiten der Kinder. Es machte das Essen einfacher.

Nur richtig Appetit hatte niemand.

Lustlos stocherte Ben in dem Essen herum. Miriam und Jennifer erging es ebenso. Nur Kolja und Frank aßen mit halbwegs normalem Appetit. Kolja kam sogar auf die Idee, mal zu testen, ob sie nicht vielleicht doch mit Erwachsenen verwechselt worden waren. »Jetzt hätte ich gern noch etwas Rotwein!«, grinste er den Essenautomaten an.

An Bord einer Raumstation gibt es keinen Alkohol!, belehrte der Automat, worauf für Kolja endgültig entschieden war, dass Raumfahrer ein bescheuerter Beruf war.[2]

Sie müssen Ihre Portionen nicht aufessen, beruhigte sie der Automat. *Es ist normal, dass der menschliche Organismus in der Schwerelosigkeit weniger Nahrung zu sich nimmt. Später auf dem Mond wird Ihr normaler Appetit weitgehend zurückkehren.*

Frank hatte sich gerade eine neue Portion mit dem Löffel in den Mund schieben wollen. Seine Hand erstarrte. Der Löffel schwebte vor dem geöffneten Mund. Jennifer ließ ihre Gabel los, die aber nicht fiel, sondern sich sofort schwebend aus dem Staub machte. Kathrin glotzte in die Leere. Und Miriam kreischte: »Wo?«

Auf dem Mond!, antwortete der Apparat ruhig. *In zwei Stunden und 18 Minuten werden Sie abgeholt.*

---

2 Die Planer der Skylab-Flüge hatten einmal beabsichtigt für die Besatzung eine Auswahl an Weinen mit an Bord zu geben. Ein US-amerikanischer christlicher Frauenverein aber protestierte und die NASA gab das Vorhaben auf. Dabei ist es bis heute geblieben.

»Aber wieso denn auf den Mond?«, schrie Thomas voller Entsetzen. »Was sollen wir denn auf dem Mond?«

Sie werden genügend Zeit haben, genau über diese Frage nachzudenken, gab der Automat zurück.

Die Kinder schwiegen und sahen sich ernst an. Ihre Lage schien erheblich bedrohlicher zu sein, als sie es sich bislang vorgestellt hatten.

Ben unternahm einen letzten Versuch. »Hören Sie«, begann er. »Wer immer Sie sind und wo Sie auch sein mögen, Sie müssen uns glauben, dass wir verwechselt worden sind. Wir sind nicht die Reisegruppe, für die Sie uns halten. Wir waren nur auf einem Schulausflug und sind versehentlich in die Rakete geraten!«

Bitte beenden Sie Ihr Mittagessen in fünf Minuten, entsorgen Sie die Abfälle in den gekennzeichneten Behälter, reinigen Sie das Geschirr mit den speziell dafür vorgesehenen feuchten Tüchern und begeben Sie sich in den Ruheraum!, lautete die Antwort des Automaten.

»Der hört überhaupt nicht zu!«, ärgerte sich Ben.

»Ich räume ab!«, rief Miriam laut.

Ben schaute sie missmutig an, weil er nicht verstanden hatte, was Miriam mit ihrem spontanen Zwischenruf bezweckte.

Miriam schaute an sich hinunter und stellte befriedigt fest, dass ihr Trick funktionierte. Die Fesseln um ihren Körper lösten sich. Miriam schwebte von ihrem Sitz hoch und schnappte sich tatsächlich ihr Geschirr.

Ben wollte ihr gerade etwas sagen, doch Miriam hielt sich mit der freien Hand schnell einen Zeigefinger vor die Lippen. »Seht!«, machte sie.

Ben schwieg. Auch die anderen verzichteten auf irgendwelche Äußerungen. Sie spürten, dass Miriam etwas im Schilde führte.

Miriam zeigte mit der freien Hand einmal quer durch die Runde, dann auf eine Ausgangstür. Dabei blickte sie horchend durch den Raum, nickte zufrieden und grinste.

Jennifer begann zu verstehen: Der Automat hörte alles, was man sagte, und reagierte darauf. Offenbar war er aber nicht darauf ausgerichtet, die Handzeichen der Menschen interpretieren zu können.

Leider beherrschten die Kinder keine perfekte Gebärdensprache, aber auch in der Schule war es nichts Besonderes, sich hin und wieder – vor allem während des Unterrichts – mit stillen Handzeichen verständigen zu müssen.

Nach und nach begriffen auch die anderen Miriams Idee: Miriam wollte die Suche nach der Funkstation fortsetzen. Dazu mussten sie erst mal diesen Raum verlassen und hoffen, dass in den anderen Modulen die Bewachung weniger streng war.

Miriam nahm zusätzlich zu dem eigenen auch noch Jennifers Tablett entgegen und nickte ihr vorsichtig mit dem Kopf zu. Jennifer kapierte, erhob sich und schwebte zur Ausgangstür, wobei sie laut sagte: »Dann suche ich mal den Ruheraum!«

Er befindet sich im Modul unter dem Essraum!, antwortete der Automat sofort.

»Ah ja!«, machte Jennifer. »Danke!« Gleichzeitig machte sie mit der Hand eine Scheibenwischer-Bewegung vor ihrem Gesicht. Mit anderen Worten: Sie dachte nicht daran, sich in den Ruheraum zu begeben.

Miriam warf die Essensreste in die Abfallklappe, wo sie sofort unter lautem Geheule eingesogen wurden.

»Warte, ich helfe dir!«, rief Ben, stieß Frank in die Seite, worauf dieser sich ebenfalls von seinem Sitz löste und frei im Raum schwebte.

»Ich muss noch mal aufs Klo!«, sagte Kolja laut und gab Thomas ein Zeichen, der sofort ebenso übertrieben laut antwortete: »Ich zeige es dir!«

Kathrin schwebte mit zwei Tabletts in der Hand auf Miriam zu. Alle Kinder waren jetzt in Bewegung, füllten den Raum bis auf den letzten Zentimeter.

Die stumme Verständigung unter den Kindern klappte hervorragend. Laut gesprochen wurde nur noch das, was der Automat hören sollte. Was sie untereinander aber wirklich verabredeten, teilten sie sich stumm mit.

So hob Ben mit einem Male beide Arme, was heißen sollte, dass er um Aufmerksamkeit bat. Alle sahen auf Ben, Frank und Thomas standen dabei sogar Kopf. Jennifer schwebte schon vor der Ausgangstür und Miriam und Kathrin klebten direkt über Bens Kopf am Müllschlucker.

»Ich habe da noch mal eine Frage!«, sagte Ben laut.

Ja bitte?, meldete sich der Automat.

Ben zeigte mit dem Zeigefinger auf jeden Einzelnen, womit er sagen sollte, dass jeder von ihnen mitmachen sollte.

Ben schaute sich um. Die anderen nickten ihm zu. Sie hatten verstanden.

»Wo ist das Klo?«, fragte Ben.

Die Toilette befindet sich . . ., begann der Automat zu antworten.

»Wo ist der Fitnessraum?«, fiel Frank ein.

Augenblick bitte, unterbrach sich der Automat, was Miriam sofort als Zeichen für sich annahm.

»Den ganzen Abfall in den Müllschlucker?«, fragte sie in den Raum hinein.

»Ich finde den Ruheraum nicht!«, brüllte Kolja.

»Gibt es noch Getränke?«, wollte Thomas wissen und Kathrin folgte sogleich mit der Frage »Wann werden wir noch mal abgeholt?«.

Die Maschine beantwortete alle Fragen, bat um Geduld, entschuldigte sich, fuhr fort mit den Antworten, entschuldigte sich wieder und geriet hörbar etwas durcheinander.

»Wo ist die Funkstation?«, fragte Ben so beiläufig und scheinheilig, wie es nur irgend ging.

Dann wartete er.

Die anderen schwiegen. Sie hatten seinen Plan kapiert und warteten gespannt, wie die Maschine reagieren würde.

Nacheinander erläuterte die Maschine, wo sich die Toilette befand, welcher Müll in den Müllschlucker gehörte, wo der Ruheraum war, welche Getränke zur Auswahl standen, wann die Raumfähre zum Mond erwartet wurde und – beendete seinen Antworten-Schwall mit den Worten *Die Funkstation im Zentralmodul oberhalb dieses Essraumes ist nicht für die Passagiere zugänglich.*

Bingo!

Ben reckte seinen Daumen empor. Endlich wussten sie, wo sich die Funkstation befand.

Jetzt mussten sie nur noch dorthin gelangen. Denn wenn das Zentralmodul als nicht zugänglich galt, würden sich bestimmt die Krakenarme wieder über sie hermachen, wenn sie den Versuch unternahmen, doch dorthin zu gelangen.

⇩

Thomas findet etwas

Schnell! Hier entlang!«, rief Ben den anderen zu. Doch niemand war von der Richtung, die Ben angab, so recht überzeugt. Und schnell ging hier oben in der Schwerelosigkeit sowieso nichts.

»Von dort sind wir doch gekommen!«, behauptete Kathrin, worauf Ben sich nur an die Stirn tippte.

»Quatsch!«, widersprach er. »Wir sind von dort gekommen!« Er zeigte auf einen Durchgang unter ihm.

»Von dort?«, zweifelte jetzt auch Frank. »Nee, von dort bestimmt nicht.«

Im Allgemeinen konnte sich Frank recht gut orientieren, aber das war, als es auch noch Orientierungshilfen wie rechts und links, vorn und hinten, oben und unten gegeben hatte – auf der guten, alten Erde.

Hier aber ging alles drunter und drüber. Was eben noch oben gewesen war, war nun rechts. Links wurde zu unten und umgekehrt und überall sah es fast gleich aus. Die Wand mit den sieben roten Schaltern, den drei Klappen und vier Hebeln zum Beispiel, war das die vordere Wand gewesen, als sie hereingekommen waren? Oder war es nicht doch die Wand mit den fünf roten Schaltern, dem blauen Knopf, den fünf Hebeln und vier Klappen gewesen?

Jennifer und Miriam waren ähnlich verwirrt. So groß waren die einzelnen Module der Raumstation doch nun wirklich nicht. Dennoch hatten sie vollständig die Orientierung verloren, was auch damit zusammenhing, dass die Fortbewegung immer noch große Mühe machte.

Selten gelang es einem der Kinder, auf Anhieb dort zu landen, wo sie hinwollten. Stets schwebten sie am Ziel vorbei, hatten zu viel Schwung oder zu wenig, drifteten zu einer falschen Seite ab oder landeten mit dem Kopf dort, wo sie eigentlich die Füße hatten platzieren wollen.

»Verdammter Mist!«, fluchte Kolja laut. »Wir haben uns in dieser engen Kammer total verirrt. Das gibt es doch gar nicht!«

»Ganz ruhig bleiben!«, lautete Jennifers Ratschlag. »Dieses Modul hier hat ja nur drei Ausgänge. Der Automat hat gesagt, dass es dort zum Ruheraum geht. Bleiben noch zwei Ausgänge. Durch einen sind wir gekommen. Ich glaube, durch den, aber wenn wir unsicher sind, können wir uns ja aufteilen. Mindestens eine Hälfte von uns erreicht dann die Funkstation und kann Hilfe rufen.«

Die anderen sahen Jennifer ernst an; zumindest diejenigen, die nicht irgendwo kopfüber in der Ecke herumschwebten, wie beispielsweise gerade Thomas.

»Wir gehen zusammen!«, forderte Miriam sofort von Jennifer. Jennifer war einverstanden.

Natürlich würde Jennifer aber nicht ohne ihren Freund Ben gehen. Und wo Ben war, da hielt sich in aller Regel auch Frank auf.

»Natürlich!«, seufzte Thomas. »Ihr vier seid mal wieder nicht auseinander zu bekommen.«

»Lass sie doch!«, bemerkte Kathrin schnippisch, die ohnehin wenig Lust verspürte, gemeinsam mit Miriam irgendwohin zu gehen. »Dann gehen wir eben zu dritt.«

Thomas blieb skeptisch.

Selbst wenn sie die Funkstation finden sollten, konnte er sich nicht vorstellen, dass Kathrin oder Kolja damit würden umgehen können. Er selbst traute es sich jedenfalls nicht zu.

»Heul nicht, du altes Baby!«, schnauzte Kolja ihn an. »Also, welchen Ausgang nehmt ihr?«

Jennifer zeigte auf den Ausgang, den sie für richtig hielt. Ben hielt ihn für den falschen, schwieg aber. So schwebten die vier durch die kleine Röhre, die – von Ben aus gesehen – unter ihnen lag.

Kolja, Kathrin und Thomas nahmen die gegenüberliegende. Sie stellten sich darauf ein, dass sie am Ende ihres Weges wieder in dem Eingangsmodul landen würden, in dem Thomas die sprechende Scheibe eingesperrt hatte. Entsprechend vorsichtig bewegten sie sich vorwärts. Da es allen dreien immer noch sehr schwer fiel, die Geschwindigkeit der schwebenden Fortbewegung zu regulieren, hielten sie sich aneinander fest. Kolja schwebte voran, ihm folgte Kathrin, die ihn an den Füßen gepackt hatte und selbst wiederum von Thomas an den Fußknöcheln gehalten wurde. Auf diese Weise gelang es ihnen, sich halbwegs kontrolliert und langsam voran ins nächste (oder vorherige) Modul zu bewegen.

Kolja hatte kaum den Kopf in den Raum gesteckt, als er sich schnell an den Wänden der Durchgangsschleuse festhielt und den anderen zuflüsterte: »Mist! Wir sind wieder im Eingang und die Scheibe wurde befreit!«

Kathrin hatte Mühe, zu bremsen, nicht gegen Kolja zu stoßen und ihn damit ungewollt ins Modul hineinzuschieben.

Thomas pochte das Herz vor Angst. Was war, wenn diese blöde Scheibe ihn erwischen würde?

Glücklicherweise war die Scheibe gerade sehr beschäftigt. Denn der Raumfahrer war bei ihr und schimpfte hemmungslos drauflos: »Ich hatte 24 Stunden nicht geschlafen. Dann endlich hatte ich Gelegenheit, mich hinzulegen. Aber was passiert nach einer halben Stunde? Ein paar Rotzlöffel kommen angerauscht und wecken mich! Und wo bist du? Du lässt dich von den Rabauken einschließen! Ich möchte mal wissen, wer so einen unfähigen Roboter wie dich gebaut hat.«

»Ich wurde in verschiedenen Instituten gefertigt . . .«, begann die Scheibe ihre Entwicklungsgeschichte zu erzählen.

Doch der Raumfahrer unterbrach sie barsch: »Schnauze! Das will doch niemand wissen!«

»Soeben haben Sie danach gefragt«, wandte die Scheibe ein.

Der Raumfahrer stöhnte auf. »Ich werde mich nie an diese künstliche so genannte Intelligenz gewöhnen! Nicht mal zur Reparatur taugst du! Schon seit zwei Tagen funktioniert das Funkgerät nicht, aber wer muss sich damit die Stunden um die Ohren schlagen? Ich!«

»Bitte wiederholen Sie!«, gab die Scheibe monoton zurück. »Stunden um die Ohren schlagen ergibt keinen Sinn!«

»Du machst mich krank!«, schrie der Raumfahrer die Scheibe an. »Kümmere dich jetzt lieber um die Kinder! Ich hoffe, die geben jetzt endlich Ruhe!«

»Auftrag wird ausgeführt!«, antwortete die Scheibe und setzte sich in Bewegung.

»Schnell weg hier, bevor sie uns entdecken!«, flüsterte Kolja nach hinten.

Kathrin fing sofort an zu jammern. Im Gegensatz zu Kolja kannte sie solche Stresssituationen nicht. Noch nie hatte sie vor jemandem fortlaufen müssen. Und schon gar nicht war sie es gewohnt, sich irgendwo herumzuschleichen, weil sie nicht entdeckt werden durfte. Sie war doch keine Schwerverbrecherin! Am liebsten wäre sie – statt nach hinten zu fliehen – nach vorn gekrabbelt und hätte den Raumfahrer noch einmal zur Rede gestellt. So ein Missverständnis musste sich doch wohl aufklären lassen!

Doch Kolja ließ eine Debatte gar nicht erst aufkeimen. »Beweg dich, du lahme Schnecke!«, herrschte er Kathrin an.

»Erst mal können vor Lachen!«, maulte Kathrin in einer Lautstärke zurück, die Kolja unwillkürlich zusammenzucken ließ. Warum stellten sich Mädchen in solch entscheidenden Situationen immer so dämlich an?

»Thomas verstopft den Gang!«, erklärte Kathrin.

Thomas baumelte dicht hinter Kathrin in der Durchgangsröhre, im Verhältnis zu ihr mit dem Kopf nach unten. Er wimmerte leise vor sich hin: »Mir ist schon wieder schlecht!«

Kolja kochte vor Wut. Sie wurden noch erwischt, weil er – der coolste Typ der ganzen Schule – ausgerechnet mit diesen beiden Trantüten losziehen musste!

»Dir wird gleich erst richtig schlecht, wenn du dich nicht sofort bewegst!«, fauchte Kolja ihn an. »Abmarsch!«

Die Scheibe surrte leise auf die Durchgangsröhre zu, in der die drei Kinder hockten.

Ihre Sensoren hatten gerade die Bewegung eines menschlichen Körpers registriert, als Thomas seinen Mageninhalt nicht mehr halten konnte.

Während Kolja sich an Kathrin vorbeidrängelte und Thomas mit einem Tritt in den Hintern den nötigen Antrieb verpasste, kotzte Thomas seine Weltraum-Nahrung in die schwerelose Umgebung.

Kolja konnte gerade noch den Kopf einziehen, da schlabberte Thomas' kaum verdauter Mageninhalt schon an ihm vorbei.

»Vorsicht!«, rief Kolja Kathrin zu, die angewidert das Gesicht verzog, als sie sah, was da auf sie zukam.

»Örgh!«, machte Kathrin, denn das Zeug sah nicht nur ekelhaft aus, sondern roch vor allem auch so.

»Da sind ja die Kinder!«, rief die Scheibe.

Der Raumfahrer schaute zur Röhre, sah darin aber nur ein paar Füße verschwinden.

Thomas trudelte aus der Röhre ins nächste Modul hinein, Kolja schwamm hinterher, Kathrin tauchte unter Thomas' Auswurf hindurch, die Scheibe erhöhte die Geschwindigkeit und empfing platschend die volle Ladung des Erbrochenen.

»Optische Sensoren ausgefallen!«, berichtete die Scheibe ungerührt, denn sie wusste weder, worum es sich bei dem Schleim handelte, der sich auf ihr ausbreitete, noch besaß sie Geruchssensoren.

Staunend betrachtete der Raumfahrer die Masse auf der Scheibe, die sich langsam zu einer dicken Halbkugel verformte und auf der Linse der Kamera kleben blieb.

Kolja, Thomas und Kathrin hatten nun genügend Zeit, sich im nächsten Modul zu verkriechen. Aber wohin? Jetzt waren sie nämlich wieder im Esszimmer.

Kolja hielt sich sofort den Zeigefinger vor den gespitzten Mund, um den anderen zu bedeuten bloß zu schweigen. Er verspürte nicht die geringste Lust auf eine Unterhaltung mit dem Essenautomaten.

Ben, Jennifer, Frank und Miriam waren indessen in einem ganz anderen Modul gelandet.

»Wenn das Kathrin sehen würde!«, entfuhr es Miriam.

In der Tat hatte dieses Modul mit den anderen nichts gemeinsam. Statt Kabeln und Klappen, Schläuchen und Knöpfen, Metall und Plastik wucherte und blühte es in diesem Teil der Raumfähre wie in einem Gewächshaus.

»Das ist auch ein Gewächshaus!«, war Ben sich sicher.

Allerdings ein sehr eigenartiges. Es gab keine Beete, sondern eine große Anzahl von Schalen war nebeneinander aufgestellt, die wiederum auf dem Boden verankert waren. In den Schalen gab es auch keine herkömmliche Blumenerde, sondern eine Art gepresster Torf, in dem die Pflanzen festgehalten wurden wie Pfeiler im Betonsockel.

Trotzdem wurde die Schwerelosigkeit optimal ausgenutzt. Denn die Pflanzenbehälter standen nicht nur auf dem so genannten Fußboden, sondern auch an der Decke und an den Wänden. Vom Standpunkt der Kinder aus gesehen, wuchsen so auf dem Boden von unten nach oben Tomaten, Gurken, Weizen und Roggen.

Direkt darüber an der Decke, von oben nach unten also, wuchsen Mais und Hirse, sogar etwas Reis und einige Früchte, während an den Wänden verschiedene Kohlsorten gediehen. Außerdem waren noch Bohnen und Kartoffeln zu erkennen.

In der Mitte des Raumes schwebten kugelförmige Lampen, die wie eine Sonne den gesamten Pflanzenwuchs gleichmäßig mit Licht bestrahlten.

»Weshalb spielen die hier oben Gärtner?«, fragte sich Frank.

Die Antwort war gänzlich einfach, fand Miriam: »Damit sie nicht zum Einkaufen auf die Erde in einen Supermarkt düsen müssen!«

Frank lachte, weil er Miriams Antwort für einen Scherz hielt, doch Jennifer sprang ihrer Freundin bei. »Diese Raumstation dient offenbar längeren Aufenthalten im Weltraum. Nicht nur ein paar Wochen oder so, sondern richtig lange.«

Ben nickte. »Vielleicht ist das hier auch nur eine Versorgungsstation für Raumgleiter, die von hier aus weite Reisen unternehmen. Die nehmen dann nicht nur ein paar Kartoffeln mit, sondern vermutlich gleich ganze Gärten.«

»Das ist ja wie bei uns zu Hause, seit wir auf dem Lande wohnen!«, erinnerte sich Frank. »Mein Vater kauft Gewürze auch immer gleich im Topf, damit sie zu Hause nachwachsen und er nicht immer nachkaufen muss! Und Gemüse gibt es neuerdings immer nur jahreszeitenbedingt aus dem Garten. Ganz schön öde im Winter.«

»Dein Vater?«, fragte Miriam kritisch nach.

Frank nickte. »Zum Glück! Wenn meine Mutter kocht, endet das Familienessen meistens beim Italiener. Das ist auf dem Lande aber gar nicht so einfach. Dann plündern mein Vater und ich die Tiefkühltruhe. Das sind dann die wenigen schönen Tage, an denen ich mal Pommes und Fischstäbchen zu essen bekomme!«

Miriam grinste. »Du Armer!«, feixte sie. »Musst dich immer so gesund ernähren!« Sie überlegte, dass sie ihrem Vater auch mal vorschlagen könnte für die Familie zu kochen, und fragte sich, ob er mehr zu Stande bringen würde als Rührei mit Schinken.

»Auf jeden Fall gibt es hier keine Funkstation!«, war sich Jennifer sicher und erinnerte die anderen auf diese Weise daran, was der Zweck ihrer Suche war.

»Was ist denn hier los?«, rief Kolja durch den Raum.

Jennifer wandte sich erschrocken um. »Was macht ihr denn hier?«

Kolja, Kathrin und Thomas ließen sich in das Gartenmodul hineintreiben und berichteten, was sie auf der anderen Seite erlebt hatten.

»Und jetzt ist die Scheibe hinter euch her?«, fragte Ben besorgt.

Kolja nickte.

»Ach, hier ist es ja himmlisch!«, säuselte Kathrin und erntete einen bösen Blick von Miriam. »Gibt es hier auch Tiere?«, wollte Kathrin sofort wissen.

»Bis auf eine doofe Ziege keine!«, antwortete Miriam gereizt.

Kathrin sah rot. Sie holte mit dem linken Arm weit aus und wollte Miriam gehörig eine knallen. Dabei war einerseits diese Bewegung in der Schwerelosigkeit so langsam, dass Miriam lässig ausweichen konnte, andererseits aber reichte die

Bewegung, um Kathrin völlig aus der Bahn zu werfen. Angetrieben von der eigenen Kraft, wirbelte Kathrin Purzelbaum schlagend durch den Garten, stieß gegen die Bohnenstangen, schleuderte zurück in den Kohl und trudelte von dort mitten in den Weizen. Endlich gelang es ihr, sich an den Tomatenstangen festzuhalten.

Wütend kreischte Kathrin durch den Raum, als wollte sie das halbe Universum um Hilfe zusammenschreien.

Kolja rollte mit den Augen. »Die Alte geht mir auf den Docht!«, giftete er.

»Sei still!«, befahl Jennifer ihr. »Du hetzt uns ja den Raumfahrer und seine Helfer auf den Hals, du dumme Nuss!«

Kathrin biss sich zornig auf die Lippen. »Na und?«, keifte sie. »Ich bin ja sowieso nur wegen euch hier. Ich habe hier doch gar nichts zu suchen. Ich werde das gleich dem Raumfahrer erzählen und dann schickt er mich nach Hause!«

»Die hat doch 'ne Schramme!«, war sich Kolja jetzt sicher und auch Thomas fand, dass Kathrin die Lage der Dinge erheblich missverstand.

Da er sich die meiste Zeit aber ebenso unwohl gefühlt hatte wie sie, segelte er zu Kathrin in den Weizen und versuchte sie zu beruhigen. Kaum aber war er neben ihr mit dem Kopf nach unten im Getreide gelandet, rief Thomas plötzlich aus: »Ich hab was gefunden!«

Kolja fasste sich an den Kopf. Das durfte doch nicht wahr sein, mit was für trüben Tassen er hier die Zeit vertrödeln musste.

Thomas drehte sich umständlich um sich selbst – und hielt einen Zettel in der Hand!

»Was ist das?«, wollte Ben wissen.

»Da steht was drauf!«, erklärte Thomas und reichte den anderen den Zettel.

Ben nahm ihn entgegen. Jennifer lugte ihm über die Schulter. Miriam kam über Kopf entgegengeschwebt und dachte zunächst, sie könnte die Schrift nicht entziffern, weil sie es kopfüber las, aber auch Jennifer und Ben blieb es schleierhaft, was da auf dem Papier zu lesen war:

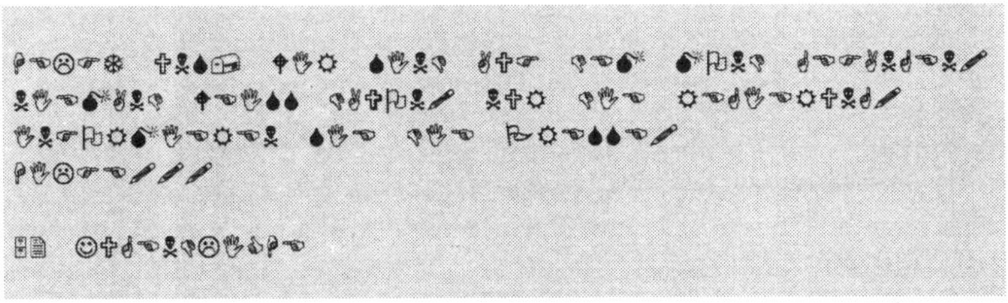

»Was soll das denn sein?«, wunderte sich auch Frank.

»Keine Ahnung!«, gab Ben zu. »Aber es ist irgendein Maschinenausdruck. Vielleicht nur ein Testdruck von irgendeinem Gerät oder so. Mein Drucker macht manchmal auch so blödsinnige Zeichen, wenn etwas mit dem Treiber nicht richtig läuft.«

»Thomas und seine spannenden Entdeckungen!«, bemerkte Kolja spöttisch. »Den Wisch kannst du wegschmeißen!«

»Kommt gar nicht in die Tüte!«, protestierte Thomas. »Nur weil ihr nichts damit anfangen könnt! Ich bewahre das auf!« Mit diesen Worten riss er Ben den Zettel aus der Hand und stopfte ihn sich in die Hosentasche. Seinen Rucksack hatte er verloren, doch mit diesem Papier war bereits wieder die Grundlage für eine neue Sammlung gelegt, die nun in seiner Hosentasche Platz finden musste.

Ben lachte. Wenn Thomas etwas zum Sammeln hatte, dann ging es ihm gut. Die Gruppe hatte damit ein Problem weniger. Das andere Problem wuselte noch immer durch den Weizen und war sauer auf alles und jeden.

Das größte Problem aber schwebte in diesem Moment ins

Gartenmodul hinein und zeterte mit blecherner Stimme: »Da haben wir ja wieder alle beisammen!«

»Das Frisbee!«, stieß Frank erschrocken hervor. »So ein Mist!«

Eiskalte Methoden

Ben biss sich verärgert auf die Lippen. Jetzt waren sie erwischt worden, bevor sie die Funkstation gefunden und die Chance besessen hatten, Hilfe zu rufen.

Kathrin war zum Heulen zu Mute. Ihre einzige Chance, doch noch nach Haus zu kommen, sah sie darin, sich der Maschine anzuvertrauen, ihr die Sensoren voll zu jammern, sich von ihren Mitschülern zu distanzieren und darauf zu bauen, Mitleid und Gnade zu erwecken. Mit dieser Methode jedenfalls hatte Kathrin in der Schule bei manchen Lehrern schon oft Erfolg gehabt, bessere Noten ergattert und sich bei der Krützdoof erfolgreich eingeschleimt.

»Lieber Herr Automat!«, piepste Kathrin mit weinerlicher Kleinmädchenstimme.

Frank drehte sich mit finsterer Miene zu ihr um. Wenn er auf diesem Planeten etwas hasste, dann war es Kathrins unterwürfige Brave-Mädchen-Tour, mit der sie um ihre Vorteile buhlte. Es widersprach einfach zutiefst seinem Sportsgeist. Er fühlte, dass er diese miese Art auch außerhalb des Planeten hasste.

»Ich glaube, hier liegt ein ganz, ganz großes Missverständnis vor!«, säuselte Kathrin auf den Automaten ein.

Frank eierte auf Kathrin zu. Miriam sah, was Frank vorhatte, und machte sich ebenfalls bereit.

Kolja beachtete weder Kathrin noch die anderen. Er wusste, wenn ihm nicht binnen weniger Sekunden ein Fluchtweg einfallen würde, dann waren sie geliefert. Solange man ihn aber nicht direkt am Schlafittchen gepackt hatte, so lange gab er den Willen zur Flucht nicht auf. Zu oft hatte er schon im Schlamassel gesteckt, war bisher aber noch jedes Mal mit heiler Haut herausgekommen. Jedenfalls fast. Eine Jugendstrafe hatte er allerdings schon hinter sich.

»Wissen Sie, ich habe mit dieser Gruppe eigentlich nichts zu tun . . .«, schleimte Kathrin munter weiter, kiekste aber plötzlich laut, weil Frank ihr von hinten in die Hüfte zwickte.

»Noch ein Wort, dann mache ich dich zu Mus!«, flüsterte er ihr drohend ins Ohr.

Kathrin unterbrach für einen kurzen Moment ihr Plädoyer für sich selbst und blickte Frank böse in die Augen.

Da kam bereits Miriam von hinten angesegelt. »Und ich kratz dir die Augen aus, du miese Schnepfe!«, versprach sie ihr.

»Ich erwarte, dass Sie sich unverzüglich in den Ruheraum begeben. Aber sofort!«, forderte die Frisbee-Scheibe von den Kindern ultimativ.

Kolja entdeckte oben, direkt über der Frisbee-Scheibe – zwischen Mais und Hirse – eine Luke. Der Deckel der Luke war zwar geschlossen, enthielt aber eindeutig einen Griff, um sie zu öffnen. Ob es möglich war, durch sie hindurch zu entkommen?

Er gab Jennifer ein Zeichen, die sofort verstand. Das Problem war, dass die Scheibe direkt vor dieser Luke herumschwebte. Würde es ein zweites Mal gelingen, die Scheibe hereinzulegen und sie von der Luke fortzulocken? Außerdem wussten die anderen noch nicht Bescheid, um gegebenenfalls schnell genug reagieren zu können.

»Ich lass mich nicht erpressen!«, zischelte Kathrin Frank zu. »Und von dir schon gar nicht, du Pissnelke!«, giftete sie Miriam noch an.

»Ich warte noch 15 Sekunden, bis Sie sich in den Ruheraum begeben!«, warnte die Scheibe.

»Wo ist der denn überhaupt?«, fragte Jennifer nach. Sie wusste es wirklich nicht.

»Folgen Sie mir!«, antwortete die Scheibe. »Sollten Sie jedoch ein zweites Mal auf dumme Gedanken kommen, kann ich Sie nur warnen. Dann müssen wir Sie für den Rest der Reise leider in Sicherheitsverwahrung nehmen. Sie wissen, was das bedeutet.«

Jennifer wusste es nicht. Sie wollte es lieber auch gar nicht wissen. Denn es klang ganz und gar nicht gut. Die Scheibe setzte sich in Bewegung, und zwar von der Luke fort. Das war ihre große Chance. Gleich würde die Luke frei sein.

»Warten Sie!«, rief Kathrin dazwischen.

Die Scheibe stoppte.

Kolja fluchte innerlich. Diese dumme Kuh würde noch alles vermasseln.

Ben erkannte an Jennifers Gesichtsausdruck, dass sie etwas im Schilde führte, Kathrin aber dabei war, alles zu verderben. »Halt 's Maul, Kathrin!«, brüllte er.

Das war das Stichwort für Miriam. Sie packte Kathrin an den Haaren und zog kräftig daran. Kathrin schrie auf und flog quer durch den Raum, direkt auf die Scheibe zu.

»Lassen Sie das!«, schimpfte die Scheibe.

Frank stürzte Kathrin hinterher. Ihre Lektion reichte noch nicht aus, fand er. Er wollte endgültig sichergehen, dass Kathrin ihre egoistischen Alleingänge bleiben ließ.

»Die Luke!«, rief Kolja und fasste nach Jennifers Hand. Jennifer begriff und zog Kolja an der Hand nach oben, dann ließ sie ihn los, sodass Kolja genügend Schwung hatte, zur Luke zu schweben.

Kathrin knallte gegen die Scheibe, die durch diesen Stoß in den Tomaten landete. »Aufhören!«, forderte sie.

Kolja betätigte den Griff der Luke, Ben und Jennifer sahen

⇩

ihm mit angehaltenem Atem zu. Miriam behielt die Scheibe im Auge und Frank schnappte sich Kathrin. Wütend packte er sie mit einem festen Griff im Genick. Kathrin schrie und gurgelte: »Lass das!«

»Hör endlich auf mit deiner Ego-Scheiße!«, schrie Frank auf Kathrin ein. »Wir müssen hier zusammenhalten! Ich prügle dich sonst windelweich!«

»Mami! Lass mich! Idiot! Hilfe!«, kreischte Kathrin, woraufhin Frank fester zudrückte.

Die Scheibe drehte sich wieder den Kindern zu.

»Wache!«, rief sie.

Kolja hatte nun endlich die Luke geöffnet.

»Nicht! Sind Sie wahnsinnig?«, brüllte die Scheibe.

Hinter der Luke befand sich kein Ausgang, wie Kolja gehofft hatte. Stattdessen schwebte ihm ein großer, weißer Container mit der Form eines Sarges entgegen. Kolja wich nicht schnell genug zurück, sodass er oben an der Decke mit dem Container kollidierte. Er purzelte mit mehreren Rückwärtssaltos durch den Raum, während auch der Container seine Richtung änderte und auf Jennifer und Ben zuschwebte, wobei er sich um die eigene Achse drehte.

Ben konnte nun ein kleines Sichtfenster in dem Container entdecken. Er schaute hindurch, wurde schneeweiß im Gesicht und kreischte: »Ihhh! Da ist einer drin! Ein Toter!«

Durch den Raum schrillte mit einem Mal eine ohrenbetäubend laute Alarmsirene.

»Was ist denn nun passiert?«, schrie Jennifer.

Kolja knallte gegen die Wand, Kathrin begann zu weinen, die Scheibe rief erneut nach der Wache und Ben trudelte quer durch den Raum.

»Kritischer Punkt überschritten!«, stellte die Scheibe fest. Sie blieb regungslos in der Luft hängen, doch Ben war sich sicher, dass von der Scheibe in diesem Moment eine Reihe von Befehlen ausging, die irgendwo in dieser Raumstation empfangen wurde.

Aus derselben Luke, aus der der Container herausgeschwebt war, folgten nun zwei hydraulische Arme, die mit ihren metallenen Greifhänden den Container packten, ihn aber nicht fortzogen.

Zwei Raumfahrer, die die Kinder bis dahin noch nicht zu Gesicht bekommen hatten, schwebten in den Raum hinein. Kolja war sofort klar, dass es sich um die gerufene Wache handelte.

»Sorgen Sie dafür, dass diese Kinder endlich Ruhe geben!«, befahl die Scheibe, woraufhin die Männer sofort ein paar eigenartige Lederriemen aus ihren Anzügen hervorholten.

»Wir sollten sehen, dass wir hier wegkommen!«, rief Kolja den anderen zu.

Temperaturabfall kritisch!, ertönte eine Automatenstimme durch den Raum.

Die Wächter hatten mit einem einzigen Blick herausgefunden, wer das schwächste Glied in der Kindergemeinschaft darstellte. Zielstrebig flogen sie auf Kathrin zu, die nur erschrocken aufschrie, sich aber nicht wehrte.

Miriam bemühte sich noch zu ihr zu eilen, war in der Schwerelosigkeit aber auch zu langsam.

Schon hatten die Männer Kathrin die Lederriemen so über den Körper gezogen, dass sie aussah wie ein Kleinkind im Laufriemen. An Kathrins Rücken war ein Haken, an dem die Männer Kathrin fest an eine Wand zwischen dem Kohl verankerten, sodass sie dort hilflos zwischen den Beeten herumzappelte. »Macht mich sofort los!«, jammerte sie.

Kolja und Miriam hatten nun einen der beiden Wächter erreicht. Kolja ging dem Mann von oben an den Kragen, während Miriam versuchte ihm von unten zwischen die Beine zu

⇩

boxen. Doch ihr Schlag hatte zu wenig Kraft, um dem Mann etwas anhaben zu können.

Frank kam den beiden zu Hilfe, während Ben und Jennifer sich dem zweiten Wächter in den Weg legten.

»Himmel, sind das widerliche Zecken!«, schimpfte der erste Wächter, der nun Kolja in den Haaren sitzen hatte, Miriam am Bein und Frank an der Gurgel. »Sollten wir sie nicht lieber gleich einfrieren?«

Noch eine Minute und 30 Sekunden bis zur Einleitung des Wiederbelebungsprozesses!, ertönte wieder die Stimme durch den Raum, die die Kinder in diesem Augenblick des Kampfes aber nicht bewusst wahrnahmen.

Während Ben so gut es ging an dem zweiten Wächter rüttelte, packte der Jennifer am Arm, als ob es Ben gar nicht gäbe. Unbeirrt legte er Jennifer das Lederriemen-Korsett um den Körper, ohne dass sie auch nur den geringsten Widerstand leisten konnte. Der Wächter besaß unglaubliche Kräfte. Ben wunderte sich noch einen kurzen Moment darüber, weil er wusste, dass sowohl Körpergröße als auch die Muskelkraft in der Schwerelosigkeit mit der Zeit abnahmen, allem Training zum Trotz.

Die hydraulischen Arme zogen nun den Container wieder nach oben zur Luke. Sie mussten diesen Vorgang jedoch schnell wieder unterbrechen, weil irgendetwas im Weg war, wie sie meldeten.

»Wieso im Weg? Was ist denn da?«, fragte die Scheibe.

Inzwischen saß auch Ben in der Klemme, festgezurrt mit den Lederriemen an der Wand neben Kathrin.

Nur Kolja und Frank schwebten noch frei in der Luft herum. Das waren für die Wächter auch die schwersten Brocken.

Wie ein Ninja-Kämpfer schwirrte Kolja im Rückwärtssalto nach hinten. So hatte er immer schon mal kämpfen wollen. Er war ein großer Fan von Ninja-Kämpfer-Filmen. Da er aber nie in der Lage gewesen war, sich auch nur annähernd so artistisch zu bewegen wie die Filmhelden, hatte er diese Übungen bislang nur im Schwimmbad unter Wasser ausprobiert. Hier in der Schwerelosigkeit aber gelangen ihm die Kunststücke außerordentlich gut. Er huschte durch den Reis, flog an den Bohnen vorbei und gewann richtig Spaß an diesem Kampf. »Komm doch, Arschloch!«, rief er dem Wächter aus den Gurken zu.

Frank runzelte skeptisch die Stirn. Ihm war beileibe nicht so wohl zu Mute wie Kolja. Immerhin saßen Ben, Miriam und Jennifer schon fest. Und das sollte zumindest bei Miriam schon etwas heißen. Frank war zwar kräftig und ein geübter Judo-Sportler (Frank legte immer Wert auf die Unterscheidung, dass er ein Sportler und nicht etwa ein Kämpfer war!), doch an Miriam würde er sich niemals so leicht herantrauen. Sie konnte eine wilde Furie werden. Sein Gegenüber aber hatte Miriam mit wenigen Handgriffen gefesselt und ruhig gestellt. Außerdem hatte Frank bei weitem nicht so viel Übung, sich in der Schwerelosigkeit zu bewegen, wie sein Kontrahent.

Ohne seinen Gegner aus den Augen zu lassen, schaute Frank sich schnell in dem Raum um. *Wo war eigentlich Thomas?*, fragte er sich. Den hatte er schon eine ganze Weile nicht mehr gesehen.

Der Wächter schwebte auf Frank zu.

Frank hatte noch immer keine Idee, wie er sich wirkungsvoll gegen seinen Angreifer schützen konnte. Hilflos suchte er noch immer die Umgebung ab. Und plötzlich war da etwas! Hinter dem Wächter schwebte etwas heran, das der Wächter nicht sehen konnte. Frank aber hatte es sofort identifiziert! Es war Bens Turnschuh!

⇩

Noch ehe der Wächter Frank erreichte, knallte ihm der Turnschuh gegen den Hinterkopf!

Das war zwar nicht sehr wirkungsvoll, weil ein Turnschuh nicht sonderlich hart ist, aber immerhin drehte sich der Wächter für einen Moment kurz um und blickte verwirrt auf den Turnschuh. Genug Zeit für Frank, nach unten abzutauchen und so die Entfernung zu seinem Verfolger wieder zu vergrößern.

Frank sah, wie Ben sich nur mit seinen Füßen den zweiten Turnschuh auszog und ihn mit einem Bein gezielt in Richtung Wächter schoss.

Das war eine Idee!

Es gab ja keine Schwerkraft! Alles Gegenstände flogen deshalb gleich gut. Und das bedeutete: Alles, was man bekommen konnte, war auch als Waffe zu benutzen, die man seinem Gegner entgegenschleudern konnte. Deshalb war doch in einem Raumschiff alles festgezurrt: damit es nicht unkontrolliert durch die Gegend schwebte und irgendetwas kaputtmachte. Chaos war schon immer die Waffe der Kinder gegen die Erwachsenen. Erwachsene konnten mit Chaos einfach nicht umgehen. Also sollten sie das Chaos bekommen! Frank nutzte Bens Idee, griff in seine Hosentasche und holte sein Taschenmesser hervor. Er klappte es auseinander und stieß es in Richtung Wächter. Er musste es hier ja nicht werfen, man musste lediglich die Richtung bestimmen.

Der Wächter sah erschrocken das Messer auf sich zukommen.

Frank schaute sich unterdessen noch einmal um und entdeckte nun plötzlich hunderte Waffen, die er dem Wächter in den Weg werfen konnte. Er rupfte Gestrüpp aus dem Beet, das er nicht identifizieren konnte, und ließ es zu dem Wärter schweben.

Und dann entdeckte er etwas ganz Vorzügliches: ein Labor! Mitten im Grünen gab es ein komplettes Labor mit tausend Klappen und Fächern, festgezurrten Instrumenten und Tafeln.

So schnell er konnte, öffnete Frank alles, was sich öffnen ließ. Was da alles Schönes zum Vorschein kam! Schaufeln und Harken, Schraubenzieher und Zangen, Schreibblöcke und Fotokameras. Sogar Bücher und Wecker, Schuhe und Walkmen. Offensichtlich hatten einige Astronauten hier auch einen Teil ihres Privatgepäcks untergebracht.

Der Wächter kam keinen Millimeter voran. Harken und Schaufeln, Trinkbecher und Schokolade, Familienfotos und Musikkassetten flogen ihm entgegen. Frank machte sich an weitere Fächer heran. Das war ja die reinste Fundgrube! Mikroskope gab es in dem einen, Ferngläser und Taschenlampen in dem anderen Fach. Frank kramte alles heraus, was er kriegen konnte.

»Frank, lass das sein!«, schrie Kathrin entsetzt, als sich ein gelber Lappen quer über ihr Gesicht gelegt hatte.

»Ganz meine Meinung!«, schimpfte der Wächter, während er mit den Händen ein schwebendes Mikroskop, eine Schere und ein 450 Seiten dickes Buch über Kakteenpflege aus dem Weg schaufelte, die durch die Richtungsänderung nun schnurstracks Kurs auf seinen Kollegen nahmen. Der holte gerade mit der rechten Hand aus, um sich Kolja zu schnappen, griff dabei aber versehentlich in die hinter ihm schwebende Schere und fluchte fürchterlich.

Kolja nutzte seine Chance, tauchte unter seinem Gegner hindurch, griff nach dem unter ihm fliegenden Messer, stieß mit einem Fuß einen Fotoapparat fort und stach dem Wächter mit dem Messer von unten in die Wade.

Der Wächter schrie wütend auf. »Na warte, Bürschchen!«, drohte er. »Wenn ich dich zu fassen bekomme!«

»Kümmert euch um die Frost-Box!«, befahl plötzlich die Scheibe. »In 58 Sekunden beginnt der Auftauprozess. Das hätte uns gerade noch gefehlt! Was ist denn dort im Weg?«

Beide Wächter ließen von Frank und Kolja ab, wandten sich dem schwebenden Container zu und fluchten laut.

»Was denn noch alles, verdammt?«, schimpfte der eine.

Der andere schwebte hinauf zur Luke, um nachzusehen, worin das Problem bestand.

Erst jetzt registrierte Ben, was die Männer da die ganze Zeit erzählten: Einfrieren? Auftauprozess? Frost-Box? Was hatte das zu bedeuten?

»Das darf ja wohl nicht wahr sein!«, rief der Wächter, der die Luke untersuchte. »Da ist ja noch einer!«

Ben sah nur noch die Beine des Wächters. Sein Oberkörper befand sich schon innerhalb der Luke und schien nach irgendetwas zu greifen.

Der zweite Wächter löste die hydraulischen Arme von dem noch immer frei im Raum schwebenden Container und schob ihn eigenhändig in Richtung Luke.

»Was ist denn dort?«, fragte er seinen Kollegen.

Kolja und Frank nutzten die Gelegenheit, schwirrten hinab zu Ben, Miriam und Jennifer und befreiten sie von ihren Lederfesseln.

Bei Kathrin angekommen, stutzte Frank. Er fragte sich, ob er diese ewig flennende Zicke, die bereit war ihre Freunde für den eigenen Vorteil im Stich zu lassen, wirklich befreien sollte.

»Du willst mich doch hier nicht hängen lassen!«, schimpfte Kathrin entsetzt.

»Doch, eigentlich schon!«, antwortete Frank hart, aber ehrlich.

»Mistkerl!«, fauchte Kathrin.

»Schnauze!«, konterte Frank – und löste auch Kathrins Fesseln.

Der Wächter kam aus der Luke hervor, wobei er ein Bein nachzog, weil an dem noch eine Person hing, die nun sichtbar wurde.

»Thomas!«, rief Ben und duckte sich sogleich, weil gerade ein Mikroskop auf ihn zuflog. Das Chaos in dem schwerelosen Raum war ja noch immer nicht beseitigt. Die Kinder mussten bei ihren weiteren Bewegungen äußerst vorsichtig agieren, um nicht von Messern, Scheren oder anderen spitzen oder harten Gegenständen verletzt zu werden.

Resigniert schaute der Wächter, den Thomas am Bein festhielt, auf die befreiten Kinder. Er wusste, dass der Kampf mit diesen quirligen Rabauken aufs Neue beginnen würde. Man konnte seiner Miene ansehen, dass er dazu überhaupt keine Lust verspürte. Im Moment hatte er aber ohnehin keine Zeit dafür, weil er sich erst um den schwebenden Container kümmern musste.

»Nur noch 23 Sekunden!«, drängelte die Scheibe.

Der Wächter ließ Thomas los.

Das war das Startsignal für die Kinder. »Nur noch 20 Sekunden. Das gilt auch für uns!«, rief Ben aufgeregt. »Weg hier!« Er schaute sich schnell um. Viele Möglichkeiten blieben nicht.

Die Luke führte nicht nach draußen. Ein zweiter Ausgang war nicht zu sehen, also mussten sie zurück durch den ersten, von dort blieb aber nur der Weg in den Ruheraum. Wo aber befand sich die Funkstation?

»Also zurück!«, entschied Jennifer. »Vielleicht geht es vom Ruheraum aus ja weiter.«

Ben nickte. Frank schwebte als Erster durch den Ausgang zurück ins Modul, aus dem sie ursprünglich gekommen waren.

Miriam und Jennifer nahmen Thomas in ihre Mitte und folgten im fliegenden Gänsemarsch Ben und Frank.

Kolja schob Kathrin vor sich her. Er traute ihr ganz und gar nicht über den Weg und hatte für sich beschlossen diese dumme Nuss erheblich schärfer im Blick zu behalten. Wenn sie endlich die Gefahr hinter sich gelassen hatten, würde sie ohnehin noch einiges erleben. Darauf konnte sie Gift nehmen. Niemand, der seine Kumpels verriet, durfte ungestraft davonkommen. Das war eine von Koljas goldenen Überlebensregeln.

Kathrin maulte, sagte aber nichts weiter, sondern schwebte missmutig den anderen hinterher.

Kolja wandte sich noch einmal den Wächtern zu, um sich zu vergewissern, dass sie wirklich mit dem Container beschäftigt waren. Die Wächter drehten den Container – im Verhältnis zur Luke – gerade von der waagerechten in die horizontale Lage.

Dies ermöglichte Kolja, einen schnellen Blick durch das Sichtfenster zu werfen, durch das schon Ben den Toten gesehen hatte.

Kolja sah direkt in das Gesicht der Leiche und – erschrak!

Das konnte doch nicht sein! Kolja rieb sich die Augen und sah noch einmal genau hin.

»Schneller!«, forderte die Scheibe. »Wir haben nur noch zehn Sekunden!« Sie begann diese zehn Sekunden abzuzählen: »Neun . . . acht . . .«

Kolja schwebte dichter an den Container heran, schaute sich das Gesicht der Leiche noch einmal intensiv an.

»Kolja! Wo bleibst du?«, schrie es aus der Übergangsröhre.

». . . fünf . . . vier«, zählte die Scheibe.

Kolja ließ sich aus seinen Gedanken reißen. »Ich komme!«, rief er seinen Freunden zu, machte in der Luft einen Rückwärtssalto und schwamm eilig hinüber ins andere Modul, während er hinter sich hörte: ». . . zwei . . . eins . . . zu spät! Zu spät! Abbruch! Auftauen einleiten! Sagen Sie Dr. Peters Bescheid.«

Die Alarmsirene heulte durch die Raumstation.

⇩

Die geheime Schrift

Unter einem Ruheraum hatte sich Jennifer wahrhaftig etwas anderes vorgestellt. Das Modul war noch kleiner als der Eingangsbereich, ebenso ungemütlich mit grauen Wänden, die nur aus Klappen, Fächern, Griffen, Schlaufen und Knöpfen bestanden. Das Einzige, was diesen so genannten Ruheraum vom Eingangsmodul unterschied, waren zehn mannsgroße Nischen, die in die Wände eingelassen waren.

»Sollen das die Betten sein? Das wäre mir viel zu eng!«, fand Jennifer.

»Wir wollen ja auch nicht schlafen!«, erinnerte Ben sie. »Allerdings wäre es wohl klüger, sich zunächst mal in die Nischen zu begeben.«

»Wieso das denn?«, meckerte Thomas. »Da komme ich mir ja vor wie eine Sardine in der Dose.«

Ben erinnerte die anderen daran, dass der ursprüngliche Befehl der Scheibe nach dem Essen gelautet hatte, dass sie sich in den Ruheraum begeben sollten. »Solange wir brav dieser Anweisung folgen, werden wir vor den Wächtern erst mal Ruhe haben. Wir können demnach ungestört überlegen, was als Nächstes zu tun ist.«

Das leuchtete auch den anderen ein und sie erklärten sich einverstanden. Die Frage war nur, wie man sich in diesen Nischen zur Ruhe legen sollte. Die Nischen waren waagerecht in der Mitte durch lange Bretter geteilt. Offenbar war jeweils eine Nische für zwei Personen vorgesehen, die sich gleichzeitig an die Ober- und Unterseite der Bretter heften sollten. So würden sie übereinander, Rücken an Rücken schlafen.

Frank und Miriam probierten es zuerst aus. Miriam legte sich – im Verhältnis zu den Kindern – oben hin, Frank unten.

Thomas gackerte laut los. »Das sieht ja wirklich witzig aus«, bemerkte er.

Frank lag im Bett wie auf einem Foto, das auf dem Kopf stand: das Bett oben, darunter Frank, der Rücken dem oberen Brett zugewandt. Nach allen Regeln der Schwerkraft hätte Frank aus dem Bett fallen müssen. Aber hier gab es ja keine Schwerkraft.

Ben und Jennifer teilten sich eine Nische und ebenso Thomas und Kathrin. Kolja blieb übrig und legte sich allein in eine Nische. Jetzt, da sie etwas zur Ruhe gekommen waren, fand er die Zeit, den anderen sein Erlebnis mitzuteilen.

»Das war Ralle!«, sagte Kolja.

Miriam lugte aus ihrer Nische heraus. »Wer um alles in der Welt ist Ralle?«, fragte sie nach.

Kolja erinnerte die anderen daran, dass er einmal für ein halbes Jahr eine Jugendstrafe abarbeiten musste. Zum Glück war er nicht ins Gefängnis gekommen, sondern musste lediglich zwei Stunden pro Tag eine gemeinnützige Arbeit verrichten und sich regelmäßig melden. Bei dieser Arbeit eben hatte er Ralle kennen gelernt, der aber nur viermal zur Arbeit erschienen war und dann bei einem schweren Raubüberfall auf offener Straße geschnappt wurde. Danach kam Ralle in ein geschlossenes Jugendheim.

»Ich dachte, so etwas gibt es gar nicht mehr?«, wunderte sich Jennifer.

Doch Kolja erzählte, dass vereinzelt solche geschlossenen Heime für straffällige Jugendliche wieder eingerichtet wurden und mehr und mehr Pädagogen und Richter von dieser Maßnahme überzeugt wären.

»Ralle jedenfalls kam in solch ein Heim. Das war das Letzte, was ich von ihm gehört habe. Bis ich ihn eben gesehen habe. In dem Container!«

»Was?« Ben fuhr aus seinem Bett hoch oder nach vorne – je nach Perspektive –, blieb aber hängen, weil er sich wie die anderen natürlich im Bett festgeschnallt hatte. »Die Leiche war dieser Ralle?«

»Leiche?«, wiederholte Kathrin erschreckt. »Oh Gott, wieso denn Leiche?«

Ben stutzte. Ja, wieso kam er eigentlich darauf, dass der Mensch in dem Container tot war? Weil er so aussah, so absolut regungslos, nicht einmal die Augenlider hatten gezuckt, wenn er sich recht erinnerte. Oder? Ben hatte ja nur einen kurzen Moment durch die Scheibe blicken können.

Wieder gingen Ben die Worte durch den Kopf, welche die Wächter und die Scheibe gerufen hatten: von *auftauen* war die Rede gewesen und *einfrieren.*

»Einfrieren!«, rief Ben laut aus. »Die haben doch vom Einfrieren gesprochen!«

»Wer?«, fragte Frank.

»Na, die Wächter!«, wiederholte Ben aufgeregt. »›Sollen wir sie nicht lieber gleich einfrieren‹, hat der eine gefragt. Und als der Container aus der Luke kam, rief eine Stimme immer was vom Wiederbelebungsprozess!«

»Stimmt!«, fiel Jennifer ein. »Jetzt erinnere ich mich auch. Aber das heißt doch wohl nicht etwa, dass . . .«

Jennifer mochte den Gedanken nicht aussprechen.

Das übernahm Kolja für sie: ». . . sie ihn eingefroren haben! Ich kann es nicht glauben, die haben Ralle eingefroren!«

Jennifer lief ein kalter Schauer über den Rücken. »Wo sind wir hier gelandet um Himmels willen?«, fragte sie sich ängstlich.

»Der reinste Horrorfilm!«, bestätigte Miriam und Kathrin begann mal wieder zu weinen.

Diesmal aber meckerte niemand darüber. Ihnen allen war zu mulmig zu Mute.

»Und jetzt?«, fragte Frank schließlich.

»Wir müssen unbedingt die Funkstation finden! Das ist unsere einzige Chance!«, war Ben sich sicher.

Da fiel Kolja ein, dass er die schlimmste Nachricht den anderen ja noch gar nicht mitgeteilt hatte. »Die Funkstation ist kaputt!«, teilte er resigniert mit. »Das hat zumindest der erste Raumfahrer der Frisbee-Scheibe erzählt, als wir in dem Eingangsbereich waren.«

»Etwas Schlimmeres hätte uns nicht passieren können!«, stellte Ben traurig fest. »Jetzt sind wir völlig hilflos!«

Niemand sagte etwas. Was hätte man zu einer solch aussichtslosen Situation auch sagen können?

Ben wusste nicht, wie lange sie alle so in ihren Nischen – festgeschnallt an harten Brettern – gelegen hatten. Da niemand von ihnen Gewicht hatte, machte es nichts, dass die Betten so hart waren. Sie existierten ohnehin nur, weil die Menschen es gewohnt waren, auf einem Bett zu liegen. Es hätte kaum einen Unterschied gemacht, das Brett fortzunehmen und einfach nur in der Luft zu schweben. Niemand von ihnen konnte schlafen. Alle hingen ihren Gedanken nach. Düsteren Gedanken. Würden sie jemals wieder nach Hause kommen? Sie hatten sich ja nicht einfach nur verlaufen, waren nicht bloß in eine falsche Stadt geraten. Selbst eine irrtümliche Reise in die turkmenische Wüste, den brasilianischen Regenwald oder den abgelegensten Winkel der australischen Steppe hätte mehr Hoffnung auf irgendeine Rettung zugelassen als das hier: verschollen im Weltraum, ohne Funkkontakt, bewacht von mysteriösen Raumfahrer-Wächtern, die Jugendliche einfroren und aus denen nicht mehr Informationen herauszubekommen waren, als dass sie festen Willens waren, die Kinder zum Mond zu schicken. Zum Mond! Warum um alles in der Welt sollten sie zum Mond geschickt werden?

Ben dachte an zu Hause. An seine Mutter, die noch immer damit rechnete, dass er am Abend fröhlich und voller Eindrücke von einem Schulausflug zurückkehren würde, und nicht ahnte, dass ihr Sohn alle 90 Minuten über ihr Haus hinwegschwebte. Hinwegschwebte in 400 Kilometer Höhe!

Ben dachte an sein Zimmer, das er wie immer im vollständigen Chaos hinterlassen hatte, voll gestopft mit Computer- und Technikzeitschriften, Disketten und CD-ROMs, Kabel, Stecker und Trafos, Bedienungsanleitungen, ausgedruckten E-Mails und Testseiten seines Druckers, weil er kurz vor der Abreise noch einen neuen Treiber für den Drucker installiert hatte. Mit dem alten Treiber, aber dem neuen Betriebssystem seines Computers hatte der Drucker einfach nur wirre Zeichen von sich gegeben.

Wirre Zeichen . . .

Wirre Zeichen!

Aufgeregt schnallte Ben sich von seinem Brett los. »Thomas!«, rief er. »Thomas, zeig mal deinen Zettel!«

Thomas' Nische stand im Verhältnis zu Ben senkrecht. Aus Bens Perspektive also lag Thomas stehend im Bett!

»Was 'n für 'n Zettel?«, fragte Thomas.

Ben seufzte. Thomas war dafür bekannt, dass er grundsätzlich alles einsammelte, was er finden konnte. Aber ebenso schnell, wie er etwas eingesteckt hatte, vergaß er es auch. »Den du im Gewächshaus gefunden hast!«, erklärte Ben. »Den mit den komischen Zeichen!«

Thomas kramte in seiner Hosentasche. Er freute sich immer, wenn irgendjemand einer seiner Fundsachen einen Nutzen abgewinnen konnte.

Miriam und Jennifer schauten aufmerksam zu Ben hinüber.

Sie kannten Ben gut genug, um zu wissen, dass Ben etwas Aufregendes aufgefallen war.

Frank begnügte sich nicht mit zuschauen. Sofort schnallte er sich los und schwebte zu seinem Freund hinüber. Bei einer neuen Entdeckung, die vielleicht eine neue Chance auf Rettung ergab, wollte er so nah wie möglich dabei sein.

Endlich hatte Thomas den Zettel in der Hand, reichte ihn Ben, ließ ihn aber los, bevor Ben ihn ergriffen hatte. So schwebte der Zettel quer durch den Raum.

»Oh Mann!«, stöhnte Ben, stieß sich an Thomas' Nische ab, um hinterherzufliegen. Endlich bekam er ihn zu fassen und betrachtete ihn aufmerksam:

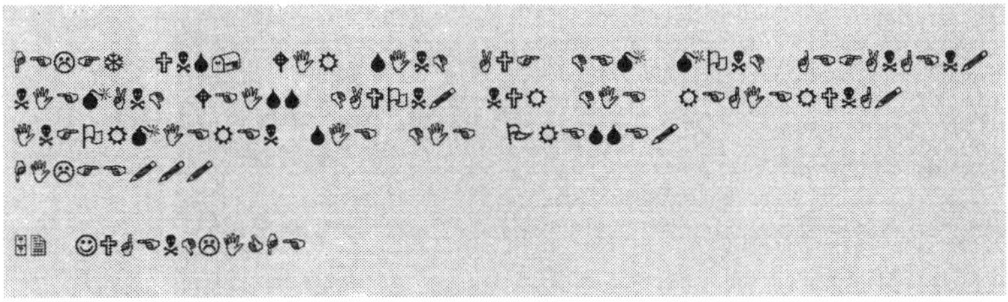

»Genau!«, freute sich Ben. »Das ist es!«

»Was ist was?«, fragte Frank, der Ben gefolgt war. »Kannst du den Wirrwar etwa entziffern?«

So weit war Ben zwar noch nicht, aber er hatte eine andere hoffnungsvolle Entdeckung gemacht. »Das ist ein Computerausdruck!«, stellte er fest.

»Na klasse!«, bemerkte Miriam ironisch. »Wer hätte das nun wieder gedacht! Und was nützt uns diese sensationelle Entdeckung, dass in einer Raumstation auch mal etwas mit Computer geschrieben wird?«

Ben sah zu Miriam hinunter. Für ihn befand sich Miriam unter ihm. Aus Miriams Sicht machte Ben auf dem Fußboden einen Kopfstand.

»Die Schrift heißt Wingdings!«, dozierte Ben. »Es ist eine Windows-Schrift, die man nur benutzt, um in einen Text einzelne Zeichen und Symbole einzufügen.«

»Ach!«, machte Miriam. Sie ließ keinen Zweifel daran, dass sie Bens Euphorie nicht nachvollziehen konnte.

»Und so etwas will mal Detektivin werden!«, lästerte Ben.

»Kommissarin!«, verbesserte Miriam. Schon lange hegte sie diesen Berufswunsch, den Ben regelmäßig mit Detektivin verwechselte. Miriam legte großen Wert auf diese Unterscheidung. Schließlich wollte sie nicht kleine Ladendiebe im Kaufhaus jagen, sondern zur Mordkommission.

»Na, dann leg dich mal ins Zeug, Frau Kommissarin!«, forderte Ben Miriam heraus. »In der Raumfahrt benutzt nämlich niemand Windows. Dafür ist das viel zu unzuverlässig. Ich glaube, wenn Bill Gates die Computer der NASA bauen würde, würde man den Mond eher mit dem Fahrrad erreichen als mit einer Rakete.«

Miriam flog auf Ben zu, nahm ihm den Zettel aus der Hand und drängelte: »Was willst du uns denn jetzt damit sagen, Mister Superhirn?«

»Dass dieser Zettel von jemandem geschrieben wurde, der mit der Crew hier an Bord nichts zu tun hat!«, erklärte Ben endlich. »Vielleicht hat Ralle ihn geschrieben und versteckt, bevor er eingefroren wurde!«

Das war allerdings eine sensationelle Vorstellung!

Jetzt horchte auch Kolja auf. Sogar Kathrin verließ ihre Nische, um den spannenden Text zu betrachten. Was immer dieser Text bedeutete, alle hofften, die Entschlüsselung würde zu ihrer Rettung beitragen. Das war zwar unwahrscheinlich, aber daran mochte in diesem Augenblick niemand denken. Schließlich hatten sie sonst nichts, woran sie ihre Hoffnung hätten klammern können.

Miriam betrachtete verzweifelt den Zettel. »Wie soll man das denn entziffern?«, fragte sie laut in die Runde.

»Immerhin . . .«, machte Ben ihnen neuen Mut, »kenne ich ein paar Buchstaben! Hier, den zum Beispiel!«

Ben zeigte auf einen lachenden Smiley ☺. »Den benutze ich häufig in E-Mails. Das ist ein J.«

»Ein A oder E wäre besser. Wann braucht man schon ein J?«, nörgelte Miriam.

»Und den da kenne ich auch«, machte Ben weiter und zeigte auf den anderen Smiley, der die Mundwinkel grimmig nach unten zog ☹.

»Was schreibst du denn für E-Mails?«, mischte sich Thomas ein.

Ben hörte nicht auf ihn, sondern gab bekannt, dass der grimmige Smiley für den Buchstaben L stand.

Damit ergab sich fürs Erste folgendes Bild:

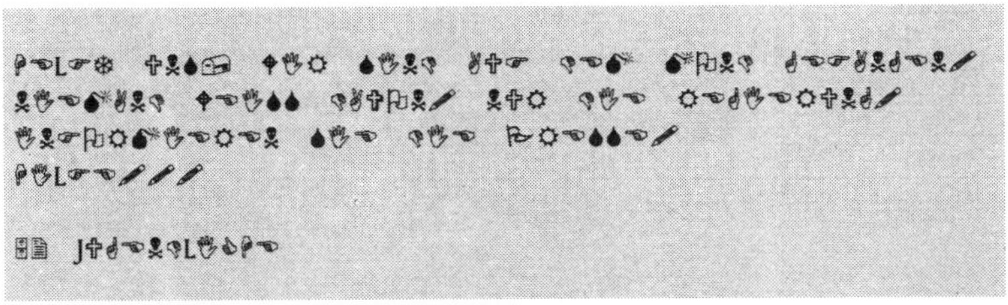

»Das ist ja wie in der Fernsehsendung Glücksrad!«, fand Thomas. Er liebte Fernsehsendungen, bei denen man was gewinnen konnte.

»Na, dann löse es doch!«, antwortete ihm Jennifer, aber Thomas winkte gleich ab.

»Ne, das hier ist viel zu schwer. In der Fernsehsendung ist es eher auf dem Niveau: OHNE FLEI__ KEINEN PREI__.«

Miriam lachte auf. »Und der Kandidat sagt dann: ›Ich kaufe noch ein A.‹«

⇩

Alle mussten lachen, doch konzentrierten sie sich schnell wieder auf die schwierige Aufgabe, die vor ihnen schwebte.

»Kennst du nicht noch einen Buchstaben?«, beschwor Jennifer ihren Freund. Sie wollte zwar keine Kommissarin werden, aber im Rätsellösen war sie eigentlich immer recht gut.

Ben betrachtete das Papier noch einmal eingehend und grübelte. Verflucht! So oft hatte er schon einzelne Zeichen und Symbole verwendet, um seine E-Mails zu verzieren, um nur so zum Spaß eine Geheimsprache auszuprobieren, aber jetzt konnte er sich beim besten Willen nicht erinnern.

»Konzentrier dich!«, forderte Miriam ihn auf.

»Scherzkeks!«, raunzte Ben. »Was meinst du wohl, was ich gerade mache?«

Da! Tatsächlich! Das Symbol kannte er natürlich auch. Schon oft hatte er selbstverständlich den Totenkopf benutzt. Zeitweilig war das sogar sein Lieblingssymbol gewesen. Das war ein N.

»Mist!«, fluchte Miriam. »Immer noch kein Vokal. Wie soll man einen Text ohne Vokale entziffern?«

»Lasst uns doch erst mal die N einfügen!«, schlug Jennifer vor.

Danach ergab sich folgendes Bild:

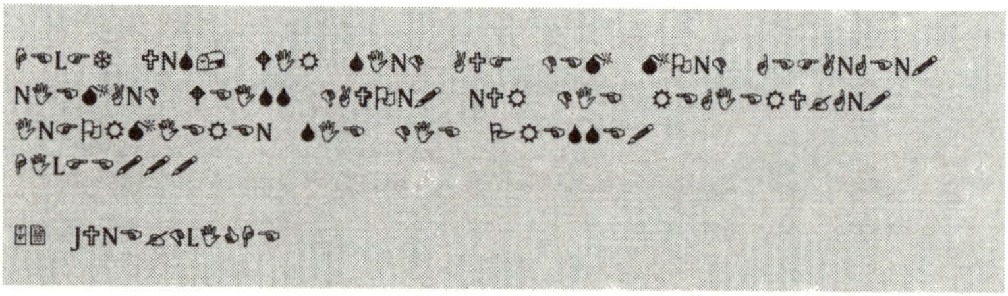

»Ganz schön viele N!«, fand Jennifer.

Aber Miriam konnte ihre Freude nicht teilen. »Hätten auch mehr sein können!«, moserte sie. Trotzdem machte sie sich daran, die harte Nuss zu knacken.

»Mal angenommen, Ben hat Recht und Ralle hat diesen Zettel geschrieben. Der wusste ja bestimmt, was ihm blühte«, stellte Miriam sich vor. »Also wird er Angst gehabt und Hilfe gesucht haben.«

»Wie wir!«, rief Kathrin dazwischen.

Miriam warf ihr einen bösen Blick zu. Jetzt war nun gerade nicht der richtige Zeitpunkt für Pessimismus, fand sie und machte weiter. »Ich würde also nach einem Wort wie HILFE suchen.«

»Oder irgendwelche Abwandlungen davon«, ergänzte Jennifer. »Also: HELFT, HILF, HELFEN. Kommt irgendwas davon hin?«

Da es nur zwei Worte gab, die ein L enthielten, war es leicht, dies zu überprüfen.

Schon beim ersten Wort wurden sie fündig: Es konnte HILFE oder HELFT heißen.

Miriam spürte, wie ihr Kopf heiß wurde vor Erregung. Wenn sie ein spannendes Rätsel lösen konnte, wurde sie immer sehr aufgeregt.

»Damit wissen wir schon mal, dass ☟ ein H ist und ☞ ein F ist, denn in beiden Worten steht das F an vierter Stelle!«

»Miriam, du bist mal wieder genial«, lobte Jennifer ihre beste Freundin.

Sofort setzten sie die neuen Buchstaben ein und hatten nun folgendes Bild vor sich schweben:

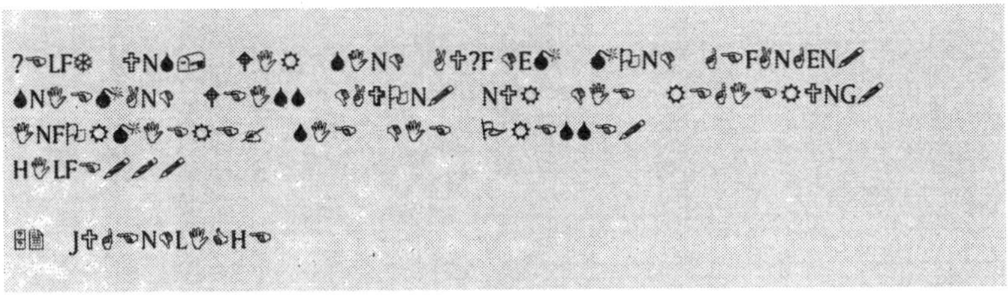

⇩

Miriam geriet wie oft in solchen Situationen in einen wahren Kombinierrausch. Das erste und das letzte Wort hießen also entweder HELFT oder HILFE. Da das erste Wort aber offensichtlich einen vollständigen Satz einleitete, hieß es vermutlich HELFT.

»Denn welcher Satz beginnt schon mit HILFE?«, fragte sich Miriam.

Damit hieß das letzte Wort dann wohl HILFE. Das ganz unten schien eher so etwas wie eine Unterschrift zu sein.

Auf diese Weise kannten die Kinder nun auch die Buchstaben E, T und I.

Es dauerte noch eine volle Stunde, bis die Kinder nach schwieriger gemeinschaftlicher Rätselarbeit, an der sich sogar Kathrin eifrig beteiligt hatte, endlich einen vollständigen Text vor Augen hatten. Er lautete:

HELFT UNS, WIR SIND AUF DEM MOND GEFANGEN!
NIEMAND WEISS DAVON! NUR DIE REGIERUNG!
INFORMIEREN SIE DIE PRESSE!
HILFE!!!
52 JUGENDLICHE

Von der erhofften Rettung waren sie mit diesem Text allerdings weiter entfernt als der Mond von der Erde. Denn weder gab der Zettel einen Hinweis darauf, wo und von wem man Hilfe zu erwarten hatte, noch wer auf dem Mond von wem gefangen gehalten wurde und vor allem weshalb?

»Absolut rätselhaft!«, stöhnte Miriam.

»Auf jeden Fall müssen wir verhindern, dass wir zum Mond verschleppt werden!« Das war für Kolja sonnenklar.

Ben schüttelte verständnislos den Kopf. Auf dem Mond gefangen! Das war doch purer Unsinn! Wie sollte denn das funktionieren? Es war zwar schon 30 Jahre her, seit der erste Mensch mit den legendären Worten »Ein kleiner Schritt für einen Menschen, aber ein riesiger für die Menschheit« seinen Fuß auf die Mondoberfläche gesetzt hatte.

Seither war aber auch die Menschheit im Weltraumprogramm in eher kleinen Schritten vorangekommen, weil es immer wieder Streit um die Kosten gegeben hatte. Und seit im Jahre 1986 der erste Raumgleiter mit einer Zivilperson (der Lehrerin Christa McAnliffe) gestartet, aber schon in der Startphase explodiert war, hatte sich die NASA über Jahre nicht von diesem Schock erholt.

Eine Gefangenschaft auf dem Mond setzte aber eine ausgebaute Mondstation voraus! Das war doch schier unmöglich!

Kolja war das alles ziemlich schnuppe. Wenn auf diesem Zettel stand, dass es Gefangene auf dem Mond gab, dann gab es dort auch welche. Und er wollte auf keinen Fall dazugehören. »Wir sollten uns verstecken!«, schlug er vor.

»Ach, und wo, du Witzbold?«, keifte Kathrin ihn an. »Wir kennen uns doch hier überhaupt nicht aus.«

Kolja fand, dass ein Versuch immer noch erfolgversprechender war als hier im Ruheraum wie eine dumme Hammelherde herumzudümpeln und sich von einem Gefangenentransport abholen zu lassen.

Frank stimmte ihm sofort zu. Auch Miriam sah keine bessere Lösung. Ben war etwas mulmig zu Mute.

»Du willst doch wohl nicht kneifen?«, fragte Kolja ihn herausfordernd.

»Quatsch!«, erwiderte Ben. »Nur . . .« Er zögerte, ehe er seinen Satz fortsetzte. »Ich vermute, Ralle hatte Ähnliches versucht. Und landete deshalb im Eis-Container!«

»Eingefroren!«, schrie Thomas entsetzt auf. »Niemals! Dann gehe ich lieber in Gefangenschaft!«

»Aber ich nicht!«, schrie Kolja ihm von oben ins Gesicht, denn Kolja schwebte gerade mit den Beinen nach oben über Thomas.

»Nein!«, entschied auch Kathrin für sich. »Das Risiko, eingefroren zu werden, gehe ich nicht ein.«

»Das war ja klar!«, lästerte Miriam. »Du Heulsuse traust dich ja ohnehin nie etwas.«

»Bäh!«, machte Kathrin, streckte Miriam die Zunge heraus und antwortete schließlich: »Bisher sind wir davon ausgegangen, dass hier eine Verwechslung vorliegt. Aber wie wollen wir das jemandem klar machen, wenn wir eingefroren sind?«

Miriam schwieg. An dieser Argumentation war etwas Wahres.

»Aber es gibt eine Chance, hier auf Hilfe zu treffen!«, behauptete Jennifer plötzlich und erntete verdutzte Gesichter.

»Und welche?«, wollte Kathrin wissen.

Jennifer zuckte mit den Schultern, was sofort bewirkte, dass sie ein Stück von der Gruppe wegflog.

Frank konnte sie gerade noch festhalten.

»Ich weiß es nicht«, gab Jennifer zu. »Aber es muss eine geben, sonst hätte Ralle – oder wer auch immer – diesen Zettel hier nicht versteckt.«

Jennifer hatte Recht. Daran hatte niemand gedacht: Wenn Ralle den Zettel hier versteckt hatte, dann musste er annehmen – oder sogar wissen! –, dass es hier an Bord der Raumstation Menschen gab, die ihn befreien konnten.

Das war mehr als ein Hoffnungsschimmer!

»Wir sind also gar nicht auf die defekte Funkstation angewiesen!«, freute sich Ben, »sondern hier an Bord können wir Menschen finden, die uns helfen werden.«

»Wir müssen sie bloß finden«, seufzte Kathrin.

Frank konnte sich des Eindrucks nicht erwehren, dass dieser Seufzer schon wieder sehr mutlos klang.

»Und wenn wir sie gefunden haben«, mahnte Jennifer, »dann müssen wir sie auch erst einmal erkennen. Schließlich sind wir schon drei Raumfahrern hier an Bord begegnet, aber von den Guten war offenbar keiner dabei.«

Bitte alle auf Ihre Plätze. Das Andockmanöver der Mondfähre wurde erfolgreich abgeschlossen. Abflug in 45 Minuten. Bitte machen Sie sich bereit und legen Sie die Raumanzüge an!

Die Durchsage zuckte Ben durch Mark und Bein.

»Was denn?«, rief er erschrocken auf. »Wieso denn jetzt schon? Ich denke, wir haben noch einige Stunden Zeit. Die haben doch gesagt, der Abflug hat sich verspätet.«

Auch die anderen konnten es nicht fassen. Kaum hatten sie neuen Mut geschöpft, sich aus ihrer gefährlichen Lage doch noch befreien zu können, als ihnen diese Durchsage einen gehörigen Strich durch die Rechnung machte. Wie sollten sie in dieser kurzen Zeit die Menschen finden, die ihnen vermutlich helfen konnten? Sie ahnten ja erst seit wenigen Sekunden, dass es diese Menschen gab. Niemand von ihnen wusste, wie groß die Raumstation eigentlich war, in der sie sich befanden. Jemanden zu finden konnte Tage dauern, zumal sie sich ja auch immer vor den Wächtern in Acht nehmen mussten. Und jetzt blieben ihnen nur noch wenige Minuten, in denen sie auch noch die Raumanzüge aus Sicherheitsgründen anziehen sollten. Allein das dauerte gute 20 Minuten!

»Verflixt!«, fluchte Kolja.

An diesem Tag schien aber auch alles schief zu laufen!

Gefangen auf dem Mond

An Bord des Mond-Shuttles herrschte eisiges Schweigen. Noch vor wenigen Tagen hätte Ben alles darum gegeben, um dabei sein zu dürfen, bei dem, was er jetzt gerade erlebte: mit einem Raumanzug bekleidet in einem Raumgleiter zu sitzen und Richtung Mond zu fliegen. Es war das größte Abenteuer, das man sich überhaupt nur wünschen konnte!

Aber vor wenigen Tagen hätte Ben das auch noch für den aufregendsten Ausflug seines Lebens gehalten und nicht für das, was es in Wirklichkeit war: einen Gefangenentransport!

Sie waren zu langsam gewesen, hatten zu spät die Erkenntnis gehabt, dass es innerhalb der Raumstation vielleicht doch noch Rettung gegeben hätte. Aber möglicherweise war auch das alles nur eine Illusion, an die man sich im Nachhinein klammerte. Tatsache war, dass sie es nicht einmal mehr geschafft hatten, den Ruheraum zu verlassen, um überhaupt die Suche nach Verbündeten zu beginnen. Kaum hatten sie den geheimnisvollen Zettel entschlüsselt, als auch schon die Scheibe mit drei Wächtern hereingeschwebt war und dafür gesorgt hatte, dass sie ihre Raumanzüge anzogen. Bis zum Übergang in den Mond-Shuttle waren sie von da an nicht mehr aus den Augen gelassen worden.

Jetzt saß er hier, ebenso wie seine Freunde, seit drei Tagen in einer engen Schachtel fest, zwar mit einem Blick aus den Fenstern, für den die ersten Weltraum-Touristen im Jahre 2008 pro Person fast 90.000 Euro hinblättern werden, aber ohne Hoffnung, zu entkommen und sein geliebtes Zuhause wieder zu sehen. Weder der sensationelle Ausblick noch die vielen Dinge, die sie täglich erledigen mussten, konnte die Kinder trösten. Nicht einmal, dass sie in die Überprüfung bestimmter technischer Geräte einbezogen worden waren, hatte Ben aus seinen düsteren Gedanken reißen können. Beim Essen hatte sich von Mal zu Mal mehr Appetitlosigkeit eingestellt und Frank hatte selbst an den pflichtmäßigen Kraftübungen keinen Spaß gefunden.

Ben blickte trübsinnig vor sich hin.

Wie alle Menschen, die sich für einen längeren Zeitraum in Gefahr befinden, mussten auch Ben und seine Freunde während der Reise verschiedene Phasen durchleben: In der Raumstation hatten sie nur Angst gehabt, die schnell in entschlossene Aktivität umgeschlagen war, um die eigene Haut zu retten. Dann war Panik gefolgt und vielleicht auch Hysterie, nachdem sie es nicht hatten verhindern können, in den Mond-Shuttle umsteigen zu müssen. Nach eineinhalb Tagen im Mond-Shuttle waren die Kinder einfach nur noch verzweifelt. Doch auch Verzweiflung lässt einem noch die Chance, die letzten Kräfte zu mobilisieren, und sei es nur, um durchzuhalten und weiter zu hoffen.

Am Abend des zweiten Tages jedoch war den Kindern klar, dass die Gefahr noch immer nicht gebannt und sie keinen Schritt vorangekommen waren. Jetzt, am dritten und letzten Tag ihrer Reise zum Mond, hatte sich unweigerlich Resignation breit gemacht. Die Kinder hatten sich in ihr Schicksal gefügt und die Ausweglosigkeit ihrer Lage akzeptiert.

Jeder Einzelne von ihnen war in sich zurückgezogen, damit beschäftigt, inneren Frieden mit sich selbst zu schließen. Die Gefühlslage Bens war langsam und unmerklich in einen apathischen Dämmerzustand übergegangen, in dem er nur noch willenlos sein Schicksal erwartete, welches unaufhaltsam seinen Lauf nahm.

Seine Freunde befanden sich in keinem besseren Zustand. Seit Stunden hatte niemand mehr gesprochen. Was konnten sie auch jetzt noch sagen oder gar tun? Sie waren auf dem Weg zum Mond, entführt von wem auch immer, verwechselt mit wem auch immer, von Lehrern und Eltern zwar vermisst, aber ohne dass jemand von ihnen auch nur die geringste Ahnung haben konnte, wo sie sich befanden. Es gab keinen Kontakt zum Planeten Erde und niemand wusste, was sie auf dem Mond noch alles erwarten würde. Sie wussten nur eines: Eine Rückreise war nicht geplant. Das hatte die Frisbee-Scheibe schon bei der ersten Begegnung deutlich gemacht.

Nur Kolja war noch nicht gänzlich bereit sich seinem Schicksal zu ergeben. Ralle hatte in der Raumstation nach Hilfe gesucht. Damit war bewiesen, dass es eine Möglichkeit gab, vom Mond in die Raumstation zu entkommen. Was Ralle konnte, konnte er schon lange. Man musste in der Raumstation nur vorsichtiger sein als Ralle und sich nicht erwischen lassen. Dieser Gedanke hatte Kolja seit drei Tagen keine Ruhe gelassen. Aber diese Memmen um ihn herum ließen sich ja lieber gefangen nehmen, statt das Risiko einzugehen, eingefroren zu werden.

Alles Memmen!, dachte Kolja griesgrämig. Gut, Frank nicht, aber der gehorchte ja immer seinem besten Freund Ben. Kolja sah sich seine Begleiter, einen nach dem anderen, genau an. Er checkte ab, auf wen man sich letztendlich verlassen konnte.

Auf Kathrin schon mal auf gar keinen Fall. Sie war hysterisch, feige und verräterisch. Wenn es eine verdient hatte auf dem Mond gefangen zu werden, dann sie!

Thomas war nett, hilfsbereit, aber eine Memme. Noch ein richtiger kleiner Junge.

Jennifer und Ben, klug und tapfer, aber zu artig. Frank seinem Freund ergeben.

Blieb nur – Miriam!

Und die saß zum Glück auch noch neben ihm.

Kolja tickte sie mit dem Ellenbogen an. Miriam zuckte kurz zusammen. Vor Schreck ließ sie ihren Helm los, den sie wie die anderen auch auf ihrem Schoß festgehalten hatte. Der Helm schwebte los. Miriam erwischte ihn gerade noch.

»Und?«, fragte Kolja leise.

Miriam sah ihn an. »Was und?«

»Hast du Schiss?«, fragte Kolja weiter.

»Natürlich habe ich das!«, posaunte Miriam los. »Erzähl mir jetzt nicht, du hättest keine Angst. Auf solche Heldensprüche habe ich jetzt überhaupt keinen Bock!«

Kolja winkte beschwichtigend ab. Er hatte schon immer großen Respekt vor Miriam gehabt. Aber irgendwie war es auch immer verdammt kompliziert, mit ihr zu reden, ohne dass sie gleich nach jedem zweiten Satz explodierte.

»Das wollte ich auch gar nicht sagen«, wand sich Kolja mühsam. Es war wirklich schwer, mit Miriam ein vernünftiges Gespräch zu beginnen.

»Was wolltest du dann sagen?«, hakte Miriam nach. Sie seufzte. Ehe Kolja zum Punkt kam, vergingen immer Ewigkeiten. Entweder brachte er überhaupt kein Wort hervor oder er wurde sofort großmäulig. Dass er einfach mal klar sagte, was ihm auf dem Herzen lag, dazu war er aus irgendeinem Grund nie in der Lage.

»Wir dürfen uns nicht aufgeben!«, brachte Kolja schließlich hervor.

»Schlau gesprochen, großer Häuptling!«, spöttelte Miriam.

Kolja ließ die Augen rollen. »Oh Mann!«, schimpfte er. »Schau sie dir doch an: Alle haben aufgegeben. Sogar Frank!«

Jetzt nahm Miriam seine Worte endlich ernst. Sie blickte in die Runde, war geschockt von den Mienen, in die sie schaute, zog ihre Stirn kraus, nickte Kolja zu und musste zugeben: »Verdammt, du hast Recht!«

Aber hatte sie sich nicht auch so gehen lassen? War sie nicht ebenso ohne jede Hoffnung? Konnte man denn wirklich nichts mehr tun? Man musste doch etwas tun! Miriam war schon im Begriff, ihren Gurt zu lösen, um quer durch den Raum zu fliegen. Irgendeinen Spruch musste sie bringen oder eine flammende Rede halten, irgendetwas jedenfalls, das dazu führte, dass ihre Freunde wieder Mut fassten. Und wenn es nur für ein paar Minuten war. Denn wenn ihre Freunde keinen Mut mehr besaßen, dann wusste auch Miriam nicht mehr, woher sie sich noch Kraft holen sollte.

Kolja sah, was Miriam durch den Kopf spukte, und hielt sie zurück. »Wir haben noch eine Chance!«, versprach er. »Wir sollten aber erst einmal Vorsorge treffen!«

Wieder verstand Miriam nichts.

Kolja winkte Miriam dicht zu sich heran und flüsterte ihr seinen Plan ins Ohr.

Miriam schluckte dreimal kräftig, ehe sie ihm zunickte. »Okay, auf mich kannst du zählen!«, versprach sie.

Dann war es so weit. Die Kinder mussten sich auf das Andockmanöver vorbereiten. Das bedeutete, zusätzlich zu dem Raumanzug den Helm aufzusetzen und sich besondere Schuhe anzuziehen. In der Schwerelosigkeit spürten die Kinder nicht, dass diese Schuhe auf der Erde so schwer gewesen wären, als würden sie ihre Füße in Betoneimer stecken.

Auf der Erde hätten sie mit Sicherheit nicht einen einzigen Schritt machen können. Hier, in der Schwerelosigkeit, waren die Schuhe aber ebenso leicht zu bewegen wie eine Feder. Die Raumanzüge waren schrecklich unbequem, fand Miriam. Aber es entsprach nun einmal den Sicherheitsbestimmungen.

Das Andockmanöver verlief reibungslos. Es war wie das erste Mal. Erstaunlich, wie schnell man sich selbst an die aufregendsten Dinge gewöhnte. Vielleicht lag es auch daran, dass die Kinder diesmal wussten: Jeder Schritt, den sie weiter unternahmen, brachte sie noch mehr in Gefahr und in die Ausweglosigkeit.

So waren Ben und seine Freunde diesmal eher froh, dass ein Andockmanöver seine Zeit brauchte und es alles sehr, sehr langsam ablief.

Noch immer erwartete sie nicht der Mond, sondern lediglich eine weitere Raumstation. Miriam empfand das als sehr umständlich, wie oft man umsteigen musste. Erst mit einem Spaceshuttle zur Raumstation in der Erdumlaufbahn, umsteigen in einen weiteren Shuttle zu einer Raumstation in der Mondumlaufbahn, dort mussten sie dann auf die Mondfähre warten, die sie schließlich auf der Oberfläche des Mondes absetzen würde.

»Vor 30 Jahren waren die Astronauten doch auch direkt geflogen«, wandte Miriam ein.

Ben war froh aus seinen trüben Gedanken gerissen zu werden. »Erstens stimmt das nicht. Von drei Astronauten sind zwei in eine Mondlandefähre umgestiegen und gelandet. Der dritte musste an Bord des Mutterschiffes bleiben.«

Ben hielt inne und dachte daran, was er über die erste Mondlandung gelesen hatte. Siebzehn Jahre vor seiner Geburt waren Millionen Menschen mitten in der Nacht aufgestanden, um sich live im Schwarzweißfernsehen anzuschauen, wie der erste Mensch der Welt seinen Fuß auf die Mondoberfläche setzte.

Alle Welt kannte von diesem Zeitpunkt an den Namen dieses Astronauten: Neil Armstrong.

Bei seinem Begleiter, der nur einen kurzen Augenblick nach ihm den Mond betrat, musste man schon mehr nachdenken, um sich an den Namen zu erinnern: Edwin Aldrin. Und der dritte, Michael Collins, war bei diesem historischen Flug dabei und hatte nicht einmal aussteigen dürfen.

Ben riss sich selbst aus seinen Gedanken, um weiterzusprechen: »Na ja, und es war damals eine Wegwerf-Rakete. Nur einmal zu benutzen. Heute fliegen die Shuttles hin und her wie Fähren und sind deshalb ungleich billiger.«

»Von mir aus!«, sagte Miriam und zuckte mit den Schultern, was man in ihrem Raumanzug aber gar nicht sehen konnte.

»Ist das immer so?«, fragte Kolja nach.

»So habe ich es gelesen«, antwortete Ben, der sich ein wenig über Koljas plötzliches Technik-Interesse wunderte. »Ich wusste ja auch noch gar nicht, dass die schon so weit sind mit ihrem Weltraum-Tourismus.«

Die Raumstation, in der sie landeten, sah genauso trist und chaotisch aus wie die erste. Soweit sie es aus dem Fenster des Shuttles aber hatten beobachten können, war diese viel kleiner. Hier gab es offenbar auch keinen Roboter oder Raumfahrer, der sie begrüßte. Stattdessen ertönte eine anonyme Stimme von irgendwo her, die ihnen erlaubte den Helm abzunehmen, sie aber bat den Raumanzug anzubehalten, weil das Warten auf die Mondfähre nur von kurzer Dauer wäre.

Kolja sah sich im Eingangsbereich dieser Raumstation aufmerksam um. Ebenso konzentriert hatte er Bens Ausführungen über die Zwischenstationen auf dem Weg von der Erde zum Mond verfolgt. Nicht weil er sich – wie Ben fälschlicherweise angenommen hatte – plötzlich für Technik interessierte, sondern weil dies bedeutete, dass sie auf der Flucht zurück zur Erde genau diese Zwischenstationen würden nehmen müssen: vom Mond in die Mondfähre, von der Mondfähre in die Raumstation, von dort in den Shuttle, wieder in eine

Raumstation, erneut in einen Shuttle, damit zuletzt die Landung auf der Erde. Für den Augenblick erschien es Kolja unmöglich, diese Stationen zu bewältigen, ohne entdeckt zu werden.

Andererseits: Ralle hatte es für möglich gehalten, es tatsächlich versucht und es immerhin bis zur Raumstation in der Erdumlaufbahn geschafft! Mit anderen Worten: Es gab einen Weg! Ralle kannte ihn. Wenn man ihn bloß fragen könnte!

Kaum hatte Kolja an Ralle gedacht, öffnete sich unter ihm die Tür und – Ralle schwebte herein!

»Ralle!«, schrie Kolja unwillkürlich.

»Du kennst ihn?«, fragte einer von zwei Raumfahrern, die Ralle links und rechts eskortierten.

Kolja biss sich auf die Lippen und schüttelte schnell den Kopf. »Nein, nein!«, sagte er schnell. Ralle konnte nicht widersprechen. Denn der lag festgeschnallt auf einer Trage, die die beiden Raumfahrer vor sich herschoben. Ralle war an mehreren Schläuchen und Kabeln angeschlossen, die zu seltsamen Apparaturen unterhalb der Trage führten. Er hatte die Augen geschlossen und schien zu atmen. Seltsamerweise trug Ralle keinen Raumanzug, war aber zumindest aus dem Container befreit. Das bedeutete: Ralle lebte! Und er wurde offenbar auf den Mond zurückgebracht.

»Wir haben – wie ihr seht – einen Krankentransport!«, erläuterte der andere Raumfahrer, während der erste Kolja misstrauisch musterte. »Wenn ihr sein Leben nicht gefährden wollt, dann verhaltet euch ruhig und sorgt hier nicht unnötig für Aufregung. Eure Aktion in der Raumstation hätte ihm hier nämlich schon beinahe das Leben gekostet.«

Kolja schluckte.

Auch die anderen schwiegen.

Die beiden Raumfahrer flogen mitsamt der Trage quer

durch den Raum und verschwanden durch eine gegenüberliegende Tür, die sich hinter ihnen wieder schloss.

»Puh!«, stöhnte Jennifer. »Stellt euch vor, Ralle wäre wirklich durch uns gestorben!«

Sie mochte gar nicht daran denken.

Kolja widersprach ihr sofort heftig. »Ralle wäre nicht durch uns gestorben, sondern weil er hier gefangen gehalten wird!«, stellte er klar.

Da schwebte sie wieder durch den Raum, diese noch immer ungeklärte Frage: Weshalb wurden Jugendliche hier gefangen gehalten und von wem?

Nur die Regierung weiß Bescheid. Hatte das nicht auf dem Zettel gestanden, den Thomas gefunden hatte?

In Kolja stieg ein entsetzlicher Verdacht auf. So entsetzlich, dass er ihn vor den anderen nicht aussprechen mochte. Er behielt seinen Gedanken für sich.

Sein Blick traf Miriam, die ihn ernst anschaute. Kolja war sich in diesem Augenblick sicher, dass er sich auf sie verlassen konnte. Er hätte auch die anderen eingeweiht, aber zu groß war das Risiko, dass auch die Gegner etwas von seinem Plan erfahren würden.

Wer wusste schon, ob die Räume nicht abgehört wurden? Bestimmt wurden sie das. Kolja war sich fast sicher. Und je weniger von seinem Plan wussten, desto sicherer war, dass er geheim blieb. Alles hing von der Geheimhaltung und dem Überraschungsmoment ab.

Allerdings gab es in Koljas Plan noch ein kleines Problem.

Ein Problem, welches vermutlich nur Ben lösen konnte, wenn überhaupt.

Der Übergang in die Mondfähre verlief reibungslos. Aufregend war er dennoch.

Denn aus den Fenstern der Fähre konnte man schon die Mondoberfläche erkennen.

Für einen Augenblick waren alle Sorgen und Gefahren vergessen. Es hatte ja schon etwas Faszinierendes und Stimmungsvolles, wenn man beispielsweise im Sommerurlaub in einer klaren Sternennacht, nur vom Strand aus, den Mond betrachtete, aber dies hier war einfach unbeschreiblich.

Jennifer ärgerte sich, dass sie noch immer den Helm tragen mussten, weil er den Blick doch erheblich einschränkte. Aber das, was sie dennoch zu sehen bekam, war überwältigend. Jennifer spürte ein Gefühl der Ehrfurcht in sich, eine Ahnung dessen, wie klein und machtlos der Mensch war angesichts der Weite des Weltraums, dieser gewaltigen Kraft der Natur, die in hunderten von Millionen Jahren Milliarden von Himmelskörpern hervorgebracht hat, die ihren eigenen, von den Menschen noch immer weitgehend unerforschten, Gesetzen folgten.

Fertig machen zum Ausstieg!, forderte eine anonyme Stimme im Raum.

Jennifer wusste nicht, was das bedeuten sollte. Sie war fertig zum Ausstieg. Mehr noch. Sie war zum Zerreißen gespannt. So aufgeregt, dass es sie nicht mehr auf ihrem Platz hielt. Sie schnallte sich los, bereitete sich darauf vor, quer über die Sitze nach vorn zum Ausgang zu fliegen, und krachte mit dem Knie gegen den vorderen Sitz.

»Au!«, schrie sie und fiel zurück auf ihren Sitz.

»Sei vorsichtig!«, riet ihr Ben. »Hier haben wir wieder Schwerkraft!«

»Das hättest du auch eher sagen können!«, beschwerte sich Jennifer.

»Schwerkraft?«, rief Kolja. Auch er hatte sich von seinem Gurt gelöst und hopste wie ein dickes Känguru unbeholfen, aber doch beachtlich hoch durch den Raum, wobei er darauf achten musste, mit seinem behelmten Kopf nicht gegen die Decke zu knallen. »Das nennst du Schwerkraft?«

Miriam sah ihm erstaunt hinterher.

»Klar ist das Schwerkraft. Allerdings nur ein Sechstel von der auf der Erde!«, gab Ben allgemein bekannt. »Deshalb haben wir ja auch so schwere Schuhe an. Sonst würden wir bei jeder Gelegenheit abheben wie 'n Diskus.«

»Echt?«, fragte Frank mit Begeisterung nach. »Bedeutet das, ich kann auf dem Mond sechsmal so weit springen?«

Ben nickte.

»Und wenn ich die blöden Schuhe ausziehe?«, hakte Frank nach, der vor Aufregung ganz zittrige Hände bekam bei der Vorstellung, mit einem einzigen Sprung vielleicht 15 oder 20 Meter zu schaffen.

»Ohne Schuhe?«, lachte Ben, schaute seinen Freund dann aber gleich wieder ernst an. »Dann können wir dich vermutlich aus dem Weltall pflücken. Vorausgesetzt, wir erwischen dich rechtzeitig. Sonst düst du durchs All wie eine Sternschnuppe. Auf ewig!«

»Oh!«, machte Frank.

»Und da sagt meine Mutter immer, ich soll zu Hause meine Schuhe ausziehen. Die müsste mal hier sein!«, kommentierte Miriam.

Bitte steigen Sie jetzt aus und benutzen die vorgeschriebenen Wege, forderte die Stimme.

Es war ein eigenartiges Gefühl, sich fortzubewegen. Die Kinder hatten sich ja noch nicht einmal richtig an die Schwerkraft gewöhnt und nun war plötzlich schon wieder alles völlig anders.

Tapsig stolperten sie in ihren dicken, unbequemen Raumanzügen voran, setzten langsam einen Fuß vor den anderen, wobei jeder Schritt eher einem Hüpfer glich. Es war, als würde man auf einem Trampolin gehen. Einmal zu fest abgestoßen, schon sprang man einen Meter hoch.

Entsprechend unbeholfen, zwängte sich einer nach dem anderen durch die Ausgangsluke, die zu einer Leiter führte.

Frank ging voran, verfehlte aber mit seinem Fuß in dem klobigen Raumfahrerstiefel die oberste Sprosse und wäre fast von der Leiter gefallen. Er konnte sich gerade noch festhalten, fluchte und fand die Sprosse noch immer nicht.

»So was Blödes!«, schimpfte er, löste seinen Griff von der Leiter und sprang in die Tiefe.

»Frank!«, rief Miriam ihm entsetzt hinterher.

Doch Frank landete wohlbehalten und rief vergnügt hinauf: »Was denn? Ein Sechstel der Schwerkraft bedeutet doch auch nur ein Sechstel meines Gewichts. Also kein Problem, drei Meter tief zu springen!«

»Stimmt ja!«, fiel jetzt auch Miriam ein. »Kinder, hier oben hab ich ja Idealgewicht! Da kann ich mich gleich als Super-Model bewerben!«

»Idealgewicht?«, spottete Jennifer. »Ein Sechstel deines Gewichts sind nicht mal acht Kilo. Das ist das Gewicht eines Säuglings!«

»Räbäääh!«, antwortete ihr Miriam wie ein Baby, sprang ebenfalls in die Tiefe und landete im Mondstaub.

»Weg da, Mondkalb!«, rief Jennifer ihr hinterher, »jetzt komme ich!« Auch Jennifer sprang.

»Voll gut!«, feixte Kolja, der nach Jennifer gesprungen war, aber nicht mehr damit aufhörte. Er sprang und sprang und sprang, als hätte er Sprungfedern in den Schuhen.

»Ein kleiner Schritt für einen Ben!«, rief Ben theatralisch, »aber ein Riesenschritt für die Menschheit«, und stieg majestätisch die Leiter hinunter. Jedenfalls wollte er das. Stattdessen verhedderte er sich in der zweiten Sprosse, stolperte und purzelte kopfüber in den Mondstaub.

»Ein kleiner Sprung in seinem Helm!«, ulkte Jennifer. »Aber ein Riesendachschaden im Kopf von Ben.«

Alle lachten schadenfroh über Bens verunglückten Versuch, die Geschichte der Raumfahrt nachzuspielen.

Alle – bis auf Kathrin. »Himmel!«, jammerte sie. »Was ist, wenn unsere Helme wirklich kaputtgehen?«

Ben tastete schnell seinen Helm ab, obwohl er wusste, dass es unnötig war. Wenn der Helm tatsächlich undicht gewesen wäre, würde er es schnell merken.

Ohne den Sauerstoff aus seiner Flasche war das Leben auf der Mondoberfläche unmöglich, denn den Mond umgab keine Atmosphäre. Ohne den Raumanzug mit seinen Lebenserhaltungssystemen würde er hier in wenigen Minuten ersticken.

Die kurze Unbeschwertheit, die die Kinder beim Aussteigen genossen hatten, war verflogen. Die Gefahr, in der sie sich befanden, war ihnen wieder bewusst geworden. Hinter den Helm-Visieren verfinsterten sich die Mienen der Kinder.

Bitte folgen Sie dem vorgeschriebenen Weg!, mahnte eine Stimme über die eingebauten Kopfhörer in den Helmen.

Der vorgeschriebene Weg, der ausgeschildert war, führte in einen Glasgang, der gewisse Ähnlichkeiten mit einem Laufgitter, wie er im Zirkus für die Tiger verwendet wurde, nicht verbergen konnte. Tatsächlich führte dieser gläserne Gang auch zu etwas, was man auf den ersten Blick durchaus als eine Arena hätte ansehen können: eine riesige Glaskuppel, die aus dem Mondstaub herausragte, als hätte jemand eine gigantische Christbaumkugel in den Staub geworfen.

»Ich werd verrückt«, wunderte sich Ben, »hier gibt es wirklich eine Mondstation!«

»Davon hast du nichts gewusst?«, fragte Kolja nach.

»Nein!«, versicherte Ben. »Von solchen Planungen habe ich schon viel gelesen, aber noch nie etwas davon, dass es schon eine Mondstation gibt!«

Kolja runzelte unter seinem Helm die Stirn. »Das hat nichts Gutes zu bedeuten!«, war er sich sicher. Kolja wusste nichts von Technik und auch nichts von Raumfahrt, aber Kolja besaß für sein Alter schon beachtliche Lebenserfahrung. Er wusste, dass gute Dinge selten geheim gehalten, schlechte dagegen immer unter den Tisch gekehrt wurden. Er war sich sicher: Wenn niemand etwas von dieser Station wusste – und wenn Ben nichts wusste, dann wusste niemand etwas davon, so viel war sicher –, dann handelte es sich bestimmt nicht um eine friedliche Forschungsstation.

Bitte benutzen Sie den vorgeschriebenen Weg!, forderte die Stimme in den Kopfhörern ein weiteres Mal.

»Osterhase!«, sagte Kolja.

Ben blieb stehen und wandte sich erstaunt zu Kolja um. Was hatte der gesagt? Osterhase? Wie kam Kolja jetzt auf Osterhase?

Ben hatte jedoch keine Zeit, weiter über Koljas merkwürdigen Ausspruch nachzudenken.

Denn plötzlich sank Miriam schreiend zu Boden. Ihr Schrei fuhr Ben durch Mark und Bein. Auch Jennifer erschreckte sich fast zu Tode. »Himmel, was hast du?«, schrie sie ihrer Freundin entsetzt zu.

Doch Miriam antwortete nicht. »Mein Bauch!«, schluchzte Miriam. »Mein Bauch tut so schrecklich weh.« Miriam sackte auf die Knie, krümmte sich leicht nach vorne, hielt mit beiden Händen ihren Bauch, so gut dies in dem unbeweglichen Raumanzug eben ging, und kippte schließlich nach hintenüber.

Da lag sie nun, unbeholfen wie eine Schildkröte auf dem Rücken, zappelte mit den Beinen und wimmerte so schrecklich, dass Jennifer sofort panisch die anderen herbeirief. »So helft ihr doch!«, forderte sie.

Bestürzt sahen Frank, Kathrin, Thomas und Ben auf Miriam. Aber wie sollten sie helfen? Sie wussten ja auch nicht, was Miriam fehlte.

»Es tut so weh!«, winselte Miriam. »So hilft mir doch jemand!«

»Hallo!«, rief Ben plötzlich. »Hallo, hört mich jemand?«

»Ja!«, antwortete Thomas. »Ich höre dich!«

Thomas' treudoofe Art brachte Ben manchmal zur Weißglut. Wie jetzt.

»Ich meine doch nicht dich, du Kamel!«, schimpfte Ben. »Aber wenn uns eine Stimme immer Befehle gibt, dann werden wir doch beobachtet, dann muss das hier doch jemand mitbekommen, der Hilfe schicken kann!«

»Gute Idee!«, schaltete Jennifer sofort und fiel in Bens Hilferuf mit ein. »Hallo, hallo!«, rief sie hektisch. »Hier liegt ein Notfall vor. Helfen Sie uns! Schnell!«

Auch Frank und Kathrin riefen um Hilfe, ohne zu wissen, ob sie von irgendjemandem gehört wurden.

Da wollte auch Thomas nicht zurückstehen. Er wusste, dass er manchmal von seinen Freunden nicht für voll genommen wurde. Andererseits hatte es schon genügend Situationen gegeben, in denen sie alle auf ihn angewiesen waren. So nahm er Bens Beleidigung nicht allzu krumm und half mit Hilfe zu rufen, in seiner ihm eigenen Art: »SOS!«, rief Thomas. »Mayday! Mayday!«

Ben glotzte zu Thomas hinüber. Der hatte doch einen Sprung in der Schüssel! Wie konnte man solch einen Quatsch rufen? Doch Thomas konnte Bens Blick nicht sehen. Außerdem hatte er solche Notrufe schon oft im Fernsehen gesehen. Also machte er weiter damit.

Tatsächlich meldete sich plötzlich wieder die fremde Stimme.

Was gibt es für ein Problem?, fragte sie.

Thomas war zufrieden. Sein Notruf hatte Erfolg gehabt.

»Helfen Sie uns!«, antwortete Jennifer aufgeregt. »Meine Freundin krümmt sich vor Schmerzen. Sie hat schreckliches Bauchweh! Herrgott, das sehen Sie doch! So tun Sie etwas!«

Sicherheitshalber fragte sie zu Miriam gewandt noch einmal nach: »Nicht wahr, Miriam, dir tut doch der Bauch weh, oder?«

Miriam grunzte eine Zustimmung hervor.

Das Geräusch erinnerte Kathrin an eine hochschwangere Sau, die sie mal auf einem Bauernhof gesehen hatte. Sie erzählte das Miriam und fragte ernsthaft nach, ob Miriam solche Schmerzen hatte, dass man sie für Wehen halten könnte.

Für einen Moment war Miriam still.

Dann fauchte sie Kathrin an: »Schwangere Sau, du dusselige Kuh! Meinst du, ich bringe hier gleich Ferkel zur Welt, oder was?!«

Kathrin verstummte. Sie hatte doch nur helfen wollen. Aber selbst unter so großen Schmerzen war Miriam giftig wie eine Klapperschlange. Sollte die dumme Ziege doch Schmerzen haben! Kathrin kam es für einen Augenblick sogar vor, als ob Miriam in Wirklichkeit gar keine Schmerzen hatte. Vielleicht spielte sie ihnen das alles nur vor? Vielleicht wollte diese eingebildete Schnepfe nur Aufmerksamkeit auf sich ziehen? Zutrauen würde Kathrin ihr das. Doch sie schwieg.

»Was ist denn jetzt?«, hakte Jennifer ungeduldig nach. »Kommt jetzt jemand, oder wie?«

Keine Schwangerschaft?, fragte die Stimme nach.

Das durfte doch wohl nicht wahr sein! Jetzt nahmen diese

Hohlköpfe von welcher Zentrale auch immer Kathrins dummes Gerede auch noch ernst!

»Nein!«, schrie Jennifer fast schon hysterisch in ihr Helm-Mikrofon. »Keine Schwangerschaft! Keine Sau! Keine Ferkel! Bauchweh von kleinem Mädchen!«

Sanitäter unterwegs!, versprach die Stimme.

»Gott sei Dank!«, seufzte Jennifer erleichtert und wandte sich wieder ihrer Freundin auf dem Boden zu.

»Du hast es ja gehört«, versuchte sie Miriam zu trösten. »Gleich kommt Hilfe!«

»Jetzt schon?«, fragte Miriam.

Jennifer stutzte. Bevor sie nachfragen konnte, öffnete sich eine Tür des Glasganges und zwei seltsam anmutende Geschöpfe trampelten hinaus auf den Mond.

Das eine sah aus wie eine Trage. Das war auch eine Trage, aber eine, die selbstständig ging! Statt der Haltegriffe vorn und hinten, wie Frank es vom Fußballplatz kannte, besaß die Trage vier bewegliche Roboterbeine. Die Befestigung an der Trage war durch verschiedene Federn abgedämpft, sodass die Trage über unebene Flächen des Mondes gehen konnte, ohne dass die Liegefläche ruckelte.

Begleitet wurde die Roboter-Trage von einer weiteren Maschine, die aussah wie ein Koffer mit acht Armen und sechs Beinen. Wie ein Insekt bewegte sie sich auf den Beinen fort, während die Arme noch auf ihren Einsatz warteten.

»Was ist das denn?«, entfuhr es Frank.

»Sanitätsroboter RK 15 und RK 75!«, antwortete einer der Koffer mit den Armen. »Wo liegt das Opfer?«

»Opfer?«, erschrak Jennifer. Schließlich lebte Miriam noch. Noch! »Wieso denn Opfer?«

»Ah, ich sehe schon!«, gab der Koffer bekannt, surrte auf Miriam zu, während die ersten beiden Arme den Koffer öffneten, in dem eine Menge metallener, Angst einflößender Instrumente, ein paar Spritzen, Verbände und Tuben lagen.

»Wo tut es denn weh?«, fragte der Koffer. Zwei Arme hoben Miriam hoch und legten sie auf die Trage, zwei weitere drückten ihr auf den Bauch, zwei Arme machten eine Spritze fertig und die letzten beiden Arme taten gar nichts.

»Danke!«, rief Miriam schnell und versuchte sich aufzurichten, was aber misslang. »Es geht schon wieder.«

»Krank ist krank!«, beharrte der Koffer. »Eben krank und jetzt gesund, das gibt es bei Robotern, aber nicht bei Menschen. Also bleiben Sie ruhig liegen.«

»Nein, ich will aber nicht!«, schrie Miriam.

Jennifer wunderte sich, weshalb Miriam sich nicht helfen lassen wollte.

Kathrin dachte bei sich, dass Miriam wohl doch nur simuliert hatte. Das geschah ihr recht, dass sie durch ihre affektierte Art jetzt in die Klemme geriet.

Miriam konnte sich nicht mehr wehren. Schon hatten zwei Arme ihr durch den Raumanzug hindurch eine Spritze verpasst. Miriam wurde sofort sehr, sehr müde und war nach nur 15 Sekunden schon eingeschlafen.

Die Trage setzte sich mit Miriam in Bewegung. Der Koffer surrte hinterher. Und die Stimme meldete sich auch wieder: *Bitte folgen Sie jetzt dem ausgewiesenen Weg!*

»Wohin bringen Sie Miriam?«, wollte Jennifer wissen. Denn die beiden Sanitätsroboter gingen einen anderen Weg, als sie und ihre Freunde gehen sollten. Jennifer war gar nicht wohl bei dem Gedanken, Miriam so allein ziehen zu lassen.

In die Klinik!, antwortete die Stimme. *Ihr wird geholfen. Dann wird sie zurückkehren.*

»Versprochen?«, fragte Jennifer nach.

Es ist, wie ich sagte!, gab die Stimme kalt zurück.

⇩

Jennifer war noch immer nicht beruhigt. Doch was sollte sie tun? Die beiden Roboter waren mit Miriam schon verschwunden. Ihnen zu folgen hatte nun ohnehin keinen Sinn mehr.

»Also dann!«, seufzte sie.

Auch Ben und Frank waren der Meinung, dass sie nun diesen ausgewiesenen Weg gehen sollten, auch wenn sie sich ebenso Sorgen um Miriam machten.

Frank setzte sich gerade in Bewegung, als von hinten jemand rief: »Hey, wo ist denn Miriam?«

Frank drehte sich um. Hinter ihm stand Kolja, der die Frage gestellt hatte.

»Hast du das nicht mitbekommen?«, fragte Ben.

Kolja verneinte.

»Aber wo warst du denn?«, wollte Jennifer wissen, die nicht verstehen konnte, wie man nicht bei Miriam gewesen sein konnte, während sie doch so starke Schmerzen gehabt hatte.

»Später!«, antwortete Kolja nur. »Das erzähle ich euch später. Also, wo ist Miriam?«

Jennifer erklärte ihm, was passiert war.

»Ach, du große Scheiße!«, rief Kolja aus.

Ankunft in der Mondstation

Nachdem Ben, Frank, Jennifer, Thomas, Kathrin und Kolja den langen Glasgang betreten hatten, durften sie in einem speziell dafür vorgesehenen Raum die unbequemen Raumanzüge wieder ausziehen. Neue Wäsche lag für sie bereit, jeder bekam einen roten Overall. Sie sahen jetzt fast aus wie das Ferrari-Boxenteam von Michael Schumacher. Doch statt etlicher kleiner Aufnäher der Sponsoren wie bei dem Rennteam hatte jeder nur eine zwölfstellige Nummer auf Brust und Rücken des Overalls.

Es handelte sich dabei um eine PIK, wie ihnen eine anonyme Stimme erklärte: Personen-Identifikations-Kennziffer. Sie setzte sich zusammen aus Geburtsdatum, Nummer des Geschlechts (00 für weiblich, 01 für männlich) und der so genannten laufenden Ordnungsnummer.

Bitte suchen Sie sich die für Sie vorgesehene Nummer heraus, verlangte die Stimme. *Sie erkennen Ihren Overall an den ersten acht Ziffern: Tag, Monat und Jahr ihres Geburtsdatums.*

Jennifer sah sich die sieben Overalls an, die bereitlagen. Auf keinem der Kleidungsstücke konnte sie ihr Geburtsdatum erkennen.

Den anderen erging es nicht besser.

Ben wusste, weshalb: »Die haben uns tatsächlich verwechselt! Deshalb stimmen die Geburtsdaten nicht.«

»Das ist doch super!«, hoffte Kathrin. »Das ist doch der Beweis, dass wir hier nicht richtig sind, was immer die mit uns vorhaben!«

»Kannst du es denn beweisen?«, fragte Ben nach.

»Aber natürlich!«, freute sich Kathrin. »Ich habe doch meine Monatskarte vom Verkehrsverbund! Da ist ein Bild von mir drinnen, mein Name, meine Adresse und sogar mein Geburtsdatum!«

»Klasse!«, bemerkte Kolja spöttisch. »Und wo hast du diesen Ausweis?«

»In meiner Tasche!«, antwortete Kathrin, hielt inne und ihre Miene verfinsterte sich.

Kolja sah sie nur an und Kathrin erinnerte sich, wo sich ihre Tasche befand. In einem dieser Fächer in der Raumstation, die um die Erde flog, knapp 384.000 Kilometer entfernt. »Mist!«, ärgerte sich Kathrin.

»Eben!«, bemerkte Kolja.

Es blieb ihnen vorerst nichts, als den weiteren Anweisungen der anonymen Stimme zu folgen, und das bedeutete, sich die Overalls anzuziehen und in den Essenssaal zu gehen.

Frank, der die Gruppe anführte, blieb erstaunt im Eingang stehen. Er hatte einen kleinen Raum erwartet, in dem sie gerade Platz genug gehabt hätten, das Essen einzunehmen; bestenfalls ein kleines Restaurant oder so etwas.

Doch Frank blickte in einen trostlosen, großen Saal mit langen, wenn auch bunten Plastiktischen, an denen sich eine ganze Schar Jugendlicher herumlümmelte und Suppe löffelte.

»Die 52 Jugendlichen!«, flüsterte Ben, der sich an den Zettel erinnerte, den Thomas gefunden hatte.

»Bitte setzen Sie sich auf Ihre Plätze!«, verlangte eine Stimme, die diesmal nicht anonym aus irgendwelchen Lautsprechern ertönte, sondern von einem Menschen gesprochen wurde, der neben dem Eingang stand.

Frank zuckte zusammen, dann erst sah er, dass er einem großen, starken Mann in einer seltsamen Uniform in die Augen blickte.

»Guten Tag!«, sagte Frank freundlich. Endlich einmal trafen sie einen leibhaftigen Menschen. Mit denen musste doch endlich das elende Missverständnis zu klären sein. Doch Franks Versuch wurde bereits im Keim erstickt.

»Hören Sie . . .!«, begann Frank; da hatte der kräftige Mann ihn bereits am Kragen gepackt und seinen Arm auf den Rücken gedreht.

»Au!«, schrie Frank.

Ben und Thomas sahen wie versteinert zu.

Jennifer boxte dem Mann gegen den Arm. »Lassen Sie ihn los!«, verlangte sie.

Sofort rollten von den Seiten zwei Roboter heran, die mit langen Greifarmen Jennifer und Frank packten und sie zu ihren Plätzen schleiften.

Selbst Kolja wagte es nicht mehr, einzugreifen.

Schließlich hockten alle sechs auf ihren Plätzen: Jennifer, Ben und Kathrin nebeneinander; ihnen gegenüber Thomas, Frank und Kolja.

»Gerade angekommen?«, flüsterte jemand Frank ins Ohr.

Frank drehte sich um. Rücken an Rücken hinter ihm saß ein Junge, vielleicht ein oder zwei Jahre älter als er mit kurzen blonden Haaren und Pickelgesicht.

»Ja!«, antwortete Frank.

»Sch!«, machte der Blonde. »Nicht so laut!«

Frank verstummte.

»Habt ihr auf eurer Reise jemanden von uns gesehen?«, fragte der Blonde nach.

Frank wusste nicht, wie er die Frage verstehen sollte.

Kolja schaltete schneller. »Ja, Ralle!«, antwortete er.

Der Blonde hob aufmerksam seine Augenbrauen. »Und?«, fragte er aufgeregt. »Wo habt ihr ihn getroffen. Hat er es geschafft?«

⇩

Kolja biss sich auf die Lippen. Er ahnte, worauf sein Gesprächspartner hinauswollte und dass er ihn würde enttäuschen müssen.

Behutsam erzählte Kolja, wo und in welchem Zustand sie Ralle gesehen hatten.

Die Miene des Blonden verfinsterte sich.

Leider mischte sich nun auch Thomas ins Gespräch ein, indem er – ohne sich etwas dabei zu denken – freimütig erzählte, dass sie einen Zettel gefunden hatten, der vermutlich von Ralle stammte und den sie zwar entschlüsseln, sich aber dennoch keinen Reim auf den Inhalt des Papiers machen konnte.

War der Gesichtsausdruck des Blonden vorher schon düster gewesen, jetzt verhärtete er sich zu einem tödlichen Blick. »Was habt ihr mit dem Zettel gemacht?«, hakte er nach.

Kolja wünschte sich, dass Thomas spätestens jetzt begreifen würde, in welche Lage er sie hineinquasselte, doch Thomas merkte nichts.

»Wir haben ihn dabei!«, antwortete er ehrlich und unbedarft. »Hier!« Thomas zog den Zettel aus seiner Hosentasche und hielt ihn stolz hoch, so, wie er sonst eines seiner 534 defekten, gefundenen Feuerzeuge präsentierte.

Kolja riss ihm den Arm herunter. »Lass das!«, fauchte er Thomas an.

Doch es war bereits zu spät.

»Ihr dämlichen Arschlöcher!«, giftete der Blonde sie an. »Warum habt ihr ihn nicht liegen lassen?«

»Wieso denn?«, wollte Thomas wissen, erntete aber nur einen Schlag von Kolja in die Seite.

Wütend drehte sich der Blonde um.

»Verräter!«, zischte ihnen ein anderer zu.

Thomas wusste überhaupt nicht, was eigentlich los war.

Doch Kolja war sich sicher: »Ich habe es befürchtet. Wir befinden uns im Knast!«

»Was?«, schrie Kathrin auf. »Wo sind wir?«

»Ruhe!«, brüllte einer der Uniformierten von der Seite.

Kathrin wandte sich um und erkannte erst jetzt, dass rund um den Saal herum breitschultrige Männer in Uniformen auf dem Posten standen.

Neben jedem Wächter warteten jeweils zwei Roboter auf mögliche Einsatzbefehle.

»Im Knast?«, fragte Kathrin, diesmal leiser, aber mit zittriger Stimme. »Aber wieso? Was haben wir denn getan?«

»Wir gar nichts!«, dämmerte es Jennifer. »Aber die, mit denen man uns verwechselt hat, offenbar eine ganze Menge!«

»Nein!«, ereiferte sich Kathrin. »So etwas gibt es in unserem Land nicht! Man kann doch nicht einfach sieben unschuldige Kinder einsperren, ohne dass es jemand merkt. Das . . .« Sie rang nach Luft vor Erregung. »Das muss sich doch aufklären lassen!«

»Klarer Fall von Justizirrtum!«, war sich Kolja sicher.

»Aber Irrtümer kann man korrigieren!«, beharrte Kathrin.

Jennifer war nun ausnahmsweise mal mit Kathrin einer Meinung.

Doch diesmal war es Ben, der alle Hoffnung zunichte machte.

»So etwas wird *vorher* geprüft«, glaubte er. »Die lassen doch nicht einfach sieben Kinder in den Weltraum fliegen. Die waren sich ganz sicher, dass die richtigen an Bord sind.«

»Das ist doch unglaublich!«, schimpfte Frank. »So eine Verwechslung kann es doch gar nicht geben!«

»Eben!«, mischte sich Kolja wieder ein. »Und weil es so unglaublich ist, deshalb wird es auch niemand ernsthaft prüfen.«

Bestürzt ließen alle die Köpfe hängen.

»Es gibt nur einen Weg!«, war Kolja sich sicher.

»Und der wäre?«, fragte Ben nach.

»Flucht!«, lautete Koljas Antwort. »Flucht vom Mond!«

Ben verschlug es die Sprache.

In Gedanken ging er die Stationen durch, die sie durchlaufen hatten. Wie sollte man es unter diesen Bedingungen schaffen, vom Mond zu fliehen? Das sicherste Gefängnis der Welt! Berühmt-berüchtigte Knast-Inseln wie Alcatraz waren ein Witz gegen den Ort, von dem sie fliehen mussten: vom Mond!

»Mitkommen!«, lautete der Befehl, den der Wächter so emotionslos wie eine Tonbandansage ausstieß.

Die Kinder hatten gar nicht bemerkt, wie er plötzlich neben ihrem Tisch aufgetaucht war. Jetzt blickten sie ihn erstaunt an.

»Wohin?«, traute sich Kathrin zu fragen.

»In die Bibliothek!«, antwortete der Wächter und marschierte los. Seine Art zu gehen ließ keinen Zweifel an seiner Erwartung, dass die Kinder ihm folgen würden. Und zwar augenblicklich.

Frank sprang auf, hatte sich aber schon wieder mit der geringen Schwerkraft des Mondes verschätzt. Statt nur aufzustehen sprang Frank unbeabsichtigt fast vier Meter hoch über drei Tische hinweg.

»Ups!«, machte er, als der Wächter stehen blieb und Frank streng anschaute.

Ben, Kolja, Kathrin, Jennifer und Thomas folgten vorsichtiger.

Die Bibliothek war ein großer heller Raum, der kalt und steril wirkte und trotz der vielen Bücher, die in den Regalen standen, keine Atmosphäre besaß.

Am Ende eines Ganges hockte eine vollschlanke Frau mittleren Alters, auffällig auf jung geschminkt, lugte über ihre randlose Lesebrille und schaute die Kinder stumm an.

»Guten Tag!«, stieß Kathrin sofort aus. Die Frau machte auf sie den Eindruck, als ob man mit ihr reden könnte. Doch Kathrin täuschte sich gewaltig.

»Sch!«, machte die Frau schnell.

Kathrin schloss den Mund.

»Dies ist ein Ort der Literatur!«, sprach sie leise. Sie flüsterte es nicht, wie man ein wohl gehütetes Geheimnis mitteilt oder eine spannende Geschichte ankündigt. Nein, sie sagte es leise auf eine Art, in der man in der Kirche sprach, untertänig und ehrfürchtig, wie auf einer Totenwache vielleicht.

»Und Literatur braucht Ruhe!«, behauptete die Frau weiter. »Deshalb muss hier Stille herrschen. Immer währende Stille, um sich in die hohe Kunst der Literatur zu vertiefen, sie sich zu erarbeiten, den Sinn der Worte zu entschlüsseln!«

Jennifer, die – soweit sie zurückdenken konnte – in Deutsch immer glatt auf eins gestanden hatte, hob die Augenbrauen. *Hackenschuss!*, ging ihr durch den Kopf. *Die Alte hat einen kompletten Hackenschuss!*

»Mein Name ist Röblein!«, setzte die Frau fort. »Doktor Inge Röblein! Ihr dürft mich gern Frau Doktor nennen!«

»In Ordnung, Inge!«, provozierte Kolja. Er konnte so viel Aufgeblasenheit nicht aushalten.

Die Frau schob ihre Lesebrille noch weiter hinunter, damit sie strenger drüber blicken konnte, und setzte sofort zum nächsten Monolog an: »Wenn ihr nicht ungezogen wäret, wäret ihr ja nicht hier. Darauf bin ich vorbereitet. Aber hier oben werden wir euch Interesse an Literatur beibringen. Denn das ist wichtig. Auch wenn ihr es jetzt noch nicht begreift. Es ist eine Schande, dass ihr Computerkinder nicht mehr lest. Aber wir werden das korrigieren!«

Totalschramme!, fand Ben. Allein, was er monatlich an technischen Informationen nachlas, war für die weltfremde Tante sicher unvorstellbar.

Die Frau erhob sich, zog aus dem nächsten Regal einen Arm voll Bücher heraus, warf sie auf den Tisch und erläuterte: »Damit fangen wir an. Für jeden ein Buch. In 14 Tagen könnt ihr das gut schaffen.«

Jennifer warf einen Blick auf die Wälzer. Sie kannte alle. »Die sind stinklangweilig!«, wusste sie.

»Das ist Literatur!«, beharrte Frau Röblein.

Und für Kolja war klar: Wenn das schon für Jennifer langweilig war, würde er um nichts in der Welt seine Nase dort hineinstecken.

»Sie können mich mal!«, blaffte er Frau Röblein an.

Frau Röblein lächelte böse. »Du hast nicht ganz begriffen, worum es hier geht, mein Lieber!«, sagte sie in einem Tonfall, der Kolja überhaupt nicht gefiel.

»Ich habe dir nicht nur einen Vorschlag gemacht, es ist Teil eures täglichen Pflichtprogramms!«

»Pflichtprogramm?«, fragte Jennifer nach.

Frau Röblein lächelte auf eine Art, wie andere Leute sich übergeben.

Kolja betrachtete sie aus zusammengekniffenen Augenwinkeln. Er spürte, dass etwas Entsetzliches auf sie zukam. Er hatte schon viel aus Jugendknästen gehört. Unter anderem eben, dass man dort für Almosen arbeiten musste. Aber manche machten dort auf diese Art und Weise eine Lehre nach. Doch was kam hier auf sie zu?

»Wir halten nichts vom stupiden Arbeiten«, dozierte Frau Röblein. »Solange die verirrten Jugendlichen nicht an die schönen Künste und eine anständige Bildung herangeführt werden, ist doch ohnehin alles vergebens. Deshalb bieten wir unseren Schützlingen ein ganz spezielles Programm: täglich zwei Stunden Beschäftigung mit Literatur, zwei Stunden moderne Kunst, zwei Stunden Gruppengespräch und eine Stunde Sport!«

»Eine Stunde bloß?«, mischte sich jetzt Frank ein.

»Unser Programm wurde von namhaften Pädagogen und Kunst- und Literaturexperten entwickelt.« Frau Röblein schien von dem Programm mehr als überzeugt zu sein.

»Und weshalb muss dieser Schwachsinn auf dem Mond stattfinden?«, fragte Jennifer nach.

»Ist das nicht ein spannendes Projekt?«, kiekste Frau Röblein entzückt. »Wir bieten Abenteuer unter extremen Bedingungen. Früher finanzierte man Reisen in die Karibik oder lange Segeltouren. Erlebnispädagogik nannten wir das. Aber dieses hier stellt alles in den Schatten. Entwicklung von Gruppengefühl und Teamgeist im Zentrum der Romantik: auf dem Mond selbst! Dazu Beschäftigung mit den schönsten Künsten der Menschheit: der Malerei, der Bildhauerei und der Literatur. Ist das nicht ein sensationelles Programm? Und ihr, meine Lieben, gehört zu den Auserwählten!«

»Sie haben doch einen Riss in der Birne!«, schnauzte Kolja los. »Sie haben uns entführt!«

Doch mehr konnte er nicht sagen. Sofort stürmten zwei Roboter heran, packten Kolja links und rechts an den Armen und schoben ihn ganz dicht vor Frau Röblein hin.

»Hör zu, du kleiner Giftzwerg!«, zischte sie ihn an. »Von so einer Ratte wie dir lassen wir unser Pilotprojekt nicht kaputtmachen. Auch du wirst brav mitmachen!«

Kolja biss sich auf die Lippen, schwieg aber. Er wusste, je mehr er jetzt sagen würde, desto mehr würde er seine Lage verschlimmern.

Ihm war nie so klar wie in diesem Augenblick, dass sie fliehen mussten, um jeden Preis, und das so schnell wie möglich.

Doch was Kolja leider noch nicht wusste, war, wie sie es anstellen sollten, vom Mond zu fliehen!

Spaziergang auf dem Mond!

Die Zimmer, die den Kindern zugeteilt wurden, konnten sich sehen lassen. Außerdem hatten die Jungs Glück: Es handelte sich um Vierbettzimmer, sodass Ben, Frank, Thomas und Kolja in einem Raum untergebracht waren. Es gab neben den zwei Etagenbetten zwei Schreibtische, zwei Kleiderschränke und ein abgetrenntes Badezimmer mit Chemie-Toilette. Da man auf dem Mond offenbar mit dem Wasser haushalten musste und es auch keine Wasserleitungen gab, hing an der Tür zum Badezimmer eine genaue Anweisung, wie das Wasser aus den Tanks sparsam zu verwenden war. Ansonsten aber ähnelte der Raum sehr einem geräumigen Hotelzimmer.

»Lasst euch nicht einlullen!«, warnte Kolja. »Knast bleibt Knast. Und deshalb sind das hier auch keine Zimmer, sondern Zellen!«

Kathrin und Jennifer wurden zu anderen Mädchen in die Zelle gesteckt. Die Überraschung war groß, als Jennifer vorsichtig einen ersten Schritt in ihre neue Behausung setzte.

»Miriam!«, schrie sie vor Freude.

Miriam drehte sich um, rannte auf ihre beste Freundin zu, um sie übermütig zu umarmen. Doch noch immer hatte sie sich nicht an die Mondverhältnisse gewöhnt und dementsprechend viel zu viel Schwung genommen; sie hob vom Boden ab und hüpfte unfreiwillig gegen die Zimmerdecke.

Als sie wieder unten landete, hielt Jennifer sie schnell fest und drückte sie innig. »Wie ist es dir ergangen? Ist alles wieder gut?« Jennifers Fragen prasselten auf Miriam ein.

Miriam fand kaum Zeit, alles in Ruhe zu erklären. Sie er-

⇩

zählte, dass sie die Krankheit nur simuliert hatte, was die Ärzte in der Krankenstation auch schnell festgestellt hatten und sie auf dieses Zimmer gebracht worden war.

»Habe ich es mir doch gedacht!«, zickte Kathrin herum. »Spielt die Kranke, nur um Aufmerksamkeit zu bekommen! Widerlich!«

Miriam löste sich ruckartig aus Jennifers Umarmung und ging wie eine Furie auf Kathrin los. »Ich scheuer dir gleich eine, du dumme Pute. Was meinst du wohl, weshalb ich das getan habe?«

Kathrin duckte sich vorsichtshalber, schien Miriam aber mit Blicken töten zu wollen.

»Nur um uns zu helfen!«, ereiferte Miriam sich weiter. Schnell wurde ihr aber bewusst, dass möglicherweise auch diese Zelle abgehört werden könnte, und sie biss sich auf die Lippen, um nicht zu viel auszuposaunen.

»Wie uns helfen?«, bohrte Kathrin nach, die natürlich überhaupt nicht daran dachte, irgendjemand könnte vielleicht mithören.

»Das kann ich jetzt nicht sagen!«, stellte Miriam klar.

»Pah!«, antwortete Kathrin verächtlich und Miriam zeigte ihr einen Vogel. Erst jetzt bemerkte Jennifer, dass die drei Mädchen nicht unter sich waren. Denn ein viertes Mädchen, das bis dahin regungslos an ihrem Schrank gestanden hatte, rührte sich: »Hi!«, stellte sie sich vor. »Ich bin Rosa!«

Rosa war ein dürres, ausgemergeltes Mädchen mit langen, dünnen, strähnigen Haaren, einer tiefen Narbe unter dem rechten Auge und schiefen Zähnen.

Jennifer und Kathrin sahen sie an, zögerten einen Augenblick und stellten sich schließlich auch vor. Miriam hatte sich bereits mit Rosa bekannt gemacht.

Rosa ging schweigend vom Schrank zum Bett, pulte sich einen Kaugummi aus dem Mund, zerrieb ihn mit den Fingerspitzen zu einer Kugel, kniete sich vor das Bett, hantierte dort irgendwie herum und kam schließlich unter dem Bett hervor.

»So, jetzt können wir!«, gab sie bekannt.

Jennifer verstand nicht. »Was können wir?«

Rosa zeigte unters Bett. »Das Abhörmikro sitzt dort. Das wissen alle hier. Aber die Pädagogen wissen nicht, dass wir das wissen. Solange der Kaugummi darauf klebt, können wir frei reden.«

»Frei reden?«, fragte Kathrin. »Worüber frei reden?«

Rosa rollte mit den Augen. »Ist die immer so?«, fragte sie mit einem Kopfnicken auf Kathrin.

Miriam behauptete amüsiert: »Ja, die ist immer so!«

Kathrin ballte die Fäuste.

»Also«, setzte Rosa mit Blick auf Miriam wieder an. »Du kannst uns jetzt erzählen, wie du uns helfen willst!«

Miriam schätzte noch einmal mit einem Blick ab, ob sie Rosa trauen sollte, entschied schließlich, dass ihr ohnehin nicht viel anderes übrig blieb, und begann mit der Erklärung, weshalb sie krank gespielt hatte: »Kolja brauchte eine gewisse Zeit, sich unbemerkt von der Gruppe zu lösen. Er wollte irgendwas an der Mondlandefähre kaputtmachen. Ich hoffe, es ist ihm gelungen.«

»Wieso das denn?«, fragte Rosa.

»Damit sie nicht sofort wieder wegfliegen kann. Wir wollen Zeit gewinnen, um an Bord sein zu können, wenn sie wieder abfliegt!«

Jennifer pfiff durch die Zähne. »Schlauer Plan!«, erkannte sie an. Kathrin war baff.

»Ich konnte ja nicht ahnen, dass die mich gleich auf die Krankenstation schleppen!«, seufzte Miriam. »Mann, was hab ich für einen Bammel gehabt!«

Kathrin musste anerkennen, dass Miriam viel Mut bewiesen hatte, um die Fluchtmöglichkeit der Gruppe zu verbessern. Aber sie wollte sich nicht die Blöße geben, dies zuzugeben.

Rosa kräuselte die Stirn. »Ihr wollt fliehen?«, wunderte sie sich.

»Natürlich!« Für Miriam war das gar keine Frage.

»Das könnt ihr voll vergessen!«, lautete Rosas Urteil. »Alle, die das bisher versucht haben, kamen als Eisblock zurück. Sie werden für mindestens ein Jahr eingefroren.«

Kathrin lief ein kalter Schauer über den Rücken.

»Der Letzte war Ralle«, berichtete Rosa weiter.

»Ralle wurde aufgetaut!«, korrigierte Jennifer.

»Ihr habt ihn gesehen?«, staunte Rosa.

»Wir haben ihn befreit!«, gab Miriam – nicht ohne Stolz – bekannt.

Jetzt pfiff Rosa durch die Zähne.

»Er ist jetzt auf der Krankenstation!«, erzählte Miriam. »Ich habe ihn dort gesehen. Er konnte schon wieder sitzen!«

»Wirklich?« Rosa sprang auf Miriam zu, packte sie an den Schultern und rüttelte sie. »Er ist wieder okay?«

Miriam erschrak über Rosas heftige Reaktion, wiederholte noch einmal ihre Beobachtung und sah, wie Rosa feuchte Augen bekam.

»Du kennst ihn gut?«, fragte sie Rosa.

Rosa nickte. »Er ist mein Bruder! Ich habe versucht ihm die Flucht auszureden, aber er hörte mal wieder nicht auf mich. Ich wusste, das sie ihn schnappen würden. Aber dass er nicht mehr eingefroren ist, das ist einfach wunderbar!«

Jennifer traute sich kaum ihre Frage zu stellen. Doch die Antwort war für sie einfach zu wichtig. »Bist du sicher, dass sie ihn nicht wieder einfrieren werden?«

Rosa nickte heftig. »Es ist zu gefährlich. Das machen sie

nicht. Jeder Mensch kann nur einmal innerhalb von fünf Jahren eingefroren werden!«

Noch während Rosa das sagte, dämmerte ihr, dass darin die Chance zur großen Flucht bestand. Selbst wenn sie erwischt würden, es musste nur jemanden geben, der es in die Hand nehmen konnte, sie wieder aufzutauen! Dann wären sie für fünf Jahre geschützt.

»Und dieser Jemand könnte Ralle sein. Denn Ralle kann auf keinen Fall mehr eingefroren werden!«

»Bingo!«, stimmte Jennifer zu.

Rosa war nicht ganz so euphorisch. Aber sie musste anerkennen, das dies tatsächlich eine Möglichkeit war, eine sehr reale Möglichkeit. Ralle hatte durch seinen Wagemut und die Kinder hatten durch ihre zufällige Befreiungsaktion die Voraussetzung für eine Flucht geschaffen!

Kathrin wurde ganz schlecht, als sie an die wagemutige Unternehmung dachte, die ihnen offenbar bevorstand.

Sie mussten die Jungs über diese grandiose Neuigkeit informieren.

»Das ist kein Problem«, erklärte Rosa ihnen. »Hier läuft doch alles auf Abenteueräpdagogik. Und dazu zählt ein täglicher Ausflug über das Mondgelände von einer halben Stunde. Gleich beginnt er übrigens. Wir können schon mal die Raumanzüge anziehen.«

Ein Ausflug hinaus aus der Mondstation auf die freie Oberfläche war kein so einfaches Unterfangen, wie es sich anhörte. Die Hauptgefahr bestand in den kosmischen Strahlen, die direkt auf die Oberfläche einwirkten, weil noch immer nicht bis ins Letzte erforscht war, welche Auswirkungen diese Strahlen hatten. So war der Bau der Mondstation auch erst möglich geworden, nachdem man ein neues Material erfunden hatte, welches den durchsichtigen Wänden beigemischt werden

⇩

konnte, um zuverlässig vor den Strahlen zu schützen. Man maß diese Strahlung in der Einheit REM (Radiation Equivalent Man), 1 REM betrug die natürliche Strahlendosis, der ein Mensch auf dem Planeten Erde ausgesetzt war. Der Grenzwert lag bei 5 REM.

Gefürchtet auf der Mondoberfläche war die Intensität der Sonnenstrahlen bei hin und wieder kurzzeitig ausbrechenden Sonnenstürmen, die *flares* genannt wurden und geradezu explosionsartig ausbrechen konnten. Während eines solchen Orkans von energetischen Sonnenteilchen (Solat Energetic Particle Event, SEP) wuchs die Strahlenbelastung auf das 70.000fache an. Kein Raumanzug bot unter dieser extremen Belastung dann noch Schutz.

Deshalb war es streng untersagt, sich allzu weit von der Mondstation fortzubewegen. Für den Notfall gab es in der Umgebung zwei Schutzbunker unter der Mondoberfläche, in denen man schnellen Unterschlupf finden konnte.

Dies alles wurde den Kindern von einem Roboter erläutert, während sie sich in die dicken Raumanzüge zwängten, was nur mit gegenseitiger Hilfe möglich war.

Das zweite Hindernis, von der Mondbasis fortzukommen, bestand in dem Transport-Problem. Die Raumanzüge waren noch immer so eng und unbequem, dass man darin zwar unbeholfen einige Meter voranhopsen konnte, weitere Strecken zu gehen oder gar zu wandern war allerdings unmöglich.

Trotzdem war es ein erhebendes Gefühl, sich draußen auf dem Mond umzusehen.

Bei der Ankunft hatten sie nicht die richtige Ruhe gehabt. Jetzt aber betrachtete Jennifer die Mondwüste, die sich vor ihr erstreckte. Anders als auf der Erde war der Horizont auffallend nah. Über die staubige, verkrustete, hügelige, mit kleinen und großen Kratern übersäte Landschaft hinweg sah Miriam direkt ins Schwarz des Weltalls, in dem die Sterne so klar und hell funkelten, wie sie es zuvor noch nie gesehen hatte. Nicht einmal aus dem Raumschiff heraus war dies – wegen der zu kleinen Fenster – so deutlich wahrzunehmen gewesen.

Jennifer ließ ihren Blick langsam über den Horizont schweifen und entdeckte plötzlich eine große, blau schimmernde Sichel am Firmament. Sie fragte sich, was das wohl sei, überlegte einen kurzen Moment und hielt ergriffen den Atem an. Das, worauf Jennifer blickte, war die Erde. Ihr Heimatplanet!

Jennifer schluckte. Sie spürte, wie ihr die Tränen in die Augen schossen. Denn mit einem Male fühlte sie sich sehr einsam. Sie sah gebannt auf den wunderschönen Planeten, dachte an ihre Eltern, die dort jetzt irgendwo verzweifelt in ihrem Wohnzimmer hockten und sich den Kopf zerbrachen, wo sie – Jennifer – wohl abgeblieben sein konnte. Sie dachte an die Mitschüler, die von dieser Reise verschont geblieben waren, an die Krützdoof, in deren Haut sie nicht stecken mochte. Sieben Kinder während eines Schulausflugs verloren! Das war ein Desaster!

Doch Jennifer gingen nicht nur die aktuellen Sorgen durch den Kopf. Sie erinnerte sich auch an die vielen schönen Erlebnisse, die sie auf der Erde gehabt hatte. Das Baden im Baggersee im Sommer, das Schlittenfahren im Winter, die vielen Schneeballschlachten, die sie in der Schule und nachmittags im Park durchgestanden hatte. Die goldgelben Bäume im Herbst und die ersten warmen Sonnenstrahlen im aufkeimenden Frühling. Aber auch an die vielen, hell erleuchteten Geschäfte musste Jennifer denken, ans Kino und an den Jahrmarkt, an Schwimmbäder und selbst an die tausenden von Autos, die die Menschen benötigten, um sich wie die Ameisen tagein, tagaus von einem Ort zum anderen zu bewegen, weil sie offenbar nie dort bleiben wollten, wo sie gerade angekommen waren. Die ewige Unruhe, die beständige Rastlosigkeit, dieser Großstadtlärm von hupenden Wagen, heulenden Motoren, schreienden Babys und grölenden Besoffenen. Das alles wirkte so seltsam, so unwirklich hier oben in der absoluten Stille des Alls, mit dem Blick in die tiefe schwarze Unendlichkeit. Und doch war das alles ihre Heimat, ihr Planet, ihr Zuhause, zu dem sie zurückwollte und von dem sie sich hier – an diesem Ort – erhoffte, dass er ewig bestehen würde.

Jennifer erinnerte sich an eine schreckliche Zahl, die sie einmal gehört hatte: 3.000 Quadratmeter Regenwald wurden jede Minute niedergebrannt, um Boden für Industrie und Landwirtschaft zu gewinnen. Während sie also auf diesen wunderbaren, blühenden Planeten voller Leben schaute, waren ihre Artgenossen dort oben gerade kräftig dabei, mit all ihren wissenschaftlich-technischen Möglichkeiten, all ihrer Intelligenz und ihrem Geschick, das ihnen zur Verfügung stand, die Grundlage allen Lebens zu zerstören. Die Wälder wurden niedergebrannt oder abgeholzt, die Ozeane verseucht, die Luft verpestet, die Ozonschicht vernichtet, ohne die die Erde bald genauso tot, karg und unfruchtbar sein würde wie diese Mondoberfläche. Milliarden und abermilliarden Sterne waren im All zu sehen. Aber nirgends – soweit man wusste – hatte sich etwas ähnlich Schönes, Faszinierendes, Unglaubliches entwickelt wie auf dem Planeten Erde: Leben!

Und die Menschen hatten nichts Besseres zu tun, als von Minute zu Minute ebendieses einzigartige Leben in einem Höllentempo zu zerstören. Jennifer wurde traurig. Sie weinte. Und doch empfand sie Hoffnung. Dieses gewaltige Schauspiel, das sie vor Augen hatte, die unbändige Macht der Natur, machten ihr Mut. Es war von ihrer Perspektive aus einfach nicht vorstellbar, dass die unglaubliche Kraft der Naturgesetze sich von ein paar verrückt gewordenen Menschen kaputtmachen ließ.

Inzwischen waren auch die Jungs aufgetaucht. Ben wollte sofort zu seiner Freundin Jennifer laufen, um zu sehen, wie es ihr ging. Doch Rosa hielt ihn zurück. Sie wusste, was Jennifer fühlte und dass sie in diesem Augenblick allein sein musste. Auch ihr war es bei ihrem ersten Ausflug so ergangen. Jugendliche, mit denen man nicht fertig wurde, ins All zu schießen war grausam.

Das Programm, das sie hier oben zu absolvieren hatten, war nichts als die verwirklichte Idiotie einiger durchgeknallter Pädagogen. Aber diese halbe Stunde, allein mit sich und dem Mond, den Blick auf eine besondere Weise auf den Heimatplaneten gerichtet, das entschädigte für vieles. Rosa selbst hatte sich sogar ein heimliches Ritual ausgedacht, über das sie noch nie mit jemandem gesprochen hatte. Einige, wenige Minuten dieses kleinen Spazierganges nutzte sie immer, um diese Zeremonie auszuüben: Sie betete zur Mutter Erde und erzählte ihr – als Ersatz für ein Tagebuch – die wichtigsten Ereignisse des Tages. Dann sah sie stumm hinauf zu dem blauen Planeten und hatte immer für einen Augenblick das Gefühl, die gute, alte Erde würde milde zu ihr hinunterlächeln, so wie sich Rosa immer gewünscht hatte, dass eine leibhaftige Mutter es getan hätte. Aber Rosa hatte ihre wirkliche Mutter nicht mehr gesehen, seit sie ein Jahr alt war.

»Ich habe etwas gefunden!«, rief Thomas plötzlich, bückte sich schwerfällig in seinem dicken Anzug und pulte eine Feder aus dem Mondstaub.

Verdutzt schaute er darauf. »Wo kommt denn hier nun eine Feder her?«, fragte er sich und riss damit Jennifer aus ihren Gedanken. Mit zwei Sprüngen war sie wieder bei den anderen, als Kolja schon wieder kräftig phantasierte: »Vielleicht außerirdische Monster-Flugsaurier, die eine ehemals hier lebende Mondbevölkerung niedergemäht haben und . . .«

»Kolja, hör auf!«, fuhr ihm Miriam dazwischen, stellte den Jungs Rosa vor und hätte ihnen auch gerne von ihren Fluchtgedanken erzählt. Dann fiel ihr aber wieder ein, dass diese Funkverbindung zwischen den Helmen doch bestimmt abgehört wurde.

Doch Rosa erzählte freimütig, was Miriam in diesem Moment lieber verschwiegen hätte. Miriam machte sie auf ihre Bedenken aufmerksam. Doch Rosa winkte ab: »In den Raumanzügen werden wir nicht abgehört. Wir haben vorgesorgt. Hier!« Sie zeigte auf eine kleine Tastatur auf dem Ärmel. »Mit der Tastenkombination Raute, Stern, 25781, Tilde, Doppel-Slash kann man die Verbindung zur Zentrale unterbrechen!«

»Echt?«, freute sich Ben. »Das ist ja scharf. Wie habt ihr das denn herausbekommen?«

Jennifer musste lachen. »Das musst ausgerechnet du fragen. Drei Tage hier oben und du hättest es auch herausbekommen. Vermutlich gibt es unter den 52 Jugendlichen einen ähnlich Verrückten wie dich.«

»Wie war das?«, fragte Kathrin. »Raute . . .«

»Schnauze!«, unterbrach Rosa sie. »Erst drücken, dann sprechen.«

Sie hatte an ihrem Anzug die Kombination natürlich schon eingetippt, deshalb konnte sie freimütig reden. Aber die anderen mussten noch vorsichtig sein.

Rosa malte mit dem Finger die Kombination in den Mondstaub: #*25781~//

Nachdem jeder diese Kombination in die Ärmeltastatur eingetippt hatte, verwischte Rosa den Text mit dem Fuß, während Miriam von den Fluchtplänen erzählte.

Die Jungs wurden ganz aufgeregt, als sie davon hörten.

»Nur der Weg zur nächsten Mondfähre wird ein riesiges Problem«, warnte Rosa. Denn in unmittelbarer Nähe der Mondstation gab es keine Mondfähre.

»Sie kommt nur, wenn neue Insassen gebracht werden oder jemand aus der Mondstation entlassen wird. Eure Mondfähre dürfte schon wieder fort sein. Und die nächste ist mehrere Kilometer weit entfernt. Unmöglich, sie zu Fuß zu erreichen.«

»Mehrere Kilometer?«, stutzte Ben. »Weshalb ist sie so weit weg?«

»Für die Touristen!«, antwortete Rosa. »Einmal pro Woche kommt da eine Mondfähre. So regelmäßig wie ein Dorfbus.«

»Touristen?«, wunderte sich Ben. »Hier kommen regelmäßig Touristen her?«

Das war doch unmöglich. Es gab einen florierenden Mond-Tourismus und niemand auf der Erde wusste davon?

»Es sind ausgesuchte Leute, die zur Verschwiegenheit verpflichtet werden. Sozusagen freiwillige Testpersonen von Reiseunternehmen, PR-Firmen, aber auch Ärzte, Wissenschaftler und all so was. Es kommen immer nur zehn Personen. Viele Leute mehrmals«, erklärte Rosa.

Ben konnte es dennoch kaum fassen.

Kolja blieb skeptisch. Wenn es so schwer war, zu dem Bereich mit den so genannten Touristen zu kommen, woher hatte Rosa dann all diese Informationen? Er fragte in diesem Moment aber nicht nach. Denn es war jetzt gar nicht wichtig, ob Rosa die volle Wahrheit sagte oder nicht. Sie waren nämlich überhaupt nicht auf die entfernte Mondfähre angewiesen.

Kolja war sich sicher, dass die Mondfähre, mit der sie gekommen waren, noch immer an ihrem Platz stand.

»Wieso glaubst du das?«, fragte Rosa.

Kolja erklärte, dass dies der Grund für Miriams gespielten

Krankheitsfall gewesen war. »Ich habe die Zeit genutzt und mich an die Mondfähre herangemacht.«

»Du?«, fragte Ben ungläubig. »Du hast doch überhaupt keine Ahnung von Technik!«

»Habe ich auch nicht!«, lachte Kolja. »Aber es gab genügend Klappen und Türchen, an die ich von außen herankam. Dahinter verbargen sich tausende Kabel. Ich habe die einfach alle herausgerissen. Das Ding ist bestimmt kaputt!«

»Und eine Reparatur kostet Zeit«, ergänzte Miriam, die ja von Anfang an in Koljas Pläne eingeweiht war. »Und so lange wird die Mondfähre an ihrem Platz stehen bleiben.«

»Und genau während dieser Zeit müssen wir unsere Chance nutzen, unbemerkt an Bord zu gelangen!«, brachte Kolja seinen Plan auf den Punkt.

»Bleibt nur die Frage, wie wir unbemerkt an Bord kommen?«, grübelte Jennifer. »So eng, wie das in der Mondfähre war, sehe ich kaum Chancen.«

Jennifer hatte Recht.

Normalerweise flog die Mondfähre leer zurück zur Raumstation in der Mondumlaufbahn. Befanden sich plötzlich acht oder neun Kinder darin, so würde das doch auf jeden Fall auffallen.

Die Außenzeit endet in fünf Minuten!, gab ihnen eine Stimme in den Helmen bekannt. *Bitte kehren Sie zur Basis zurück!*

»Huch!«, erschrak Frank. »Werden wir doch beobachtet und abgehört?«

»Nein!«, beruhigte Rosa ihn. »Das ist ein automatisches Warnsystem. Eigentlich nichts anderes als ein Wecker, der im Raumanzug eingebaut ist. Nur eben nicht mit 'ner Klingel, sondern mit einer Ansage.«

»Ach so!«, sagte Frank erleichtert.

»Das ist die Lösung!«, fiel Ben plötzlich ein.

»Was?«, fragte Kolja.

»Eine Durchsage!«, antwortete Ben. »Entscheidend ist nicht, ob wir an Bord der Mondfähre entdeckt werden, sondern dass die Durchsage an die Zentrale behauptet, niemand sei an Bord!«

»Ob jemand an Bord ist oder nicht, prüft ein Roboter!«, wusste Rosa. »Dann müsste man den überrumpeln!«

»Genau!«, bestätigte Ben.

Thomas stöhnte: »Oh Mann, wie sollen wir das denn machen?«

Das wusste auch Ben nicht – noch nicht. Aber sie wussten immerhin schon mal, welches Problem sie zu lösen hatten. Und das war für einen Fluchtplan, der gerade mal eine halbe Stunde alt war, schon sehr viel.

Bitte kehren Sie zurück!, warnte die automatische Stimme zum wiederholten Male.

»Wir müssen hinein!«, rief Rosa den anderen zu.

»Ja!«, gab Miriam ihr Recht. »Und zwar auch, damit wir weiterüberlegen können, wie wir bald hier herauskommen. Und zwar für immer!«

Der Fluchtplan war noch lange nicht fertig geschmiedet.

Die Kinder wussten, dass sie noch eine Menge Schwierigkeiten zu überwinden hatten.

Aber immerhin begaben sie sich mit deutlich mehr Hoffnung und Mut im Bauch zurück in die Mondstation.

Ärger in der Mondstation

Der Tagesablauf in der Mondbasis war straff organisiert. Ein Arbeitstag bedeutete in der Mondbasis 15 Stunden, die nach Erdenzeit berechnet wurden. Denn auf dem Mond gab es wegen der fehlenden Atmosphäre keine Dämmerung. Und ein wirklicher Mondtag – also von Aufgang bis Untergang der Sonne – dauerte ebenso lang wie eine Mondnacht: exakt 14 Erdentage, 18 Stunden, 22 Minuten und 2 Sekunden. So gab es für alle Insassen der Mondbasis zwei Zeiten: Die erste wurde an einer zentralen Uhr im Speiseraum angezeigt. Sie zählte während des Mondtages die verstrichenen Erdentage, -stunden und -minuten seit Sonnenaufgang. Und mit Beginn der Mondnacht begann sie rückwärts zu zählen, bis bei null wieder die Sonne aufging.

Die zweite Zeit war jene, die alle Jugendlichen auf ihren Armbanduhren trugen, eine normale Vierundzwanzig-Stunden-Uhr mit Erdenzeit. Nach ihr richtete sich nun auch der Tagesablauf: Von 7 Uhr bis 22 Uhr Wachzeit. Von 22 Uhr bis 7 Uhr Schlafzeit.

Der Tag begann nach dem Aufstehen mit der *Allgemeinen Säuberung*. Da es auf dem Mond keine natürlichen Wasserressourcen gab, dieses also einerseits wie auf einem Raumschiff produziert werden musste, andererseits aber sogar in großen Tanks herbeigeschafft wurde, galt Sparsamkeit als oberstes Gebot. Das allgemeine Säubern wurde also mittels speziell präparierter Waschlappen vorgenommen, mit denen man sich abrieb und die dann chemisch gereinigt wurden. Es folgte das *Frühstück* im gemeinsamen, großen

Essensraum, in dem Ben und seine Freunde ja schon einmal gegessen hatten.

Wieder mussten sie dieselben Plätze einnehmen, an denen sie schon beim ersten Mal als Verräter beschimpft worden waren. Diesmal allerdings hatte Rosa – die ihren Platz am anderen Ende des Saales hatte – sie gewarnt. Der Blonde, mit dem sie zu tun gehabt hatten, war so etwas wie der heimliche Chef in diesem Jugendgefängnis. »Es geht immer darum, die Hierarchie klarzustellen. Ihr sollt euch ihm unterordnen!«, hatte Rosa sie gewarnt, während Jennifer heimlich zu Kolja hinübergeschielt hatte. Kolja aber hatte den Blick gespürt. Er musste etwas lächeln, denn er wusste, woran Jennifer – und wohl auch die anderen – gedacht hatten: dass er, Kolja, mal genau so gewesen war. Auch er hatte schon einmal die anderen in der Stadt beherrschen wollen *(Level 4 – die Stadt der Kinder)*. Aber das war lange her.

Kolja meinte daher aus Erfahrung zu wissen, wie mit solcher Gefahr umzugehen war.

»Den schnappe ich mir!«, hatte er in die Runde gegrinst, allerdings sofort Widerspruch von Jennifer und Miriam bekommen. »Fang nicht schon wieder an!«, hatte Miriam gewarnt und Kolja hatte ihr einen Vogel gezeigt. Von Machtspielchen zwischen Jungs hatte die doch nun wirklich keinen Schimmer.

Doch auch Rosa hatte ihm klargemacht, dass man sich auf keinen Fall mit dem Blonden anlegen sollte. »Alles, was ich euch erzählt habe und noch viele weitere Informationen verdanken wir einem geheimen Informationssystem, das wir uns selbst aufgebaut haben. Nur der Blonde weiß, wie es funktioniert!«, gab sie Kolja und den anderen mit auf den Weg.

Das veränderte die Lage natürlich erheblich. Sie mussten

sich mit einem Blödmann, der ihnen feindlich gesonnen war, gut stellen.

Wie feindlich der Blonde war, stellte er unmissverständlich klar, kaum dass Ben und seine Freunde Platz genommen hatten. Frank wollte sich gerade mit seinem Getränk in der Hand hinsetzen, als ihn ein kleiner, aber kräftiger Krauskopf so anrempelte, dass Frank ein bisschen von dem Getränk über dem Nacken des Blonden ausschüttete.

Der Blonde sprang wutentbrannt auf, packte Frank am Kragen und zischte ihn an: »Mach das wieder sauber!«

Frank sah seinen Kontrahenten verdutzt an. »Entschuldige!«, stammelte er.

»Nix entschuldige!«, brummte der Blonde. »Putz das sauber!«

Frank schielte zu Ben hinüber. Der sah verwirrt zu Kolja, welcher ganz leicht den Kopf schüttelte, was bedeuten sollte: *Im Moment nicht wehren!* Kolja wusste, würde man es jetzt zu einer Auseinandersetzung kommen lassen, war damit der Krieg erklärt.

Frank verstand und lächelte den Blonden etwas hilflos an: »Wie denn?«

Der Blonde antwortete wie aus der Pistole geschossen: »Ablecken!«

Frank lachte auf. So schlimm waren die wenigen Getränkespritzer nun auch nicht, dass er sich hier vor allen zum Affen machen und dem Blonden den Anzug ablecken würde. Aber genau darauf sollte die Maßnahme ja abzielen: Sie sollte Frank demütigen und allen zeigen, dass er ein Untertan des Blonden war.

Frank überlegte, was er tun sollte. Er wollte keinen unnötigen Streit provozieren, aber er würde auch nie im Leben dem Blonden den Anzug sauber lecken.

»Es tut mir Leid«, wiederholte Frank. »Lass ihn doch reinigen!«

Der Blonde sah ihn giftig an: »Wer meine Sachen reinigt, bestimme immer noch ich! Also, wird's bald?«

Frank war mit seiner Weisheit am Ende. Vielleicht war es doch besser, den Blonden hier gleich an Ort und Stelle ein Ding zu verpassen, das er so schnell nicht vergessen würde? Frank wusste, dass er dazu fähig war, und er wusste auch, dass sein Gegner von diesen Fähigkeiten nichts ahnte, was ein weiterer Trumpf für Frank war. Aber seine Freunde hatten ihn gewarnt sich nicht auf eine Auseinandersetzung einzulassen. Hilflos sah er zu Ben hinüber, der auf seinem Platz saß und auch nicht weiterwusste.

Die Situation war in eine Sackgasse gemündet.

Schließlich war es wieder einmal Miriam, die für sich entschieden hatte etwas zu tun. Sie erhob sich auffällig langsam von ihrem Platz. Provozierend klatschte sie in die Hände. »Bravo!«, rief sie dem Blonden zu. »Wie nennt man dich denn hier, den König der Grützköpfe?«

Kolja ließ seinen Kopf in die Hände sinken. Miriam war dabei, sich mit dem Chef der Insassen anzulegen und damit alle Möglichkeiten zu vermasseln, jemals an Kontakte und Informationen heranzukommen. Aber es war bereits zu spät, um einzuschreiten.

Der Blonde kniff die Augen zusammen zu einem fiesen Blick. »Wer hat dich denn gefragt, Feuermelder?«, giftete er Miriam in Anspielung auf ihre roten Haare an. »Verpiss dich und zähl deine Sommersprossen!«

Miriam zuckte nicht einmal mit den Mundwinkeln. Mit eiserner Miene sah sie dem Blonden ins Gesicht. »Mag ja sein, dass du hier verschimmeln willst, bis dir dein blondes Stroh vollends aus der Birne gewachsen ist, aber ich will hier weg, hörst du?«

Die Gesichtsfarbe des Blonden glich sich seiner Haarpracht an. Nervös blickte er sich um. »Bist du bescheuert, du dumme Tussi?«, fauchte er Miriam an.

Kolja sackte in sich zusammen. Miriam war verrückt geworden! Warum hatte er auch ausgerechnet mit ihr Fluchtpläne schmieden müssen?

Frank beobachtete die Auseinandersetzung mit offenem Mund. Mehr und mehr geriet er aus dem Blickfeld des Blonden, während Miriam ungerührt konterte: »Was zuckst du denn so? Du bist ja schon bleich wie 'ne Tüte Mehl. Hast du Schiss, von hier abzuhauen? Verstehst dich wohl zu gut mit den Wärtern?«

Von den anderen Jugendlichen ließ einer nach dem anderen sein Besteck sinken und starrte auf das verrückte Mädchen, das es nicht nur wagte, sich mit dem Blonden anzulegen, sondern auch noch in aller Öffentlichkeit von Flucht zu reden!

Der Blonde kicherte nervös.

»Hast du Juckpulver geschluckt?«, fragte Miriam ihn lässig. »Oder warum kicherst du so blöd? Ich wette, du hast dich noch nicht einmal getraut an Flucht zu denken.«

»Ach!«, grunzte der Blonde, stemmte die Hände in die Hüften, verzog seinen Mund zu einem schiefen Lächeln und fragte: »Aber du, oder wie?«

»Natürlich!«, schleuderte Miriam ihm entgegen.

»An Flucht!«, hakte der Blonde nach.

»Ja sicher, an Flucht«, setzte Miriam dem Blonden weiter zu. »Hast du was mit den Ohren?«

»Flucht vom Mond?«, lachte der Blonde auf, aber niemand lachte mit, was ihn zusätzlich nervös machte. Er spürte, dass ihm die Felle davonschwammen. Irgendwas musste ihm allmählich einfallen, um sein Gefolge zu beeindrucken. Das konnte doch wohl nicht sein, dass so ein ätzendes Weib, kaum angekommen, ihm etwas von Fluchtmöglichkeiten erzählte.

Was wusste die denn schon von Fluchtmöglichkeiten? Es gab keine Fluchtmöglichkeiten! Alle, die es versucht hatten, waren eingefroren worden. Die dumme Nuss vor ihm machte doch nur hohle Sprüche. Die pokerte doch bloß. Sie wollte ihn auf die Probe stellen. Aber das ließ er nicht mit sich machen. Das war doch lächerlich. Sie würde schon sehen, wie er sie auflaufen ließ!

»Du willst vom Mond fliehen, ja?«, wiederholte er und belächelte Miriam mitleidig. Er fasste Miriam mit der flachen Hand an die Stirn. »Hast wohl Fieber?«

Miriam schlug ihm die Hand weg, ohne mit dem Kopf auch nur einen Millimeter zurückzuweichen. »Fass mich nicht an mit deiner wabbeligen Hand. Die ist ja richtig nass vor Angstschweiß!«

Dem Blonden stieg die Zornesröte ins Gesicht.

Jennifer rückte auf ihrem Sitz zurecht. Sie war fest davon überzeugt, dass der Blonde Miriam gleich eine kleben würde. Jennifer stellte sich innerlich darauf ein, aufzuspringen und ihrer Freundin beizustehen. Dann hätte sie zwar genau den Krieg, den sie hatten vermeiden wollen, aber daran war jetzt auch nichts mehr zu ändern.

Miriam hingegen wandte den Blick von dem Blonden ab, als wäre er der Letzte in diesem Saal, der ihr etwas anhaben konnte. Sie drehte sich der Menge zu, die sie anglotzte, als wäre sie ein Topstar in einer exklusiven Talkshow, und sagte hochnäsig: »Also, ich weiß ja nicht, was unser Schneekönig vorhat, aber ich bin hier in drei Tagen weg.« Lässig drehte sie sich wieder zu dem völlig verblüfften Chef der Jugendlichen, lächelte ihn spöttisch an und fragte: »Willst du mit? Oder gehst du deinen eigenen Weg?«

Kolja hob den Kopf, sah erst Miriam an, dann der Reihe nach Ben, Frank und Jennifer. Alle zuckten nacheinander mit den Schultern. Sie wussten auch nicht, was in Miriam gefahren war.

Thomas kratzte sich am Kopf, verstand überhaupt nichts mehr und Kathrin war vollauf damit beschäftigt, am ganzen Körper zu zittern. Sie befürchtete noch immer eine schlimme Saalklopperei.

»Allerdings, ich habe meinen eigenen Weg!«, behauptete der Blonde. »Was denkst du denn? Meinst du, du kommst neu hier an und weißt alles besser, oder wie?«

Miriam lächelte. »Na, das ist doch prima! Wenn wir sogar zwei Fluchtwege haben, dann kommen wir ja alle fort von hier, nicht wahr? Wir sehen uns dann Ende der Woche auf der Erde, okay?«

Der Blonde schluckte.

Aus den Augenwinkeln sah er auf seine engsten Vertrauten, die ihn anschauten wie Verdurstende den abgestellten Wasserhahn.

»Okay!«, antwortete er zögernd.

Miriam ließ keine Bedenkzeit. Sie schnappte sich seine Hand und schlug ein. Damit galt die Abmachung, besiegelt vor allen Insassen als Zeugen.

Verdattert setzte sich der Blonde auf seinen Platz. Niemand wagte es, ihn anzusprechen. Doch der Blonde wusste, dass er seinen Mitgefangenen früher oder später die Antwort schuldig war, welchen Fluchtplan er geschmiedet hatte. Was sollte er ihnen bloß sagen? Noch nie hatte er an Flucht gedacht! Man konnte nicht vom Mond fliehen! Das war unmöglich! Doch er hatte es zugesagt. Er hätte im Nachhinein nicht mehr sagen können, wie sich das Ganze entwickelt hatte, er wusste nur: Dieses Gespräch war ihm verdammt noch mal aus dem

Ruder gelaufen und urplötzlich hatte er ein gigantisch großes Problem zu knacken.

Miriam setzte sich zufrieden lächelnd und blinzelte ihren Freunden vergnügt zu. Allerdings sahen die überhaupt nicht vergnügt aus. Im Gegenteil. Kolja schien am Boden zerstört. Ben und Frank wirkten verzweifelt und Jennifer betrachtete ihre beste Freundin mit großen Sorgenfalten auf der Stirn.

Doch niemand sagte etwas. So schnell es ging, nahmen alle ihre Mahlzeit ein. Rosa hatte das Ganze von weitem beobachtet. Es war ohnehin mehr als ein Wunder, dass niemand der Wärter eingegriffen hatte. Es lag vermutlich nur daran, dass der stellvertretende Leiter der Mondstation kurz zur Stippvisite hereingeschneit war. Er galt als vehementer Vertreter der Theorie, dass die Kinder die meisten Dinge recht gut unter sich regeln konnten und dass angesichts der Tatsache, dass eine Fluchtmöglichkeit vom Mond ohnehin nicht bestand, zu viele Eingriffe der Pädagogen überflüssig und eine zu große Kontrolle seiner Schützlinge eher schädlich war.

Kaum aber hatten Miriam und ihre Freunde den Essensraum verlassen, versammelten sich alle sieben plus Rosa im Sportraum. Ohne Umschweife legte Kolja sofort los: »Bist du wahnsinnig geworden?«, bölkte er los.

Miriam betrachtete ihn kopfschüttelnd. »Was wäre die Alternative gewesen?«, fragte sie ruhig.

Kolja schnappte nach Luft. Was für eine Frage! Die Alternative wäre natürlich gewesen, sich mit dem anerkannten Boss dieser Anstalt anzufreunden und so an alle möglichen Informationen heranzukommen.

»Mit dem Erfolg, dass er uns weiterschikaniert hätte, um den dicken Max zu markieren!«, widersprach Miriam. »Ohne mich!«

»Ohne dich?«, ereiferte sich Kolja. »Dass ich nicht lache. Von mir aus ohne dich! Aber ohne den Blonden geht es nun mal nicht. Doch jetzt herrscht Krieg!«

Thomas sah Kolja besorgt an. Wenn der Recht hatte, dann saßen sie ja ganz schön in der Tinte.

»Wir haben keinen Krieg!«, stellte Miriam fest. »Wir haben eine Wette laufen, und zwar um die beste Fluchtmöglichkeit!«

Kolja öffnete den Mund, japste und schloss ihn wieder. Er wirkte ein wenig wie ein Karpfen. »Eine Wette! Weißt du, was das heißt?«

»Ja«, antwortete Miriam ihm ruhig. »Das bedeutet, dass der Blonde seine Kraft nicht mehr darauf verwendet, uns im Weg zu stehen, sondern über eine Fluchtmöglichkeit nachzudenken. Das hatte er nämlich bisher noch nicht getan.«

Kolja verschlug es die Sprache. Ben und Frank sahen sich an. Jennifer legte ihre Stirn wie üblich in Falten, grübelte einen Moment nach und rief plötzlich: »Himmel, Miriam hat Recht!«

»Was?«, schrie Kolja.

»Aber natürlich!«, war sich Jennifer jetzt sicher. »Er wird alle seine Informationen, seine Verbindungen, seine Kraft darauf verwenden, um eine Flucht zu ermöglichen! Wir müssen nicht darum betteln. Er wird es mit Feuereifer selber tun!«

»Und was haben wir davon?«, traute sich Kathrin nachzufragen.

»Entweder wir gucken ihm ab, was er tut, um es für unsere Fluchtpläne zu nutzen . . .«, begann Miriam.

»Oder?«, wollte Rosa wissen.

». . . wir verbünden uns rechtzeitig und fliehen gemeinsam!«, beendete Miriam ihren Plan.

»Ha!«, rief Kolja dazwischen. »Das wird er doch niemals tun!«

»Doch, das wird er!«, war Miriam sich sicher. »Weil er nämlich auch innerhalb von drei Tagen keinen perfekten Fluchtplan schmieden kann. Es sei denn, er bekommt Hilfe, die er bitter nötig hat.«

»Hilfe?«, mischte sich Ben ein. »Von wem denn?«

»Von uns!«, grinste Miriam. »Denn so ganz doof sind wir ja auch nicht, oder?«

Für einen Moment herrschte Stille.

Ganz langsam sickerte Miriams Plan durch die Köpfe ihrer Freunde, und je mehr sie darüber nachdachten, desto genialer erschien das, was Miriam mit dem Blonden getrieben hatte.

Es war Rosa, die das erstaunte und beinahe schon ehrfürchtige Schweigen schließlich unterbrach. »Donnerlittchen!«, gab sie anerkennend zu. »Von dir kann man ja wirklich noch was lernen!«

Der Wettlauf beginnt

Nachdem Miriam mit dem Blonden die Wette abgeschlossen hatte, gab es alle Hände voll zu tun. Das war allerdings gar nicht so einfach, denn die Tage in der Mondbasis waren voll und ganz durchorganisiert und verplant.

Im Sportraum hatten die Kinder eine Stunde *Krafttraining* zu absolvieren, um dem drohenden Muskelschwund durch die geringe Schwerelosigkeit vorzubeugen. Nach dem Sport gab es zwei Stunden *Literaturunterricht* unter der Leitung der Aufseherin Frau Röblein, der so sterbenslangweilig war, dass selbst den begeistertsten Bücherwürmern das Lesen für immer und ewig verleidet wurde. Frau Röblein hatte einen ganzen Stapel von Büchern bereitgelegt, die vor Betroffenheit nur so trieften. Ihr selbst stand beim monotonen Herunterleiern der öden Zeilen – was sie selbstverliebt Vorlesen nannte – der Weltschmerz förmlich ins Gesicht gedruckt.

Kathrin war dabei schon nach zehn Minuten eingeschlafen, ihr Kopf auf die Tischplatte gesunken und sie war in ein leichtes, summendes Schnarchen verfallen.

Thomas – da er sonst hier nichts finden konnte – bohrte gelangweilt in der Nase, Frank malte kleine kämpfende Comicfiguren in die Literaturmappe, die jeder bekommen hatte, und füllte die Sprechblasen aus mit Sätzen wie *Tötet Röblein!*.

Jennifer hingegen sah aufmerksam mit großen, interessierten Augen nach vorn zu Frau Dr. Röblein, während sie unter dem Tisch einen Zettel entfaltete, den Kolja geschrieben hatte und in dem er vorschlug diese langweiligen Stunden zu nutzen, um an Informationen heranzukommen. So war es zum Beispiel wichtig, zu wissen, wie, wann und von wem die Mondlandefähre repariert werden würde, mit der sie gekommen waren. Wenn sie mit ihr fliehen wollten, kam es auf den exakt richtigen Zeitpunkt an: Zwischen Fertigstellung der Reparatur und Abflug mussten sie an Bord gelangen.

Wie stellt der sich das vor?, fragte sich Jennifer und schob den Zettel weiter an Miriam, die auch keine Idee hatte, wie man den Literaturunterricht hier in der Bibliothek dazu nutzen sollte. Kolja hatte nur in einem Recht: Dieser so genannte Unterricht, dieses monotone Herunterleiern waren so nutzlos wie ein Blinddarm; vor allem dann, wenn man gerade eine Flucht plante.

Miriam meldete sich plötzlich. Damit Frau Röblein von ihrem Buch aufblickte, in das sie so vertieft war, dass sie ihre Schüler überhaupt nicht mehr wahrnahm, schnipste Miriam mit den Fingern.

Frau Röblein sah erstaunt auf. »Wir wollten doch nicht schnipsen!«, ermahnte sie.

»Sie haben ja auch gar nicht geschnipst«, beruhigte Miriam sie. »Das war ja ich.«

Frau Röblein verzog säuerlich das Gesicht. Aber diese Miene hatte sie angesichts der vielschichtigen Probleme in ihrem Buch ohnehin schon gehabt.

»Ich muss mal aufs Klo!«, gab Miriam bekannt, worauf sich Frau Röbleins Blick noch weiter verfinsterte.

»Jetzt?«, fragte sie scharf nach. »Wo wir gerade an einer so wichtigen Stelle in diesem literarischen Text angelangt sind?« Sie versuchte den Faden wieder aufzunehmen und weiterzulesen.

»Kann ich nun gehen oder nicht?«, setzte Miriam nach.

Frau Röblein fühlte sich erneut gestört. Sie schlug wütend das Buch zu, erhob sich und schimpfte mit ihrer Piepsstimme:

»Dir werden wir die Liebe zur Literatur schon beibringen. Bis morgen schreibst du diese wichtigen 25 Seiten zweimal ab! Und jetzt Ruhe!«

»Danke!«, entgegnete Miriam sauer. »Ich liebe das Kapitel jetzt schon!«

Sie setzte sich wieder und ärgerte sich. Natürlich musste Miriam nicht wirklich auf die Toilette. Sie hatte gehofft, nach draußen verschwinden und einige Informationen bezüglich der Reparatur einholen zu können.

Jennifer hatte durchschaut, was Miriam vorgehabt hatte. Jetzt war sie es, die sich meldete. Frau Röblein hatte gerade wieder mit ihrem Gesülze fortfahren wollen und sah Jennifer missmutig an. »Wehe, es ist jetzt nichts Wichtiges!«, warnte sie.

Schon in der kurzen Zeit ihres Kennenlernens hatte Jennifer kapiert, dass *wichtig* eines der Lieblingsworte von Frau Röblein war. Immer war alles ungeheuer wichtig, was sie tat, sagte oder dachte. Jennifer wollte diese Erkenntnis nutzen.

»Entschuldigen Sie, Frau Doktor Röblein!«, säuselte Jennifer. »Aber ich habe die folgenden wirklich sehr wichtigen Seiten bereits gelesen. Sie haben mich sehr ergriffen. Ich fände es sehr wichtig, mich nun mithilfe von Sekundärliteratur weiter mit dem wichtigen Thema zu beschäftigen. Vielleicht darf ich mich in der Bibliothek umsehen?«

Frau Röblein war zufrieden. Noch nie hatte sie erlebt, dass ihre wichtigen pädagogischen Bemühungen so schnell fruchteten. »Nimm dir mal ein Beispiel, Miriam!«, sagte sie und erteilte Jennifer die Erlaubnis, sich in der Bibliothek umzusehen.

Kolja grinste in sich hinein.

»Ben, passt du auch auf?«, fragte Frau Röblein.

Ben nickte eifrig. Frau Röblein setzte die Lesung ihrer Schlafmützen-Literatur fort.

Kolja blinzte zu Ben hinüber. Der hörte doch nicht zu! Was hatte er vor?

Frank saß direkt neben Ben und konnte erkennen, dass Ben sich eifrig auf einem Zettel irgendwelche Notizen machte. Notizen allerdings, die mit dem Unterrichtsstoff von Frau Röblein nichts zu tun hatten.

Auch die langweiligsten Stunden gehen irgendwann einmal vorüber. Daran vermochte nicht einmal Frau Röblein etwas zu ändern.

Dem Literaturunterricht folgten die *Schönen Künste,* anschließend die *klassische Musik,* schließlich gemeinsames *Meditieren,* einige *Übungen zum Aggressions-Abbau,* gefolgt vom *Werken mit Ton und Lehm.* Ben fand es unglaublich, was alles mit den teuren Raumschiffen auf den Mond heraufgeschleppt worden war, nur um diesen Unterricht durchzuziehen. Wenn dieses sündhaft teure Projekt tatsächlich so pädagogisch wertvoll und wichtig war, wie Frau Röblein immer behauptete, fragte sich Jennifer, weshalb war es dann der Öffentlichkeit auf der Erde vollkommen unbekannt und stellte offensichtlich ein streng gehütetes Geheimnis dar? Noch hatte sie sich nicht getraut diese Frage laut zu stellen. Thomas hatte es zwischen dem Kunst- und dem Musikunterricht gewagt zu fragen, wo denn der Fernsehraum sei, und hatte damit von einem der zuständigen Wächter, die sich selbst immer nur Teamleiter, Partner, Tutor, Trainer oder sogar manchmal großer Freund nannten, einen Blick geerntet, als wollte er Thomas an Ort und Stelle einfrieren.

Beim gemeinsamen Abendessen war es dann endlich so weit. Der erste von drei Tagen war bereits fast vorbei und die Frage war, ob sie etwas an Informationen herausgefunden hatten. Viel war es natürlich nicht, was sie unter diesen Bedingungen erfahren konnten, aber immerhin ein wenig:

1. Der Reparaturdienst wurde weitgehend von Robotern übernommen, weil sie gegen die Strahlengefahr auf der Mondoberfläche unempfindlich waren. Das hatte Jennifer in der Bibliothek erfahren, weil es dort einen Ordner *Leben auf der Mondstation* gab, damit die Insassen sich selbstständig über ihr neues Zuhause informieren konnten.

2. Darin war auch beschrieben, dass man dem (menschlichen) Wartungspersonal mit Respekt zu begegnen hatte, weil sie sich – um die Roboter zu kontrollieren – die meiste Zeit in der Strahlengefahr aufhalten mussten. Aber auch für dieses Personal gab es eine Grenze von täglich zwei Stunden, die sie sich nur auf der Mondoberfläche aufhalten durften.

3. Miriam hatte über Rosa erfahren, dass ihr Bruder sich schon wieder deutlich besser fühlte, aber noch auf der Krankenstation festgehalten wurde, bis die Leitung der Mondstation entschieden hatte, was mit ihm geschehen sollte. Man konnte ihn nicht wieder einfrieren, aber irgendeine Strafe für seinen Fluchtversuch sollte er bekommen.

Kolja sah hinüber zu dem Blonden, der mit seinen engsten Vertrauten die Köpfe zusammengesteckt hatte. Der Blonde gestikulierte wild und Kolja war sich sicher, dass bei denen etwas gehörig schief gelaufen war.

4. Ben hatte beinahe den ganzen Tag darüber nachgegrübelt, wie man die Mondstation verlassen konnte, ohne dass dies auffiel. Das hielt er nämlich für das größte Problem. Ben hatte sich schon beim ersten Spaziergang genau den Ablauf gemerkt: Sie hatten sich die Raumanzüge von einem Wächter abholen müssen, nach einer kurzen Funktionskontrolle begaben sie sich zur nahe gelegenen Schleuse, während der Wärter die Nummer des Anzuges und die Zeit des Austritts auf die Oberfläche in einen Computer eingab. Deshalb konnten sie nach einer knappen halben Stunde automatisch zurückgerufen werden. Sie

mussten den Anzug wieder abgeben, woraufhin ihre Ankunft registriert wurde. Er wusste, dass sofort ein Roboter-Suchtrupp losgeschickt wurde, sobald die Anzüge zehn Minuten nach der Zeit nicht wieder innen registriert waren.

Ben sah nur zwei Möglichkeiten, dieser Kontrolle zu entkommen: Entweder schafften sie es, innerhalb der halben Stunde Ausgangszeit zu verduften, oder man schaffte es, dass die Anzüge als angekommen im Computer eingetragen wurden, obwohl sie sich noch draußen befanden.

»Wie willst du das denn anstellen?«, fragte Frank nach. »Das gibt doch der Wächter ein!«

Ben grinste verschmitzt. »Was meinst du wohl, was ich den ganzen Nachmittag lang notiert habe?«, fragte er zurück. »Ich habe einen Plan. Hier.«

Ben zeigte den anderen seinen Notizzettel, auf dem Folgendes zu lesen war:

1. H, I, J, K, L, M, N (Blonder) gehen hinaus.
2. A, B, C, D, E, F, G (wir) gehen hinaus.
AKTION AUSSEN!
TRENNEN!
3. A, B, C, D, E, F, G (Blonder) gehen hinein.
4. Suchtrupp zu H, I, J, K, L, M, N vergebens,
da schon drinnen!

»Interessant«, fand Thomas. »Ich verstehe bloß kein Wort!«

»Für mich sieht es aus wie das Rezept einer Buchstabensuppe«, warf Miriam ein.

»Wir benötigen dazu Klebstoff, Papier, eine Schere und einen Kopierer!«, ergänzte Ben seinen Plan.

Nun begriff Miriam gar nichts mehr. Sie schaute Ben verdutzt an: »Klingt wie eine Weihnachts-Bastelstunde!«

»So etwas Ähnliches wird es auch«, räumte Ben ein. »Aller-

⇩

dings eine, die so schnell und geschickt über die Bühne laufen muss, als wären wir Zauberer.«

Und dann erläuterte Ben den anderen ausführlich seinen Plan, wonach sie die Mondstation verlassen konnten, ohne vermisst zu werden.

Zuvor aber war noch eine Menge anderer Aufgaben zu lösen. Sie mussten herausbekommen, wann die Menschen des Reparaturdienstes sich draußen befanden und wann nicht; ihnen musste etwas einfallen, wie sie unbemerkt an Bord der Mondfähre gelangen konnten und vor allem wie sie dort bleiben konnten, ohne wie Ralle entdeckt zu werden, und schließlich mussten sie noch Ralle aus der Krankenstation holen. Denn natürlich wollte Rosa mit den anderen fliehen, doch ohne ihren Bruder würde sie niemals gehen.

»Es gibt noch ein weiteres Problem!«, fiel Ben ein. »Mehr als zehn Passagiere kann die Mondfähre nicht transportieren.«

Alle wussten sofort, was das bedeutete: Wenn es dem Blonden und seinen Gefolgsleuten tatsächlich gelang, zum selben Zeitraum die Flucht anzutreten, dann musste eine Gruppe auf dem Mond bleiben!

Der Wettlauf hatte begonnen.

Überstürzte Flucht

Thomas wälzte sich in seinem Bett hin und her. Egal, welche Position er auch einnahm, es gelang ihm einfach nicht, einzuschlafen. Zu ungewohnt war diese geringe Schwerkraft. Er spürte die Matratze unter sich gar nicht richtig. Eigentlich war er froh gewesen sich nicht mehr – wie im Weltraum – zum Schlafen anschnallen zu müssen, aber offenbar war es auch hier auf dem Mond notwendig.

Thomas war ratlos. Zu Hause hatte er oft schlecht geschlafen, wenn Vollmond und der Himmel sternenklar war. Es hatte ihm immer ein wenig geholfen, dann die Vorhänge so dicht zuzuziehen, dass vom Mondlicht wirklich nicht der kleinste Schimmer mehr ins Zimmer dringen konnte. Was aber, wenn der Vollmond nicht ins Bett hineinschien, sondern man selbst mitten auf dem Mond lag, um zu schlafen?

Thomas hatte bei einer seiner Tanten mal ein ganzes Regal mit Büchern gesehen, die ausschließlich vom Einfluss des Mondes auf das menschliche Leben handelten. Sein Vater hatte das alles als esoterischen Schnickschnack abgetan. Wer immer von den beiden Recht hatte, Thomas dachte in diesem Moment daran, dass er dem Bücherreigen ein weiteres Werk würde hinzufügen können. Vielleicht würde er mit einem Standardbuch *Schlafen auf dem Mond* sogar reich und berühmt werden! Jedenfalls nahm Thomas sich fest vor seiner Tante ein Stückchen Mondgestein mitzubringen, wenn er jemals auf die Erde zurückkehren würde! Ob er jemals zurückkehrte?

Thomas sah von seinem Bett hinunter auf Kolja, Ben und Frank. Sie schienen davon überzeugt zu sein. Oder? Ob sie auch solche Zweifel hatten wie er und es nur nicht zugaben? Immer taten sie so schlau und mutig und behandelten ihn oft als dummen Jungen. Andererseits konnte er sich aber auch auf sie verlassen, wenn es um die Wurst ging. Thomas war in diesem Moment jedenfalls froh, dass er nicht allein in diesen Schlamassel geraten war, sondern die anderen bei ihm waren.

Alle schliefen fest. Kolja schnarchte sogar ein bisschen. Thomas musste schmunzeln. Der große, starke Kolja sah richtig niedlich und sanft aus, wie er so dalag und leise vor sich hin schnorchelte. Wie ein kleiner Teddybär.

Thomas drehte sich auf die rechte Seite und betrachtete amüsiert den schlafenden Kolja.

Plötzlich stutzte Thomas. Kolja schnarchte zwar ein bisschen vor sich hin, aber das Geräusch, das er gemeint hatte, das kam gar nicht von Kolja. Aber woher sonst? Thomas hob den Kopf. Das Geräusch kam von draußen. Thomas horchte noch genauer, stand auf und schlich zur Zimmertür, an die er sein Ohr legte.

Er hörte neben einem schnaufenden, schwer atmenden Geräusch auch einzelne flüsternde Stimmen. Was ging dort auf dem Flur vor sich? Thomas wandte sich kurz um, sah hinüber zu den Betten, in denen Kolja, Ben und Frank tief und fest schliefen. Sollte er sie wecken? Was aber war, wenn in derselben Zeit die Geräusche verstummten? Dann würden sie wieder über ihn lachen. Nein, er brauchte erst Gewissheit, was dort draußen vor sich ging.

Aber wie sollte er es anstellen? Sollte er im Pyjama auf den Flur rennen? Oder sich doch erst etwas anziehen? Und wenn das Geräusch wieder weg war?

Er konnte ja erst einmal nachsehen. Vorsichtig öffnete er die Tür einen Spalt und linste auf den Flur. Er schreckte zurück und schloss die Tür schnell wieder. Draußen auf dem Flur standen einige Leute, kaum drei Meter von ihm entfernt. Ob sie ihn gesehen hatten? Er wartete eine halbe Minute ab, wagte es dann, die Tür wieder ein wenig zu öffnen.

Die Leute auf dem Flur waren etwas weiter gegangen. Thomas erkannte drei Personen im Raumanzug. Das schnarchende Geräusch war also die Atmung unter den Helmen gewesen. Zwei weitere Personen zwängten sich gerade mithilfe der anderen in ihre Anzüge hinein. Einen davon erkannte Thomas. Es war einer der Getreuen des Blonden!

Der Blonde und seine Kumpel wollten auf die Mondoberfläche! Aber wozu?

Die beiden Letzten versiegelten ihre Verschlüsse, hielten die Helme in den Händen und waren abmarschbereit. Wenn Thomas ihnen folgen wollte, blieb keine Zeit mehr, sich umzuziehen.

Da hopste der Erste – bestimmt der Blonde – in dem dicken Raumanzug schon voran. Dabei fiel ihm ein kleiner weißer Zettel aus der Tasche. Als die Luft rein war, schlich Thomas auf den Flur. Mechanisch griff er nach dem Zettel und steckte ihn ein. Er musste hinterher, er musste einfach herausbekommen, was sie vorhatten. Bestimmt war es wichtig für die Wette und damit für ihre Flucht.

Zum Glück gab es während der offiziellen Schlafenszeit nur eine Notbeleuchtung auf dem Flur, sodass er in dem fahlen Licht fast unbemerkt den anderen folgen konnte. Allerdings war ihm ziemlich kalt. Die Temperatur wurde während der Schlafenszeit gedrosselt, um Energie zu sparen.

Woher hatte der Blonde überhaupt die Anzüge? Die Ausgabe war doch längst geschlossen. Thomas tippelte barfuß durch den Flur – soweit man bei nur einem Sechstel der Schwerkraft von Tippeln reden konnte.

Als der Blonde und sein Gefolge die Außenschleuse erreicht hatten, bog Thomas in den Gang links ab. Er wusste, dass dieser Weg zur Aussichtsplattform führte, von der man aus der Glaskuppel heraus weit über die Mondoberfläche schauen konnte.

Gerade wollte Thomas mit dem Knopf den Fahrstuhl rufen, als dieser auf seiner Ebene ankam. Thomas erschrak. Wenn der Fahrstuhl ankam, ohne dass er den entsprechenden Knopf gedrückt hatte, dann befand sich auch jemand darin!

Blitzartig sah Thomas sich um. Wo konnte er sich verstecken? In dem Gang gab es nichts. Keine Nischen, keine Möbel, zurück zur Abzweigung war zu weit. Der Gang war leer und kahl. Hier gab es nichts außer den auf ein Viertel des Energieverbrauchs eingestellten Deckenlampen, die . . .

Die Fahrstuhltür öffnete sich.

Thomas fasste einen Entschluss.

Aus dem Fahrstuhl rollten zwei Mechaniker-Roboter heraus, gefolgt von zwei weiteren Robotern, die nicht rollten, sondern auf acht Beinen gingen wie Spinnen, und einem menschlichen Monteur.

»Also«, sprach der Mensch zu einem der Roboter, »macht nicht wieder schlapp. In einer Stunde sollen wir fertig sein. Die Mondfähre soll in vier Stunden startklar sein.«

»Befehl verstanden«, antwortete einer der Spinnen-Roboter. »Es sind nur noch drei Lötstellen und dann der General-Check. Wir liegen zeitlich minus 13 Minuten und 43 Sekunden gegenüber der Planvorgabe!«

»Pah, der Plan!«, spie der Mensch verächtlich hervor. »Die, die den Plan machen, sollen mal lieber besser aufpassen, dass unsere Instrumente nicht mutwillig zerstört werden. Das war der reinste Kabelsalat in der Fähre. Wenn ich den erwische, der das angerichtet hat!«

Mit diesen Worten bogen die vier Roboter und der Mensch um die Ecke des Ganges Richtung Ausgangsschleuse.

Thomas hing oben an der Deckenbeleuchtung wie eine Lichtmotte und atmete tief durch.

Zum Glück war ihm in letzter Sekunde eingefallen, dass man bei einem Sechstel der Schwerkraft viel höher springen konnte als auf der Erde. Selbst Thomas hatte unter diesen Bedingungen aus dem Stand hoch an die Deckenlampe springen und sich dort festhalten können, was ja auch weniger anstrengend war, weil er hier auf dem Mond erheblich leichter war.

Zum Glück hatten die Roboter und der Monteur nicht nach oben gesehen, als sie unter ihm vorbeigegangen waren.

Aber zum Verschnaufen blieb Thomas dennoch keine Zeit: Es war so klar wie der Sternenhimmel, dass der Blonde und sein Gefolge vom Abflug der Mondfähre heute Nacht wussten und ihnen der Monteur und die Roboter zufällig direkt auf den Fersen waren, was der Blonde allerdings nicht zu wissen schien.

Es konnte sich nur um Minuten handeln, bis der Monteur den Blonden in der Schleuse, und wenn nicht dort, dann spätestens kurz darauf auf der Oberfläche entdecken würde. Das bedeutete Fluchtalarm, in Zukunft würde die Mondfähre dann bestimmt besser bewacht. Und selbst wenn der Blonde und seine Leute nicht entdeckt würden, dann würden sie mit der Mondfähre fliehen! Auf jeden Fall wäre die Fähre dann fort und für sie unerreichbar!

Thomas schwitzte. Er hatte das Gefühl, sein Kopf würde gleich platzen. Er musste handeln! Aber was sollte er tun? Wie konnte er den Abflug der Fähre verhindern und gleichzeitig dafür sorgen, dass der Blonde und seine Leute unentdeckt blieben?

Thomas biss sich auf die Lippen. Verdammt, ihm musste etwas einfallen! Es blieben vielleicht nur noch Sekunden! Sein Kopf war knallheiß vor Aufregung. Sein Kopf glühte wie Feuer.

Feuer!

Hitze!

Sonne!

Das war die Idee!

Er musste einen Alarm auslösen!

Aber wie machte man das?

Hektisch sah Thomas sich um.

Ob es so etwas wie einen Alarmknopf gab, mit dem man einen Alarm auslösen konnte? Er konnte nichts Entsprechendes entdecken. Jetzt erinnerte er sich auch an die Sicherheitsbelehrungen im Unterricht. Alles funktionierte in der Mondstation natürlich vollautomatisch. Wenn Feuer ausbrach, meldeten das die Sensoren. Ein Sonnensturm wurde rechtzeitig durch automatisierte Messungen gemeldet. Er konnte nichts machen.

»Was machst du denn dort?«, meldete sich eine Stimme hinter ihm.

Thomas fuhr herum und sah auf einen der Wartungsroboter. Himmel, an die hatte er gar nicht gedacht!

Nachts, also während der offiziellen Schlafenszeit, fuhren speziell ausgerichtete Roboter alle Gänge und Räume in der Mondstation ab, um mögliche Schäden zu erkennen, zu reparieren oder – Alarm auszulösen, wenn sie einen gravierenden Fehler in einem wichtigen Versorgungssystem erkannten. Dieses sprechende Metallgebilde vor ihm war in der Lage, einen Alarm auszulösen. Ein intelligenter Alarmknopf sozusagen!

Thomas wünschte sich sehnlichst, dass er doch Ben geweckt hätte. Der hätte jetzt bestimmt gewusst, wie man so eine Maschine überlistet.

»Was machst du hier?«, fragte der Roboter ein zweites Mal.

»Ich ... äh ...«, stotterte Thomas. »Ich habe Hilferufe aus der Schleuse gehört!«, schwindelte er. Er wusste nicht, ob diese Antwort klug war oder nicht, aber immerhin würde sie ihm vielleicht etwas Zeit geben. Mit Glück würde der Roboter nachsehen und damit den Ausgang der Mechaniker-Crew verzögern.

Thomas hatte Glück. Der Roboter war aus Sicherheitsgründen so programmiert jedem Hinweis nachzugehen. Immerhin konnten die Programmierer auch nicht ahnen, dass nachts barfüßige Jungs im Pyjama durch die Gänge schlichen und die Wartungsroboter leichtfertig an der nicht vorhandenen Nase herumführten. Wer dennoch so etwas tat, dem drohte schnell eine drakonische Strafe bis hin zum Einfrieren. Doch daran dachte Thomas in diesem Augenblick nicht.

Der Roboter öffnete die Schleusentür. Das dauerte einen Moment. Denn eigentlich hatte sich gerade die Außentür öffnen sollen, wie der Roboter feststellte. Er unterbrach diesen Vorgang, was einige Zeit in Anspruch nahm, wartete den Druckausgleich ab, ehe er die innere Tür würde öffnen können. Thomas musste jetzt reagieren.

Er konnte sich denken, dass die Wartungs-Crew innerhalb der Schleuse bei der Zentrale nachfragen würde, warum man sie nicht gehen ließ. Die Zentrale wiederum würde prüfen, was dort los war, schließlich auf den Wartungsroboter stoßen, der ihnen erzählen würde, dass ein kleiner Junge im Pyjama hier stand und behauptete, jemand hätte um Hilfe gerufen.

Thomas sah nur eine Möglichkeit, die Lage zu meistern. Er musste dafür sorgen, dass die kleine, sensible Maschine vor ihm nicht mehr Herr der Situation war.

»Entschuldigung«, sagte Thomas höflich, trat einen ent-

⇩

schlossenen Schritt auf den Roboter zu, packte ihn am Teleskop-Kameraauge, hob ihn hoch, was auf Grund der geringen Schwerkraft ja ein Kinderspiel war, schleuderte die Maschine herum und pfefferte sie gegen die Glaswand.

Unter lautem Krachen zersplitterte der Roboter an der Wand, doch er war recht robust gebaut.

»Hör sofort auf damit!«, befahl er, wobei er aber nichts mehr sehen konnte, weil das Kameraauge abgerissen noch immer in Thomas' Hand lag. Zwei seiner sechs Räder waren weggehauen und auch aus dem Rumpf schien ein Teil herausgebrochen zu sein.

Thomas stürzte auf die Blechkiste und schleuderte sie den Gang entlang. Die Maschine rutschte erst einige Meter über den Boden, hob dann etwas ab und sank wieder zu Boden. Endlich löste sie Alarm aus!

Und was für einen. In der Schleuse befanden sich Menschen. In der Zentrale liefen folgende Informationen zusammen: Der Ausgang für die Wartungs-Crew war unterbrochen worden, der Kontrollroboter sendete Alarm und Überfall. Das konnte ja nur bedeuten: Versuchte Geiselnahme und Fluchtversuch!

Sofort schloss die Zentrale alle Schleusen und ordnete einen Notstart der Mondfähre an, weil dies die einzige Fluchtmöglichkeit vom Mond darstellte.

Draußen blieben der Blonde und seine Leute geschockt stehen. Direkt vor ihrer Nase schloss die Mondfähre alle Luken und düste davon. Nur noch zwanzig Schritte hätten ihnen gefehlt, um an Bord zu sein. Die letzte Fluchtmöglichkeit schwebte vor ihren Augen davon!

Ein alter Schnürsenkel

Noch nie in seinem Leben hatte Thomas derart in der Klemme gesessen. Er hatte verhindern wollen, dass die Mondfähre ohne ihn und seine Freunde fortfliegen konnte. Die Mondfähre aber war weg, und zwar ohne irgendeinen Passagier, weshalb Thomas sich den Zorn des Blonden und seiner Leute zugezogen hatte.

Er hatte einen Roboter zerstört, woraufhin ihn die Wachposten schließlich geschnappt und in eine Einzelzelle gesteckt hatten.

Die Wartungsarbeiten konnten auf Grund des ausgelösten Alarms in der Mondfähre nicht abgeschlossen werden, weshalb diese jetzt im Weltraum ausgeführt werden mussten, was ungeheure Zusatzkosten verursachte. Thomas hatte auch deshalb mit einer drakonischen Strafe zu rechnen.

Und seine Freunde waren erschüttert, weil sie nichts von Thomas' Alleingang mitbekommen hatten, ihr Fluchtplan über den Haufen geworfen war, sie ein zusätzliches Problem am Hals hatten, nämlich Thomas zu befreien, und nun auch noch einer besonderen Bewachung unterlagen, weil die gesamten Sicherheitsmaßnahmen verschärft worden waren.

Wie hatte der Blonde es überhaupt geschafft, an die Raumanzüge heranzukommen, die Station zu verlassen und selbst nach Auslösen des Alarms unversehrt in die Station zurückzukehren, ohne dass irgendjemand ihn der Flucht verdächtigte? Diese Frage geisterte Ben durch den Kopf, als er den Essensraum betrat, der einzige Ort, an dem man halbwegs ungestört mit anderen Insassen reden konnte.

⇩

Der Blonde sah finster zu Ben hinüber. »Wenn ich euren Thomas erwische, mache ich ihn zu Mus!«, drohte er.

Ben beachtete den Blonden nicht weiter, sondern ging auf Rosa zu, die mit Miriam und Jennifer in der Schlange der Essensausgabe stand. Sie war es, von der Ben und seine Freunde alles erfahren hatten. Rosa war zwar nicht so eingeweiht wie der Blonde, aber über die eine oder andere Informationsquelle verfügte auch sie.

Bens Fragen allerdings konnte Rosa nicht beantworten. Auch ihr war es schleierhaft, wie der Blonde seine Flucht in so kurzer Zeit hatte organisieren können.

»Vielleicht ist er ein Spitzel?«, vermutete Kolja. Eine andere Möglichkeit kam für ihn schon gar nicht infrage. Wer so unbehelligt aus der Mondstation ein und aus ging wie der Blonde, der steckte mit den Wächtern unter einer Decke.

»Das kann ich mir kaum vorstellen«, erwiderte Rosa.

Nicht mal Miriam wusste weiter. »In einem Agatha-Christie-Krimi würden wir jetzt feststellen, dass der Blonde ein heimlicher Halbbruder des Schwippschwagers der Röblein ist, die vor 30 Jahren von einem Astronauten ein uneheliches Kind bekam«, war sie überzeugt.

»Und was würde uns diese Erkenntnis nützen?«, fragte Kathrin.

Miriam zuckte mit den Schultern. »Keine Ahnung!«, gab Miriam zu. »Aber bei Agatha Christie wäre durch diese Information der Fall gelöst. Das ist bei der immer so.«

Jennifer schüttelte entnervt den Kopf. »Leider sind wir hier nicht in einem Krimi«, holte sie Miriam auf den Boden des Mondes zurück.

»Wo halten sie Thomas eigentlich gefangen?«, wollte Frank wissen.

Wenigstens darauf konnte Rosa eine Antwort geben. »Im

Strahlenschutzbunker gibt es ein paar Einzelzellen. Es soll ziemlich furchtbar dort sein, denn der Bunker hat keine Fenster. Sie lassen einen zwei Tage dort im Dunkeln schmoren. Anschließend folgt ein Verhör. Die meisten verraten danach alle, die mitgemacht haben.«

»Und so etwas nennen die Erlebnispädagogik?«, fragte sich Jennifer.

»Tja«, lachte Rosa zynisch auf. »Frei nach dem Motto: ›Wenn du nicht gehorsam bist, kannst du was erleben!‹«

Leider hatte auch Rosa keine Ahnung, wie die Zellen im Strahlenschutzbunker bewacht wurden. Es gab nur eine Möglichkeit. Die Kinder mussten ihren Ausgang auf die Oberfläche nutzen, um in den Bunker und dann weiter zu Thomas zu gelangen. Es blieben ihnen dafür lediglich 30 Minuten.

»Das ist zu kurz!«, wandte Rosa sofort ein. »Wir brauchen mindestens 15 Minuten, um den Bunker zu erreichen! Also allein mit dem Hin- und Rückweg sind wir eine halbe Stunde beschäftigt. Da bleibt gar keine Zeit, um nach Thomas zu sehen!«

»Mist!«, ärgerte sich Ben. »Dann muss es eben schon heute sein.«

»Was?«, wollte Jennifer wissen.

»Der Trick, um länger draußen bleiben zu können. Ich hatte ihn mir für die Flucht ausgedacht. Aber jetzt ist es erst mal wichtiger, zu Thomas zu kommen. Dann sehen wir weiter!«

Alle anderen waren einverstanden. Sogar Kathrin.

Ben begann den anderen seinen Plan haarklein zu erläutern. Das Wichtigste daran war, dass sie zeitgleich mit dem Blonden und seinem Gefolge die Mondoberfläche betraten.

»Und dann beginnt die Bastelstunde«, lächelte Ben selbstbewusst. Im Inneren aber wusste er, dass die Umsetzung des

Planes deutlich schwieriger werden würde, als er es sich in der Theorie ausgemalt hatte.

Und selbst wenn alles funktionieren würde, wussten sie ab dem Besuch bei Thomas absolut nicht, wie es weitergehen sollte.

Zwei Stunden später war es so weit. Der Blonde und sein Gefolge verließen die Station zu ihrem Ausgang. Ordnungsgemäß wurden sie registriert. Ben und seine Freunde folgten ihnen auf dem Fuße, wobei sie in den Taschen ihrer Raumanzüge einige ganz besondere Utensilien mit sich trugen: Scheren und Klebstoff.

Kaum hatten sie die Schleuse verlassen, lösten sie mithilfe der Scheren die Identifikations-Etiketten von ihren Raumanzügen.

Anschließend folgten sie den Fußstapfen des Blonden.

»Was wollt ihr?«, fauchte er Ben scharf an, als er die kleine Gruppe auf sich zukommen sah.

»Wir wollen reden!«, antwortete Ben ihm.

»Reden?«, fragte der Blonde misstrauisch. »Mit euch habe ich nichts zu bereden.«

»Oh, ich glaube doch!«, entgegnete Ben, während Miriam mit zwei gezielten Hopsern auf einen aus der Gruppe des Blonden zusprang.

»Wer bist du denn eigentlich?«, fragte sie fröhlich. »Im Raumanzug kann ich dich gar nicht richtig erkennen.«

»Das ist auch besser«, muffelte der Angesprochene zurück.

»Och Mensch, hab dich doch nicht so!«, lachte Miriam weiter und klopfte ihrem Gegenüber auf die Schulter. Genau auf jene Stelle, an der sein Etikett saß.

»Was soll das hier werden?«, fragte der Blonde bissig. »Ringelpiez mit Anfassen?«

»Wir sollten gemeinsam fliehen!«, schlug Ben ihm vor, während Kathrin einen weiteren aus der Gruppe des Blonden ansprach. »Ich glaube, an meinem Sauerstoff-Schlauch stimmt etwas nicht. Kannst du mal schauen?«, wobei sie dem Angesprochenen freundschaftlich auf den rechten Arm tippte.

»Frag doch deine Freunde!«, motzte der zurück.

»Blödmann!«, meckerte Kathrin.

»Das finde ich aber auch!«, sprang Jennifer ihr bei. »Bist du auch so dämlich?«, fragte sie einen dritten aus der Gruppe und tippte ihm auf den rechten Arm.

Auch Kolja und Frank gingen auf ähnliche Weise auf ihre Gegenüber zu, sprachen sie an und klopften ihnen auf die Schultern.

»Eine Zusammenarbeit kommt überhaupt nicht in die Tüte!«, entschied der Blonde kategorisch. Er wollte nicht einmal über das Thema diskutieren. Selbst Bens Hinweis, dass sie doch dieselben Interessen vertraten und gemeinsam unten auf der Erde publik machen könnten, was hier oben auf dem Mond – heimlich – ablief, interessierte den Blonden nicht.

»Genug gequatscht!«, beendete er die Debatte.

Ben vergewisserte sich mit einem Blick auf seine Freunde, die ihm ein kaum merkliches Zeichen gaben, dass alle so weit waren.

»Ich denke, wir sprechen uns später wieder«, antwortete Ben dem Blonden und klopfte ihm zum Abschied auf den Arm.

»Was soll das?«, blaffte der Blonde ihn an. »Fass mich nicht an!«

»Schon gut!«, sagte Ben, drehte sich um und hopste in Begleitung der anderen aus der Reichweite des Blonden. Er vergewisserte sich noch einmal an der Einstellung seines Sprechfunkgerätes, dass ihn jetzt nur seine Freunde hören konnten, und sagte dann: »Alles in Ordnung? Habt ihr es geschafft?«

⇩

Einer nach dem anderen bestätigte ihm, dass es gelungen war, ihr Etikett auf die Arme ihrer Opfer zu kleben.

»Das war gar nicht so einfach, das pappige Ding unbemerkt in der Hand zu halten«, fand Frank, »beinahe wäre es an meiner eigenen Hand kleben geblieben!«

»Ich hoffe nur, ich habe genau getroffen und das alte Etikett überklebt«, sagte Kathrin.

Ben zuckte mit den Schultern, was unter dem dicken Raumanzug aber niemand sehen konnte. »Mit dem Risiko müssen wir leben«, befand er.

In diesem Augenblick meldete sich die Zentrale in allen Helmen, dass es Zeit sei, in die Mondstation zurückzukehren.

»So spät schon?«, wunderte sich Miriam.

»Manchmal klauen sie einem einfach etwas von der Zeit«, wusste Rosa. »Vermutlich sind sie noch sauer wegen gestern.«

»Wie auch immer, jetzt wird sich zeigen, ob unsere Aktion funktioniert hat«, verkündete Ben.

Aber das würden sie auch unterwegs mitbekommen. Es gab keine Zeit mehr zu vertrödeln, so machten sich Ben, Kathrin, Jennifer, Kolja, Miriam, Frank und Rosa auf den Weg zum Strahlenbunker. Sie waren kaum zehn Minuten wie die Kängurus über die karge Mondlandschaft gehopst, als sie die erste Warnung durch ihre Helme hörten:

»Achtung, Achtung! Folgende Schützlinge werden aufgefordert sich sofort wieder in der Mondstation einzufinden.«

Jetzt wurde es spannend.

Ben blieb stehen. Die anderen ebenso. Wurden jetzt ihre Nummern aufgerufen?

In den Helmen zählte die Zentrale die Namen und Nummern der Verspäteten auf:

Dennis – 030 485 010 034
Fred – 150 985 010 015
Thorsten – 270 585 010 015
Mareike – 140 184 010 042
Claudia – 171 285 000 049
Lennard – 100 783 010 007
Uwe – 281 083 010 009

»Ja!«, schrie Ben. »Es hat funktioniert!«

»Und die haben offenbar nicht mal gemerkt, dass ich mein Etikett einem Jungen angeklebt habe, weil die zu wenig Mädchen in der Gruppe hatten!«, freute sich Miriam.

»Du auch?«, lachte Kathrin. »Ich auch!«

»Vielleicht kommt das noch«, unkte Kolja, der gar nicht glauben mochte, dass Bens Trick so reibungslos funktioniert hatte. Sie hatten ihre abgetrennten Etiketten mit Klebstoff bestrichen und sie der Bande des Blonden auf die Arme geklebt, direkt auf deren Aufnäher. Damit war für den Empfangsroboter beim Einchecken klar, dass ihre Nummern wieder zurückgekehrt waren. Und wenn die Nummer als eingetroffen registriert war, dann war damit im wahren Sinne des Wortes automatisch die dazugehörige Person wieder anwesend. Somit wurden Ben und seine Freunde nicht vermisst. Sie galten offiziell als zurückgekehrt. Stattdessen wurden der Blonde und seine Gruppe, die tatsächlich in die Mondstation zurückgegangen waren, jetzt vermisst, weil ihre – überklebten – Kennziffern vom Empfangsroboter nicht registriert worden waren. Vermutlich würde der Blonde und sein Gefolge gerade gemütlich durch die Mondstation spazieren, ohne zu ahnen, dass in wenigen Minuten eine große Suchaktion nach ihnen gestartet würde.

Ben und seine Freunde besaßen nun alle Zeit der Welt, sich

⇩

dem Strahlungsbunker zu nähern und dort nach Thomas zu forschen.

Da einer dieser gefürchteten Sonnenstürme jederzeit über die Mondoberfläche hereinbrechen konnte, war es notwenig, dass die Schutzbunker immer zugänglich waren. In einen Bunker hineinzukommen war also kein Problem.

Trotzdem hatte Jennifer ein beklemmendes Gefühl. Es ging ihr schon in Höhlen auf der Erde so, aber unterirdisch auf dem Mond – oder wie hieß das auf dem Mond: untermondisch? –, also unter die Mondoberfläche in einen Bunker zu kriechen, gewissermaßen also in den Mond hineinzugehen, das war zehnmal so unheimlich wie in eine Erdhöhle.

Zum Glück gab es in diesem Bunker Bewegungsmelder, die sofort das Licht einschalteten, als der Erste von ihnen einen Schritt in den Bunker hineinwagte. Es war, wie Jennifer vermutet hatte: Sie blickten auf nackte graue, hässliche Wände. Offenbar befanden sie sich in einem Flur. Am Ende des Ganges jedenfalls gab es Hinweisschilder. So ging es zum großen Schutzraum nach links, zur Versorgungseinheit nach rechts.

Zu den Zellen, in denen auch Thomas untergebracht sein musste, gab es keinen Hinweis.

»Bist du sicher, dass wir in dem richtigen Bunker sind?«, fragte Kolja, wobei er sich umständlich zu Rosa umdrehen wollte. Aber er wusste gar nicht, ob sie vor oder hinter ihm ging. Immerhin gab es mehrere Bunker. Und nur in einem sollte es angeblich die Einzelzellen geben.

»Wir gehen nach links«, entschied Ben, ohne dafür einen besonderen Grund zu haben. Durch eine große, offene Metalltür hindurch gerieten sie in einen großen Raum, der sehr spärlich eingerichtet war.

»Die Sonnenstürme scheinen immer nur von kurzer Dauer zu sein«, vermutete Ben, denn nichts war in diesem Bunker darauf ausgelegt, länger ausharren zu können. Es gab nicht einmal eine Schleuse, die es ermöglicht hätte, sich in diesem Saal des Raumanzugs zu entledigen.

Jennifer bezweifelte das. Alles, was sie je über Bunker gehört hatte, widersprach dieser Ausstattung. Auf der Erde gab es noch immer alte Atombunker, die komplett ausgestattet waren mit Möbeln und Betten, vollständigen Operationssälen, Medikamenten und Lebensmitteln. Man konnte dort monatelang überleben. Und hier sollte alles nur für wenige Stunden Dauer sein? Wie lange hielten überhaupt die Sauerstoffreserven in ihren Raumanzügen? Was war, wenn die Mondstation durch Meteoriten oder Ähnliches zerstört wurde? Die hatten doch bestimmt für einen Notfall vorgesorgt.

»Ich bin sicher, dies ist nur ein Unterstand«, sagte Jennifer. »Es muss irgendwo noch einen richtigen Eingang geben!«

Jetzt fehlte ihnen Thomas. Wenn es irgendwo einen Eingang zu finden gab, dann hätte er ihn sicher aufgespürt. Aber zu Thomas wollten sie ja gerade.

Weshalb war der richtige Eingang zum Bunker versteckt? Oder waren sie doch einfach nur zur falschen Seite gegangen?

Oder sie guckten in die falsche Richtung, überlegte Miriam. *Vielleicht mussten sie gar keine Tür suchen, sondern . . .*

»Genau!«, rief Miriam plötzlich! »Hier ist eine Klappe im Boden!«

Sie hatten fast schon drauf gestanden, sie bloß nicht gesehen, weil man in den Raumanzügen so furchtbar unbeweglich war. Der richtige Bunker lag also noch tiefer.

Miriam und Kolja hoben mit ungeschickten Bewegungen die Klappe hoch, hinter der ein einfacher Tunnel, notdürftig ausgegraben und kaum richtig mit klapprigen Gestellen abgestützt, weiter in die Tiefe führte.

»Das ist nie und nimmer der richtige Eingang in den Bunker!«, war Ben sich sicher.

»Da ist ja doch eine Tür!«, rief Frank plötzlich, der sich derweil in dem Saal und dem Eingangsbereich, durch den sie gekommen waren, umgesehen hatte.

Dort hatte er die dicke Metalltür entdeckt, die sperrangelweit offen stand, weshalb die Kinder sie beim Hineingehen übersehen hatten.

»Dieser Saal ist die Schleuse!«, staunte Ben.

Jetzt hatte er auch einen Schalter gefunden, mit dem man die Tür der Schleuse schließen konnte.

Die Schleuse war dicht, es konnten Bedingungen hergestellt werden, unter denen die Kinder die lästigen Raumanzüge ablegen konnten. Es ging recht schnell, bis die grüne Lampe leuchtete, was bedeutete, dass das Luftgemisch den Lebensbedingungen eines Menschen entsprach. Mühsam, aber froh pulten sich Ben und seine Freunde aus den ungemütlichen Anzügen heraus.

»Was ist denn das nun für ein Tunnel?«, fragte Kolja zu den anderen hinüber, während er sich auszog und beiläufig auf den eigenartigen Tunnel zeigte.

»Das sehen wir uns gleich mal an«, schlug Ben vor.

Doch dazu kam es nicht.

Jennifer nämlich stolperte über das linke Hosenbein des dicken, blöden Raumanzuges, versuchte noch sich abzufangen und hinkte so auf eigenartige Weise einige Meter weiter. Wegen der geringen Schwerelosigkeit kam sie auf diese Weise enorm weit, ehe sie der Länge nach auf die Nase fiel, laut fluchte, wild strampelte und fast schon hysterisch wurde, weil sie diesen widerlichen Raumanzug nicht von den Beinen losbekam.

Endlich hatte sie es geschafft, schnappte sich noch mal den

Anzug und pfefferte ihn wütend auf den Boden, was natürlich auch nicht gelang. Bei dieser geringen Schwerelosigkeit sank der Anzug nur seicht zu Boden, genau neben eine Feder.

Jennifer blieb verdutzt stehen und informierte die anderen.

»Eine Feder?«, rief Frank aufgeregt. »Thomas hatte doch auch schon eine gefunden. Vielleicht gab es hier doch mal Vögel!«

»Du hast auch 'nen Vogel!«, bemerkte Miriam. »Das ist die Feder von Thomas!«

»Und wie kommt die hierher?«, fragte sich Jennifer.

Für Rosa war damit klar, dass die Zellen sich nicht weit von diesem Ort befinden konnten. Aber es war gar nichts zu sehen.

»Ob die hier zufällig liegt?«, fragte Miriam laut in die Runde.

Ben wusste sofort, was Miriam mit dieser Frage meinte. Das war wirklich eine gute Idee von Miriam.

»Nein!«, antwortete er. »Miriam hat Recht. Was Thomas einmal gefunden hat, das verliert er nicht wieder. Ich glaube, der hat noch nie etwas verloren!«

Jetzt kapierte auch Frank, was sein Freund meinte. »Er hat uns eine Spur gelegt!«

Ben nickte. Genau daran hatte er auch gedacht.

»Los, Leute, suchen! Sucht, ob hier noch irgendwas von Thomas herumliegt!«, rief er durch den Saal.

»Was denn?«, fragte Rosa, die Thomas ja kaum kannte.

Ben war froh, dass sie alle bei der Ankunft in ihren Zimmern in der Mondstation ihre persönlichen Habseligkeiten wieder ausgehändigt bekommen hatten, sofern es sich nicht um Taschenmesser oder ähnliche Waffen gehandelt hatte. Und ihre Ausweise hatten gefehlt! Offenbar durfte man sich keine Fehler leisten; so verschwanden einfach die Beweisstücke dafür.

Damit war Ben sich sicher, dass Thomas einen Großteil seiner albernen Fundsachen bei sich gehabt hatte.

»Alles!«, erklärte Ben Rosa. »Alles, was hier eigentlich nicht hingehört: verrostete Schlüssel, kaputte Feuerzeuge, was weiß ich.«

»Gerissene Schnürsenkel!«, ergänzte Kathrin.

»Was?«, fragte Kolja nach.

»Hier liegt ein gerissener Schnürsenkel!«, stellte Kathrin fest.

Unerwartete Hilfe

Sagt mal, war die Tür dort hinten vorhin auch schon da?«, fragte Miriam in die Runde.

Die anderen sahen sich zu ihr um. Miriam zeigte auf eine kleine Tür, die in einer Nische der Seitenwand versenkt war. Niemand konnte sich erinnern, die Tür zuvor gesehen zu haben. Frank aber war sich sicher, in diese Richtung geguckt zu haben.

»Die Tür war vorher wirklich nicht da gewesen«, behauptete er und Ben gab ihm sogar Recht.

Bestimmt durfte man die Tür erst öffnen, wenn vorne die Schleuse geschlossen war; möglicherweise blieb die Tür deshalb so lange unsichtbar oder verdeckt, wie die Schleuse offen stand.

Ben suchte den Fußboden vor der Tür ab und tatsächlich, da lag noch ein Schnürsenkel auf dem Boden. »Wir sind auf dem richtigen Weg!«, war er sich sicher.

»Ist nur noch die Frage, wie die Tür sich öffnen lässt«, grübelte Kolja.

»Vermutlich so, wie sie erschienen ist – von selbst«, nahm Ben an, machte einen Schritt vor und die Tür öffnete sich tatsächlich selbsttätig.

Nur zwei Schritte hinter der Schwelle lag eine alte Kugelschreiberhülse.

»Thomas' Spur geht hier weiter!«, freute sich Ben.

Jennifer und Miriam, Kathrin und Frank folgten ihm. Nur Kolja blieb draußen stehen.

»Was ist?«, fragte Ben.

»Ich weiß nicht«, antwortete Kolja. »Ich traue der Tür nicht. Wenn Thomas in einer Einzelzelle sitzt, dann ist das ein Knast. Und Knast-Türen lassen sich nicht von innen öffnen.«

Daran hatte niemand gedacht.

Kolja schnappte sich einen der Raumfahrerhelme und legte ihn genau auf die Schwelle. Erst dann ging er hindurch. Wie er vermutet hatte, schloss die Tür sich selbsttätig. Da der Helm aber im Weg war, öffnete sie sich wieder, wie eine Fahrstuhltür, bei der jemand in der Lichtschranke steht.

Hinter der Tür erstreckte sich ein schmaler, kahler, nicht allzu langer Gang, der direkt in einen Fahrstuhl führte. Unschlüssig blieben die Kinder davor stehen. Sie konnten hineingehen, aber würden sie auch wieder zurückkommen?

Aber was hatten sie schon für eine Wahl? Miriam machte den ersten Schritt, besah sich die Knöpfe, die allerdings leider nicht beschriftet waren. Es gab nur drei Knöpfe. Miriam winkte die anderen zu sich herein. Es war recht eng und kaum anzunehmen, dass der Fahrstuhl für sechs Kinder ausgelegt war. Aber als alle dicht zusammenrückten, ging es. Miriam zuckte mit den Schultern und drückte alle drei Knöpfe nacheinander, von unten nach oben.

Der Fahrstuhl fuhr nach unten. Miriam hielt einen Moment lang die Luft an vor Aufregung. Wo würden sie landen?

Der Lift stoppte, die Tür öffnete sich und jetzt stockte Miriam erst recht der Atem. Sie hatte einen kleinen dunklen Kerker erwartet. Eine gruselige Dunkelhaft, in der Thomas unter schrecklichen Bedingungen darben musste, bis sie ihn befreiten.

Stattdessen schaute Miriam in einen großen hellen Raum, in dem zu jeder Seite zehn oder zwanzig große Glaskästen aufgereiht waren. Die Kästen waren komplett wie Zimmer eingerichtet. Es gab Sessel und Tische, Bücherborde und Videos,

Betten und Schreibtische. Die Glaskästen waren geräumiger und besser eingerichtet als ihre Zellen. In den ersten Glaskästen war niemand zu sehen, in den folgenden aber saßen einige Kinder. Im vierten oder fünften Glaskasten hockte Thomas!

»Da ist er!«, rief Frank und wollte gerade loslaufen, als Kolja ihn am Overall festhielt.

Frank drehte sich verärgert um und wollte sich losreißen, doch Kolja warnte ihn: »Warte! Hier stimmt was nicht!«

Frank wusste nicht, was Kolja meinte, doch der setzte sofort zu einer Erklärung an: »Also, ich habe mir unter Einzelzellen etwas anderes vorgestellt!«

»Na und?«, fragte Frank und zog die Schultern hoch. »Und wennschon. Ist doch gut, dass Thomas hier nicht in Dunkelhaft herumhängt!«

Kathrin hingegen wurde hellhörig. Auch ihr bereitete dieser riesige, hell erleuchtete Saal mehr Unbehagen, als es ein dunkler Kerker vermutlich getan hätte. Sie fand, es sah hier eher aus wie in einem Labor! Sie hatte sich oft mit Tierversuchen beschäftigt und viele Fotos von solchen Laboratorien gesehen. Irgendwie erinnerte sie dieser Saal daran.

»Eben! So etwas in der Art denke ich mir auch!«, bestätigte Kolja.

Frank sah sich jetzt auch genauer um und musste Kolja und Kathrin Recht geben.

Jennifer sah mit beklemmendem Gefühl zu Thomas hinüber, der in seinem Glaskasten am Schreibtisch hockte und seine Freunde noch nicht entdeckt hatte.

»Was willst du denn damit sagen?«, fragte Frank nach.

Kolja erklärte, dass ein Kerker mit dunklen Einzelzellen vielleicht nur am Ausgang bewacht würde. Ein Labor aber würde, so vermutete er, rund um die Uhr beobachtet.

»Wozu sonst die Glaskästen?«, fragte er in die Runde. »Ich

wette, der ganze Saal und jeder einzelne Kasten werden per Video überwacht.«

»Weshalb?«, wunderte sich Miriam. »Die können hier doch gar nicht fliehen!«

Kathrin hatte eine andere Idee. »Es geht nicht um Flucht«, lautete ihre Theorie, »sondern um Verhaltensforschung!«

»Was?« Jetzt war es Kolja, der kein Wort verstand.

»Bei Tierversuchen ist es oft so. Es gibt medizinische Versuche für Medikamente und so. Und es gibt Beobachtungen für die Verhaltensforschung. Man lässt Mäuse und Ratten durch ein Labyrinth laufen, trennt Pärchen und was weiß ich nicht alles und dann schaut man, wie die Tiere sich verhalten.«

»Das ist doch Irrsinn!«, fand Miriam. »Was wollen die denn hier erforschen? Wie ein Kind sich im Glaskasten verhält?«

»Bei Tieren erforschen die alles Mögliche«, wusste Kathrin. »Die Intelligenz der Tiere, ihre Aggressivität, Konfliktverhalten, wie weit sie dressierbar sind und vieles mehr!«

Sie stoppte, weil sie in dem Moment, in dem sie es aussprach, selbst merkte, wie sehr dies auch auf ihre Situation passte. Sie waren Gefangene. Die Aufseher wollten genau herausfinden, mit wem sie es zu tun hatten . . .

». . . und wie man sie besser lenken, erziehen und dressieren kann!«, ergänzte Kolja Kathrins Gedankengang.

»Zumindest bei denen, mit denen sie die meisten Schwierigkeiten haben«, fiel Jennifer ein. »Denn Thomas wurde ja ein Fluchtversuch vorgeworfen.«

»Stimmt!«, mischte sich jetzt auch Rosa ein. »Dort neben Thomas, das ist Henry. Der wollte vor einem halben Jahr fliehen. Ich dachte, der wäre eingefroren!« Rosa blickte sich weiter um. »Und das da ist Annette. Die hat mal den halben Essenssaal demoliert. Auch seit Wochen verschwunden. Und dort hockt . . . ach, ich habe seinen Namen vergessen, Fritz oder so. Der hat einen Selbstmordversuch hinter sich.« Rosa besah sich die anderen Glaskästen. Plötzlich sprang sie aufgeregt nach vorne. Frank konnte sie gerade noch festhalten.

»Da sitzt ja Ralle!«, schrie Rosa.

Kolja sprang herbei und hielt ihr schnell den Mund zu. »Pst!«, machte er. »Noch hat uns vielleicht niemand entdeckt!«

Rosa verstummte, aber zitterte noch immer aufgeregt.

»Was sollen wir denn jetzt tun?«, fragte Miriam in die Runde. »Wir müssen die alle befreien!«

»Das schaffen wir doch nie!«, wandte Frank ein.

»Wir wissen ja noch nicht einmal, wie wir selbst fliehen sollen!«, pflichtete Kathrin ihm bei.

Kolja lächelte sie mitleidig an. »Wir sind schon auf der Flucht! Oder meinst du, die Wächter merken nie, dass wir die Etiketten vertauscht haben?«

Kathrin wurde grün im Gesicht. Sie war schon auf der Flucht? Sie dachte, sie wollten bloß Thomas aus seiner Einzelzelle holen, aber . . . Natürlich, allein schon dieser Befreiungsversuch würde ausreichen, dass sie nicht wieder in die Station zurückkehren konnten.

»Oje!«, jammerte Kathrin. »Wo sollen wir denn hin?«

Kolja grinste sie an. »Genau das ist die Frage, die uns gerade beschäftigt, Schätzchen!«

»Knallkopf!«, zischte Kathrin. So ein Mist! Das hatte man davon, wenn man sich auf die Jungs verließ. Die rannten einfach los wie die wilden Stiere auf ein bewegtes Tuch und jetzt standen sie da und wussten nicht weiter. Keinen Plan, keine Idee. Der pure Stumpfsinn.

»Warum nur renne ich euch Idioten immer hinterher?«, stieß Kathrin bissig aus.

»Hast du eine bessere Idee?«, setzte Miriam nach.

Kathrin kaute nervös auf ihren Fingernägeln. Sie saß in der

Klemme. Vor ihren Augen erstreckte sich ein futuristisches Horrorgefängnis, in dem Kinder in Glaskästen gesteckt wurden, damit einige sonderbare Wissenschaftler, die eine eigenwillige Auffassung von Pädagogik hatten, wie bei Ratten ihre Verhaltensweisen studieren konnten. Hinter ihr gab es nichts als die leblose Mondlandschaft mit einer Mondstation, zu der sie nicht zurückkonnten, weil sie dann ebenfalls in einem dieser Kästen landen würden – wenn sie Glück hatten! Mit etwas Pech würde man sie gleich einfrieren wie Fischstäbchen! Es blieb nichts als die sofortige Flucht, aber niemand wusste, wie und womit sie mal eben zur Erde fliehen sollten.

Kathrin war zum Weinen zu Mute, so verzweifelt und wütend war sie, aber sie unterdrückte die Tränen, zerkaute sich drei weitere Fingernägel und antwortete schließlich: »Zur Touristenstation!«

»Wie bitte?«, fragte Miriam.

»Zur Mondstation können wir nicht zurück, die Mondfähre ist dank Thomas' grandioser Einzelleistung ohne uns fortgeflogen, also bleibt uns nur eine Zufluchtsmöglichkeit«, referierte Kathrin mit deutlich angesäuertem Unterton, »die Touristenstation, von der Rosa erzählt hat!«

»Aber die ist viel zu weit weg!«, erinnerte Rosa sie.

»Aber es ist unsere einzige Chance!«, beharrte Kathrin.

»Guten Tag, ich bitte um Ihre Identifikation!«

Niemand hatte den Roboter gesehen, der von hinten angerollt kam und keinen besonders freundlichen Eindruck machte. Er sah aus wie eine Zapfsäule auf Rollen. Nur statt eines Tankschlauches ragten vier Spiralarme aus seinem eckigen Körper heraus. Oben auf dem Kasten befand sich eine Kugel, die zwar aussah wie eine dieser verspiegelten Disco-Kugeln, aber es war offensichtlich, dass dieser Kopf statt mit Spiegeln mit Kameralinsen gespickt war. Das Ding konnte nach allen Seiten gleichzeitig gucken.

»Wir . . . äh . . .«, stotterte Miriam. *Himmel, was sollte einem jetzt einfallen?*

Frank sprang ihr bei: »Wir sind die Sportgruppe!«

Das war ja klar! Was hätte Frank sonst auch einfallen können, außer so einem Quatsch. Die Sportgruppe! Was denn für eine Sportgruppe?

Miriam konnte es nicht fassen.

Der Roboter aber schien zufrieden zu sein. »Dann befinden Sie sich aber auf der falschen Seite. Der Sportraum ist am anderen Ende des Ganges!«

Es gab tatsächlich eine Sportgruppe! Miriam war baff. Dann aber fiel ihr ein, dass Sport hier ja überall zum regelmäßigen Pflichtprogramm gehörte, um dem Muskelschwund vorzubeugen.

Frank indessen lief zur Höchstform auf. »Das wissen wir!«, behauptete er. »Aber wir warten noch auf zwei, Thomas und Ralle. Die verlaufen sich allein immer! Deshalb sollen wir sie mitnehmen!«

»Sehr erfreulich, das neu gefundene soziale Engagement!«, leierte der Roboter herunter. »Ihre Identifikation bitte zur Registrierung!«

Mist!, schoss es Frank durch den Kopf. Wenn er jetzt seine Nummer sagen würde, wäre alles aus. Denn der Roboter wusste aus seiner Datenbank, dass Frank hier nicht hingehörte, sondern sich offiziell in der Mondstation aufhielt oder sogar schon gesucht wurde.

»Henry!«, log Frank. Er hatte sich an den Namen erinnert, den Rosa im Glaskasten wieder erkannt hatte.

»Nummer?«, fragte die Maschine prompt nach.

»Äh . . .«, stammelte Frank.

»Nun?«, setzte die Maschine nach.

Woher sollte Frank Henrys Nummer wissen; er wusste kaum seine eigene. Das war die Chance. »Ich vergesse sie immer«, beteuerte Frank und musste nicht einmal schwindeln. Er hatte wirklich Probleme, sich diese blöden PIKs zu merken. »Ich weiß, dass es eine große Schwäche von mir ist.«

»Tatsächlich?«, hakte der Roboter nach. »Es ist das erste Mal, dass Sie Ihre PIK nicht nennen können. Jedenfalls ist in der Datenbank nichts Negatives vermerkt. Deshalb geht es noch mal durch. Ihre PIK lautet 2 608 840 100 35.«

Puh! Glück gehabt!, dachte Frank.

Jennifer schmunzelte. Mit der Maschine ließ sich offenbar reden. Überhaupt schien man hier auf dem Mond mit offen zur Schau gestelltem Untertanengeist so ziemlich alles zu erreichen. Es schien den pädagogischen Vorstellungen zu entsprechen, die die so genannten Wissenschaftler hier oben von braven Kindern hatten. Das war schon bei der Röblein so gewesen. *Das musste man nutzen,* dachte sich Jennifer.

»Sagen Sie«, begann sie mit piepsender Mädchenstimme, die ihre Großtante bei ihren Weihnachtsbesuchen immer dahinschmelzen ließ, »wir würden gerne zügig unser Programm absolvieren, um den Tag nicht zu vergeuden. Könnten Sie bitte nicht mal nach Thomas und Ralle schauen, damit die sich etwas mehr beeilen?«

»Das Programm zeigt bei Ihnen beachtliche Wirkung«, lobte der Roboter.

Zum Glück verstehen Maschinen weder Ironie, noch können sie zwischen den Zeilen verstehen, dachte Jennifer bei sich. So nahm dieser Schraubenkopf alles für bare Münze, was Jennifer ihm entgegenschleimte.

Ihr Plan funktionierte.

Die Kinder brauchten nur dazustehen und konnten mit ansehen, wie die Maschine loseierte und ihnen die schwierige Arbeit abnahm, Thomas und Ralle zu befreien. Der Roboter öffnete die Glaskäfige.

Verdutzt verließen die beiden ihre Zellen, weil sie ja nicht die geringste Ahnung hatten, dass sie jetzt Sport haben sollten.

Als Thomas seine Freunde sah, wäre er vor Freude fast explodiert.

Doch Ben war auf diese Reaktion vorbereitet. Noch bevor Thomas vor Freude seine Arme hochreißen und einen lauten Jubelschrei von sich geben konnte, gab Ben ihm ein energisches Zeichen, sich ruhig zu verhalten. Zum Glück kapierte Thomas mal außerordentlich schnell und unterdrückte seine Gefühlsausbrüche.

Die Gruppe war nun endlich komplett. Nun brauchten sie nur noch zu fliehen.

Nur!

Aber wie sie das anstellen sollten, war allen noch immer ein riesiges Rätsel.

Langsam bewegten sich die neun zum Sportraum, wohl wissend, dass der Weg nach draußen genau in die entgegengesetzte Richtung führte.

Bisher hatten sie unendliches Glück gehabt.

Allmählich war es aber an der Zeit, dass ihnen etwas Schlaues einfiel.

⇩

Böse Überraschung!

Als die Gruppe den Sportraum betrat, war alles dunkel. Schließlich hatte auch niemand die Ankunft einer Sportgruppe erwartet, weil Frank sich das ja gerade erst ausgedacht hatte. Während auf der Erde Energiesparen lediglich in Sonntagsreden behäbiger Politiker in Wahlkampfzeiten eine Rolle spielte, war es hier auf dem Mond überlebenswichtig. Da es keine Atmosphäre gab, die die Sonnenstrahlen abhielt, konnte zwar die Sonnenenergie auf den Mond besonders gut genutzt werden, aber die Ausschöpfung anderer Ressourcen fiel doch erheblich magerer aus, als man es sich in den Pionierzeiten der Raumfahrt erhofft hatte. Da die Mondstationen vor allem aber als Zwischenstationen für künftige Marsflüge und weitere Raumstationen auf dem Weg dorthin dienten, galt diesen Raumfahrtprojekten auch die höchste Priorität, was die Verteilung der Energie anbetraf.

In der Sporthalle glimmte nur eine Notbeleuchtung. Lediglich die Geräte, die man gerade benutzte, wurden mittels eines Bewegungsmelders automatisch beleuchtet.

Frank konnte sich natürlich nicht zurückhalten. Ohne auch nur einen weiteren Gedanken an irgendwelche Fluchtpläne zu verschwenden, hopste er auf ein Gerät zu, mit dem man den Bizeps trainieren konnte, und machte sich sofort an die Arbeit.

Kathrin schüttelte den Kopf. Sie konnte es einfach nicht glauben, wie sorglos Jungs manchmal waren. Manchmal – so war ihr Gefühl – brannte bei diesem Geschlecht einfach die Sicherung durch und sie waren zu nichts mehr zu gebrauchen.

Völlig hirnlos, totaler Black-out in der Birne. Leider hatte sie in der Gruppe kaum etwas zu melden. Die hingen alle zusammen wie Pech und Schwefel, besonders wenn es gegen sie ging. Jeder Einzelne hielt sich für eine besonders große Leuchte, zumindest wussten sie immer alles besser als sie oder glaubten es zumindest.

Ha, dabei tappten auch sie völlig im Dunkeln, wenn es um den Plan zur Flucht ging. Kathrin hockte sich missmutig neben ein Laufband, dachte aber gar nicht daran, es zu benutzen. Wenn sie überhaupt laufen würde, dann nach Hause, aber nicht auf so einem blöden Ding. Ärgerlich sah sie zu Frank hinüber, der schon wieder schnaufte wie eine alte Dampflok und wie ein Gesengter Gewichte stemmte, die auf der Erde wohl nicht mal ein Elefant bewegen könnte. Sie hätte Lust, das Licht auszuknipsen, damit dieser Muskelprotz auch mal an was anderes dachte als an Sport.

Kathrin stützte den Kopf in die Hände und zog eine Schnute.

Moment mal!, dämmerte es ihr schließlich. *Wie war das gerade?*

Licht ausknipsen?

Im Dunkeln tappen?

Black-out in der Birne?

Sicherung durchgebrannt?

»Das ist ja ein kompletter Fluchtplan!«, schrie Kathrin vor Begeisterung. Aufgeregt sprang sie auf.

»Was ist denn nun los?«, wunderte sich Kolja. »Schraube locker?«, fragte er Kathrin.

»Nee!«, antwortete sie vergnügt. »Sicherung lose!«

»Was?« Kolja verstand überhaupt nichts mehr. »Ich glaube eher, in deinem Kopf ist was durchgeknallt! Kleiner Kurzschluss, wie?«

»Genau!«, rief Kathrin. »Kurzschluss! Du sagst es!«

Kolja kratzte sich verständnislos am Kopf.

⇩

Kathrin rief alle anderen zusammen und ausnahmsweise hörte man auch mal auf sie. Tatsächlich stellten sich alle im Kreis um Kathrin herum und hörten sich an, was ihr gerade durch den Kopf gegangen war.

Der Plan war recht einfach: Es musste ihnen gelingen, einen Kurzschluss zu verursachen oder irgendetwas anderes, was einen kurzzeitigen Stromausfall bewirken würde. Die Kinder waren sich sicher, dass für solche Notfälle vorgesorgt war und Notstromaggregate ihren Betrieb aufnahmen, allein schon um die Sauerstoffzufuhr zu gewährleisten. Aber möglicherweise konnte man die kurze Hektik nutzen, um aus diesem Bunker zu verschwinden. Komplizierter war da schon die Frage »Wohin verschwinden?«.

Leider wusste darauf niemand eine Antwort.

»Gibt es wirklich keine Möglichkeit, zu dem Touristenzentrum zu kommen?«, fragte Miriam mit Blick auf Rosa.

Die zuckte nur mit den Schultern.

»Es ist zu weit!«, antwortete Ralle für sie. »Ich habe nie davon gehört, dass es jemand versucht hätte.«

Damit war für Rosa klar, dass diese Möglichkeit ausschied. Sie kannte keinen Zweiten, der so intensiv und verzweifelt über Fluchtmöglichkeiten nachgedacht hatte wie Ralle.

Miriam drehte, in Gedanken versunken, an dem alten Schnürsenkel, den sie von der Suche nach Thomas immer noch in der Hand hielt.

»Kann ich den wiederhaben?«, fragte Thomas sie.

Miriam wusste erst gar nicht, was er meinte, dann fiel es ihr auf und sie gab ihm kopfschüttelnd den Schnürsenkel zurück. *Woran der immer so dachte!*

Ben schmunzelte und reichte Thomas unaufgefordert die Feder zurück, die dieser als Spur hinterlassen hatte. Was sollte es, niemand würde Thomas jemals seine absurde Sammelleidenschaft abgewöhnen können. Sicher war er auch der Einzige im Universum, der selbst auf dem Mond eine Vogelfeder fand! Thomas wollte gerade nach der Feder greifen, als Ben sie zurückzog.

»He!«, beschwerte sich Thomas, der glaubte, Ben wollte ihn necken.

»Wo hast du die gefunden?«, fragte Ben plötzlich mit einer seltsamen Aufregung in der Stimme.

»Das weißt du doch!«, antwortete Thomas. »Du warst doch dabei!«

Ben erinnerte sich, aber er war sich nicht sicher, ob er dort draußen die Stelle wieder finden würde. Thomas aber vergaß so gut wie nie eine Fundstelle.

»Dort müssen wir hin!«, lautete Bens Entschluss, worauf ihn alle anderen verständnislos anstarrten.

»Ich weiß jetzt, woher die Feder stammt!«, rief Ben erregt. »Apollo 15!«

Miriam setzte ihren ungeduldigen Blick auf. *Komm auf den Punkt!,* mahnte sie somit lautlos.

Ben erzählte nun, dass ein Astronaut der Apollo 15, Dave Scott, vor dem Start eine Feder aus dem Talisman-Falken der Akademie gerupft hatte, um auf der Mondoberfläche das Experiment von Galileo Galilei nachzuprüfen, der behauptet hatte, im Vakuum würden alle Gegenstände gleich schnell zu Boden fallen. Dave Scott ließ also vor laufender Kamera die Feder und seinen Geologen-Hammer fallen. Beide erreichten gleichzeitig nach 1,3 Sekunden den Boden!

»Dass ich das vergessen konnte!«, rief Ben am Schluss seiner Erklärung aus.

»Dass du das behalten hast!«, wunderte sich Miriam.

»Und diese Feder habe ich gefunden?«, Thomas' Kopf begann vor Freude und Entdeckerlust zu glühen.

⇩

»Ja!«, lachte Ben. »Sein Kollege James Irwin war nämlich leider versehentlich auf die Feder getreten und sie verschwand unauffindbar im Mondstaub. Bisher hielt ich es für eine Legende. Aber du hast sie gefunden!«

»Toll!«, strahlte Thomas, streichelte ehrfurchtsvoll über die Feder und steckte sie behutsam in die Hosentasche.

Kolja kratzte sich mal wieder am Kopf. »Und was haben wir davon?«, fragte er in die Runde.

»Es ist nicht das Einzige, was die Apollo-Astronauten zurückgelassen haben«, sprudelte es aus Ben heraus. »Sondern auch ihre Moon-Buggys.«

»Die funktionieren noch?«, wunderte sich Frank, aber das wusste Ben natürlich auch nicht, er konnte es nur hoffen. Eine andere Möglichkeit besaßen sie ohnehin nicht.

Meine Herren. Ich darf Sie um etwas mehr Bewegung bitten!

Ein eigenartiger Roboter surrte an die Kinder heran.

»Können die nicht mal hübsche Roboter bauen?«, meckerte Miriam.

Ben widersprach ihr bei solchen Bemerkungen in der Regel, aber bei dieser Maschine hatten die Konstrukteure offenbar wirklich nur die Funktionalität im Kopf gehabt.

Es war ein Kran, aber dort, wo normalerweise bei einem Kran der Haken an einem Seil baumelte, wartete hier ein Dutzend Metallarme darauf, zupacken zu können. Es war offensichtlich, dass dieser Roboter dazu konstruiert worden war, an den verschiedenen Turn- und Sportgeräten Hilfestellung zu leisten, indem er im Zweifelsfalle von oben blitzartig zupackte.

Ein Blick genügte Frank und er wusste, was er zu tun hatte.

Ganz wie der Roboter gefordert hatte, hüpfte Frank zu einem Sportgerät, und zwar zu einem, das an Strom angeschlossen war, weil es während der Übung alles Mögliche aufzeichnete: Herzfrequenz, Pulsschlag, Joule-Verbrauch und noch viele andere Dinge.

Frank schwang sich auf das Laufband des Gerätes und machte sofort volles Tempo.

So ist es richtig!, kommentierte die Maschine.

Mit einem Male aber blieb Frank stehen. Das Laufband hielt langsam an, dadurch fuhr Frank noch ein wenig weiter, stolperte, drohte vorn gegen die Anzeige zu knallen. Mit einem halben Vorwärtssalto sprang Frank von dem Sportgerät herunter, wälzte sich auf dem Boden und schrie, so laut er konnte: »Au! Hilfe!«

Kathrin zuckte zusammen und schlug sich die Hände vors Gesicht.

Rosa erschrak zu Tode, Ralle wollte gerade zu Frank springen, um ihm irgendwie zu helfen.

Ben hielt ihn zurück.

Auch Jennifer, Miriam und Kolja wussten, dass Frank sich niemals so ungeschickt auf einem Sportgerät verhielt. Sie wussten, dass es gleich losgehen würde.

Der Kran fuhr seinen langen Arm aus, die Hände griffbereit. Er peilte Frank an, die Hände seilten sich von oben zu ihm herunter. Als sie nur noch wenige Zentimeter über ihm waren, drehte Frank sich blitzartig beiseite, schnappte sich die Steckdose des Verlängerungskabels, das neben ihm lag – wohl geplant war Frank genau dorthin gefallen –, und streckte sie der Maschine entgegen, die mit einer ihrer zwölf Hände genau in die Steckdose fasste.

Es zischte und brizzelte, aus dem Kran verpuffte eine kleine Rauchwolke und im Sportsaal flackerte kurz das Licht.

Mehr geschah nicht, außer dass der Kran sich nicht mehr regte.

»Mist!«, fluchte Frank. »Das hat nicht gereicht.«

»Dann gibt es eben Nachschlag!«, entschied Ralle, der wusste, wo sich der Hauptsicherungskasten der Sporthalle befand. »Fass mit an!«, rief er Kolja zu und beide schleiften sie die defekte Maschine zum Sicherungskasten, den Ralle mit einem schnellen Griff öffnete.

»Sei bloß vorsichtig!«, warnte Kolja. »Ich habe keine Lust, auf dem Mond an Stromschlag zu sterben!«

Ralle nickte ihm zu, zog sich seinen Gürtel aus der Hose, während er Kolja anwies, schon mal die Sicherungen herauszuschrauben.

Kolja entfernte die Sicherungen, worauf es im Saal stockdunkel wurde.

»Nicht das Licht!«, sagte Ralle und Kolja drehte eine Sicherung wieder herein. Es wurde wieder hell.

Ralle umwickelte den Zwölfhand-Arm mit dem Gürtel, schwenkte ihn zum Sicherungskasten, rief laut »JETZT! ACHTUNG!« und führte einige Finger in die freien Sicherungsöffnungen.

Es knallte und eine kurze blaue Stichflamme schoss aus dem Kasten heraus. Für einen Moment herrschte Finsternis im Sportraum, es roch verkokelt und vor Ralles Augen tanzten imaginäre bunte Kringel.

Durch den Raum dröhnte eine Alarmsirene.

Ralle rieb sich die Augen, drehte sich um, konnte aber noch immer nichts erkennen und rief den anderen zu: »Alles klar?«

»Bei uns ja!«, antwortete Kolja. »Nichts wie weg!«

»Aua!«, stöhnte Thomas. »Man kann gar nichts sehen! In welche Richtung müssen wir denn?«

»Ich gehe vor!«, bot Kathrin sich plötzlich an.

»Wieso du denn?«, wollte Kolja wissen.

»Du kannst ja hier bleiben und über diese Frage nachdenken, Blödaffe!«, blaffte Kathrin zurück.

»Kommt ihr endlich?«, fragte sie nach, wobei ihre Stimme weiter weg klang als zuvor. Sie war offenbar schon einige Meter gegangen.

Unsicher tasteten sich die anderen hinterher. Das hoffte Kathrin wenigstens.

Sie verließen gerade den Sportraum, als in den Wänden kleine, dumpfe Lampen zu glimmen anfingen.

»Die Notbeleuchtung!«, erkannte Ben. »Gott sei Dank! Dann gibt es auch Sauerstoff!«

In dem fahlen Licht erkannte er schattenhaft, dass Kolja, Rosa, Ralle und Thomas ihm im Gänsemarsch folgten, während sich vor ihnen Jennifer, Miriam, Frank und noch weiter vorne Kathrin vorantasteten.

Noch wurden sie von niemandem angesprochen. Ben sah, wie einige Wächter die Kinder in den Glaskästen beruhigten, Wartungsroboter mit Scheinwerfern auf ihren Köpfen durch die Gegend sausten, um den Schaden so schnell wie möglich zu beheben.

Der Plan schien tatsächlich zu funktionieren.

Möglicherweise wurde dieses Schreckensgefängnis auch gar nicht sonderlich bewacht, denn wohin hätten die Insassen schon fliehen sollen? Bestenfalls in die Mondstation, dort hätte man sie sofort wieder aufgesammelt, zurückgebracht und mit einer zusätzlichen Strafe belegt. Ein Fluchtversuch war also vielleicht durchaus möglich, aber keinesfalls sinnvoll; ausgenommen, man wusste einen Weg zur Touristenstation!

Während Ben sich mit den anderen davonschlich, dachte er schon gar nicht mehr daran, hier geschnappt zu werden, er dachte an den Moon-Buggy, hoffte innigst, dass er noch funktionieren würde, und betete, dass ihm etwas einfallen würde, wenn das Mondfahrzeug nicht mehr funktionierte.

»Da sind wir!«, freute sich Kathrin, als sie die Eingangshalle erreicht hatten.

»Ich hätte mich glatt verlaufen!«, gab Jennifer zu. »Vorhin dachte ich, wir müssten linksherum!«

Kathrin ließ die Andeutung eines Schmunzelns aufblitzen. »Man kann von den Tieren eben doch eine Menge lernen! Zum Beispiel die Orientierung auch im Dunkeln nicht zu verlieren!«

So ein Humbug!, dachte Ben, hütete sich aber davor, seine Gedanken auszusprechen. Außerdem gab es Wichtigeres zu tun. Sie mussten so schnell wie möglich zu den Raumanzügen in der Eingangshalle, teilte er den anderen mit.

»Himmel!«, rief Ralle. »Und wir? Wir beide haben doch unsere Anzüge gar nicht.« Er überlegte kurz: »Geht ihr vor«, sagte er. »Thomas und ich kommen nach.«

Es blieb ihnen in der Eile keine andere Wahl. Mit mulmigem Gefühl gingen sie weiter Richtung Eingangshalle.

»Sag mal, große Orientierungsmeisterin«, sprach Ben Kathrin dort an. So eine leicht spitze Bemerkung konnte er sich eben doch nicht verkneifen. »Lagen hier nicht vorhin unsere Raumanzüge oder täusche ich mich da?«

Kathrin zuckte mit den Schultern. Das hatte sie sich nun nicht gemerkt.

»Doch!«, bestätigte Rosa. »Ich hatte meinen hierhin gelegt, genau neben diese Klappe im Boden! Aber jetzt ist er weg!«

Ben sah sich hektisch um.

Der Saal war leer, nicht das kleinste Anzeichen eines Raumanzuges. Aber genau hier hatten sie die Dinger ausgezogen und liegen gelassen.

»Scheiße!«, fluchte Miriam. »Deshalb wurden wir nicht verfolgt: Diese Schraubenköpfe haben unsere Raumanzüge eingesammelt.«

»Glaube ich nicht!«, widersprach Kolja, worauf Miriam ihn herausfordernd ansah.

Kolja wusste, dass sie auf eine Erklärung wartete: »Ein Wächter hätte die Anzüge in den Knast hineingeholt. Aber unsere Anzüge sind in dem Gang unter der Fußbodenklappe verschwunden, vermute ich!«

»Wieso?«, wollte Ralle wissen.

»Als wir gingen, stand die Klappe offen«, erinnerte sich Kolja. »Jetzt ist sie zu. Irgendjemand ist durch den Gang gekommen und hat unsere Anzüge geklaut!«

»Irgendjemand?«, fragte Kathrin. »Wieso irgendjemand? Wer denn?«

Kolja sah sie ernst an.

Kathrin blickte von einem zum anderen, dann kapierte sie, an wen die anderen dachten. »Der Blonde?«

Kolja nickte.

»Woher willst du das wissen?«, fragte sie.

»Weil sie meinen Helm dagelassen haben«, entgegnete er.

»Gott sei Dank, es hat geklappt!«, platzte da Ralle in die betretene Runde. Mit Thomas stand er plötzlich in der Eingangshalle. Die beiden waren völlig außer Atem. Jeder hielt einen Helm in der Hand und schleifte einen dicken Raumanzug hinter sich her.

»Zum Glück ist mir eingefallen, dass bei Notstromversorgung nur das Nötigste mit Strom versorgt wird«, berichtete Ralle. »Und dazu gehört eben nicht die hydraulische Tür zur Kleiderkammer. Sie stand offen!«

Frank setzte schon zum Spurt an. »Wie viele hängen da noch?«, fragte er.

»Nur einer«, antwortete Thomas.

»So ein Mist!«, ärgerte sich Ben. »Ohne Raumanzüge sind wir völlig aufgeschmissen!«

⇩

Wettfahrt über den Mond

Ohne Raumanzüge konnten die Kinder noch nicht einmal zurück zur Mondstation, womit die ganze Aktion, Thomas und Ralle zu befreien, für die Katz war. Die Lage hatte sich verschlimmert: Jetzt waren zusätzlich zu Thomas und Ralle auch noch Kathrin, Miriam, Jennifer, Ben, Frank, Kolja und Rosa in dem Bunker gefangen.

Wenn sie nicht aufgeben wollten, bot sich nur eine Möglichkeit: Sie mussten den Weg gehen, über den offenbar auch ihre Raumanzüge verschwunden waren – durch den Tunnel unter der Bodenklappe.

Kolja öffnete entschlossen die Klappe und stieg eine Treppe hinab. Zögerlich folgten die anderen. Besonders Jennifer hatte genug von geheimnisvollen Tunneln. Nicht dass sie ängstlicher als die anderen gewesen wäre. Ganz im Gegenteil. Aber jedes Mal, wenn sie bislang mit ihren Freunden zusammen in so einen Tunnel getreten war, hatte damit ein aufregendes Abenteuer begonnen, auf das sie auch gut hätte verzichten können. Doch dieser Tunnel war nicht dunkel, eng und unheimlich, sondern ... *Na ja,* überlegte Jennifer, *wie sollte man ihn beschreiben?* Freundlich sah dieser Weg auch nicht gerade aus, eher wie ein Provisorium, aber doch irgendwie normal. Ein Arbeitstunnel vielleicht, nicht gerade für Publikumsverkehr bestimmt; woher hätte der auch kommen sollen. Sondern eher einfach und funktional, wie Kellergänge eben so sind. Nicht unbedingt einladend, aber auch nicht gruselig. Der Gang war beleuchtet. Jedenfalls gingen automatisch immer neue Lichter an, je weiter sie sich fortbewegten, während die,

die sie bereits passiert hatten, wieder erloschen. Es war ein Gang, der ohne Zweifel für eine normale, vielleicht sogar häufige Nutzung gebaut worden war; möglicherweise für das Wartungspersonal. Das war auch schon daran zu erkennen, dass es hier unten Luft zum Atmen gab, die durch ein leise rauschendes Lüftungssystem in den Gang gepumpt wurde. Aber wo führte der Tunnel hin? Vielleicht zur Schaltzentrale? Gewissermaßen der Heizungskeller des Bunkers?

»Da vorne ist eine Tür!«, flüsterte Kolja den anderen zu. Sie war nicht verschlossen, stellte er fest und öffnete sie einen kleinen Spalt. Er sah allerdings nur in die Finsternis. Erst als Kolja die Tür ganz öffnete und sich einen Schritt weit über die Schwelle wagte, schaltete sich wieder automatisch Licht ein, und er stand in einem schmucklosen weißen Raum mit schlichten Tischen und Stühlen in hässlichen knalligen Farben.

Alle hatten sofort die gleiche Assoziation: Hier sah es aus wie im Aufenthaltsraum eines Betriebes. Während eines Schulausflugs hatten sie schon mal einen gesehen. An einer Wand standen mehrere schmale Metallschränke, die – wie Thomas beizusteuern wusste – im Betrieb Spinde genannt wurden. Sie waren unverschlossen, worauf Thomas sofort den ersten der Schränke öffnete.

Was er dort drinnen sah, übertraf seine kühnsten Erwartungen: »Ein Raumanzug!«, schrie er freudig.

Ben stürzte auf ihn zu, öffnete den nächsten Schrank, den übernächsten und noch einen. Und tatsächlich: In jedem Spind hing sauber und ordentlich ein kompletter Raumanzug, darunter standen die Stiefel, darüber im Bord lag jeweils ein Helm; eine komplette Ausrüstung eben.

»Da haben wir ja noch mal verdammtes Glück gehabt!«, freute sich Frank. »Jetzt können wir doch hier raus!«

⇩

»Das glaube ich nicht!«, fiel ihm eine fremde Stimme ins Wort. Das hieß, so fremd war ihm die Stimme gar nicht, sie gehörte nur nicht einem seiner Freunde.

Frank riss den Kopf herum und blickte erstaunt auf den Blonden, der plötzlich hinter ihm stand. »Was machst du denn hier?«, fragte er verdattert.

Hinter dem Blonden folgten vier seiner Leute aus der Ausgangstür. Auch der gegenüberliegende Eingang wurde gerade von mehreren Gefolgsleuten des Blonden besetzt. Zwei von ihnen trugen sogar Waffen!

Frank erschrak.

Wegen der Waffen aber war selbst Kolja klar, dass eine gewalttätige Auseinandersetzung mit der Gegenpartei nicht infrage kam.

»Die Frage wollte ich gerade euch stellen!«, antwortete der Blonde ruhig. »Denn plötzlich galten wir in der Station als vermisst. Erst als wir kleine Aufkleber an unseren Raumanzügen entdeckten, wussten wir, wem wir diesen kleinen Scherz zu verdanken haben.«

»Und jetzt werden wohl *wir* gesucht?«, fragte Ben nach. Er bedauerte, dass sein so schön ausgeklügelter Plan letztendlich doch fehlgeschlagen war.

»Unsinn!«, entgegnete der Blonde erbost. »Ihr seid zwar Arschlöcher. Aber ich verpfeife niemand, nicht einmal Arschlöcher!«

Er besann sich und stellte dann grinsend fest: »Tja, dann haben wir die Wette wohl gewonnen! Wir werden nämlich jetzt verduften!«

»Und wir?«, wagte Thomas zu fragen.

Der Blonde lachte. »Ihr dürft uns einen kleinen Gefallen tun!«

Er warf Thomas einen Raumanzug vor die Füße.

»Ist das meiner?«, wollte Thomas wissen.

»Schlaues Kerlchen!«, wiederholte der Blonde. »Nur mit einem kleinen Unterschied.«

Er erklärte, dass sie Bens Idee abgeguckt und nun ihrerseits die Etiketten vertauscht hatten. Das bedeutete: Wenn Ben und seine Freunde mit diesen Raumanzügen wieder die Mondbasis betraten, dann waren der Blonde und sein Gefolge offiziell wieder gefunden, während sie in Wahrheit schon vom Mond flüchteten.

»Aber wie wollt ihr denn vom Mond entkommen?«, versuchte Ben dem Blonden das Geheimnis zu entlocken.

»Och, das lass man unsere Sorge sein«, entgegnete er siegesgewiss.

Ben begriff, dass der Blonde offenbar erheblich besser informiert war, als er vermutet hatte. Offenbar kannte er einen geheimen Ausweg von der Mondstation hierher in den Tunnel. So hatten er und seine Kumpels die Station offiziell gar nicht verlassen, galten draußen noch immer als vermisst, bis Ben und seine Freunde über den offiziellen Weg zurückkehrten.

Um dies zu gewährleisten, schloss der Blonde hinter sich die Tür ab. Er gab seinem Gefolge ein Zeichen. Sofort machten sie sich über die Raumanzüge in den Spinds her und zogen sie an.

Nicht schlecht!, erkannte Ben innerlich an. Vermutlich waren dies Anzüge des Wartungspersonals. Sollten sie also unterwegs einem Such- oder Kontroll-Roboter begegnen, so wurden sie als Personal identifiziert und laufen gelassen.

Ben musste anerkennen, dass der Blonde sie geschlagen hatte. Aber hieß das, dass er und seine Freunde ihre Flucht begraben konnten?

Während Ben dastand und zuschaute, wie der Blonde seelenruhig einen Raumanzug anzog, ließ Ben der Gedanke keine Ruhe, über welchen Weg der Blonde fliehen wollte.

Wusste auch er von dem alten Mondgefährt? Und wenn, wusste er auch, ob es funktionierte? Oder kannte er einen anderen Weg?

Der Blonde und sein Gefolge waren so weit. Sie verließen den Raum Richtung Bodenklappe.

Kaum waren sie draußen, fluchte Kolja laut: »So ein Mist! Jetzt können wir uns die Flucht abschminken!«

»Und das vermutlich für lange Zeit!«, fügte Ralle resigniert hinzu. »Denn irgendwann werden sie merken, dass der Blonde und seine Leute fehlen. Und die Sicherheitsvorkehrungen verschärfen.«

»Ich möchte zu gern wissen, wie er fliehen will!«, murmelte Ben.

»Frag ihn doch!«, sagte Miriam mit einem zynischen Unterton, der erkennen ließ, dass auch sie schon resigniert hatte.

»Hab ich ja«, antwortete Ben – und schnipste plötzlich mit den Fingern. »Warum sehen wir es uns nicht einfach an?« Erwartungsvoll blickte er in die Runde.

Ralle stieg als Erster auf seinen Vorschlag ein. »Eigentlich hat Ben Recht. Bevor wir hier versauern! Und in die Mondstation kommen wir noch früh genug zurück!«

»Eben!«, fand auch Ben und schnappte sich seinen Raumanzug.

Die anderen folgten ihm, weil sie ohnehin nichts Besseres gewusst hätten.

Als Thomas sich seinen Anzug überstreifen wollte, pikste ihn etwas in seiner Hosentasche. Er fühlte nach und stellte fest, dass es der Kiel seiner Feder gewesen war, der ihn ins Bein gestochen hatte. Gerade wollte er die Feder – andersherum – wieder in die Tasche stecken, als er einen Zettel in der

Tasche fühlte. Er zog ihn heraus, entknüllte ihn und sah auf eine Reihe merkwürdiger Zahlen und Notizen:

8:40 KC 30 W
10:00 1° N, 23° E KA(SE)!
18:18 150 W Sabine
20:00 CD

»Was ist?«, fragte Miriam zu Thomas gewandt, als sie ihren Anzug schon fast komplett angezogen hatte. »Kommst du wieder nicht in die Rüschen?«

Thomas hielt ihr den Zettel hin: »Der ist dem Blonden aus der Tasche gefallen, als ich ihn verfolgte.«

»Zeig mal!«, bat Ralle ihn sofort.

»Komisch, oder?«, fand Thomas. »So viele Zahlen. Was das wohl sein soll?«

»Und wer ist Sabine?«, fragte sich Miriam, die dazugekommen war. »Ich wusste gar nicht, dass der Blonde eine Freundin hat!«

»Hat er ja auch gar nicht!«, wusste Rosa. »Sabine ist nämlich kein Mädchen!«

»Sondern was?«, fragte Miriam verblüfft. »Ein Motorboot?«

Rosa lachte laut auf. Was Miriam immer für verrückte Ideen hatte. Ein Motorboot auf dem Mond!

»Na ja!«, entschuldigte Miriam sich schmunzelnd. »Auf der Erde werden sonst nur noch Boote oder Schiffe nach Frauen benannt!«

»Und Unwetter!«, wusste Thomas hinzuzufügen.

»Ist ja gut!«, bremste Jennifer ihn und wandte sich wieder an Rosa. »Was ist denn Sabine nun?«

»Ein Krater!«, war Rosa sich sicher. Sie erinnerte sich noch aus Röbleins Mondkunde-Unterricht.

⇩

»Und nach welchem Schnuckelchen ist der benannt?«, wollte Miriam natürlich sofort wissen.

Rosa grinste. »Nach dem Schnuckelchen Sir Edward Sabine, einem irischen Astronomen aus dem 19. Jahrhundert!«

»Wie langweilig«, kommentierte Miriam enttäuscht.

»Überhaupt nicht langweilig!«, rief Ben dazwischen und riss den Zettel an sich. »Das könnte nämlich der Schlüssel zur Lösung sein. Lasst uns noch mal genau gucken!«

Auf dem Zettel stand:

8:40 KC 30 W
10:00 1° N, 23° E KA (SE)!
18:18 150 W Sabine
20:00 CD

»Fangen wir hinten an«, schlug Ben vor. »Sabine ist ein Krater. Dann sollen die Zahlen vielleicht eine Ortsbestimmung sein. Aber das sind gar keine Ortskoordinaten, sondern die Zahlen darüber!«

»Langsam, langsam!«, verlangte Kolja, der Bens Tempo nicht folgen konnte.

Ben erklärte es ihm:

»1° N, das könnte l Grad Nord heißen. Und dann wäre 23° E 23 Grad Ost, im Englischen East, also E!«

»Und was soll dann 150 W?«, fragte sich Kathrin, aber dafür hatte jetzt Frank eine Antwort parat, der sich – ebenso wie Ben – daran erinnerte, wie Bens Opa den beiden Jungs einst auf der langweiligen Insel Langeneß mal Grundbegriffe der Navigation und Ortsbestimmung beigebracht hatte. »Vielleicht nur ins Verhältnis gesetzt zu den Daten darüber, weil ja nur der Ort darüber Koordinaten besitzt. Also vom oberen Ort aus, 150 Richtung West; vielleicht 150 Kilometer oder Meilen oder Schritte oder so etwas.«

»Genau!«, freute sich Ben. »Das könnte es tatsächlich sein.«

»Und die Zahlen davor?«, mischte sich Ralle ein. »10:00; 18:18; 20:00?«

Dafür hatte Rosa eine Idee: »Uhrzeiten!«

Allmählich fügten sich die Hieroglyphen zu einem übersichtlichen Bild zusammen. Der Zettel benannte drei Orte zu drei verschiedenen Uhrzeiten.

»Wieso drei? Es sind doch vier Uhrzeiten?«, wandte Kolja ein.

Doch Ben erklärte ihm, dass die vierte Uhrzeit weder einen Ort noch eine Richtung markierte, demnach schien die vierte Uhrzeit nur ein Ereignis am Ort Nummer drei anzuzeigen.

»Wir kommen der Sache näher«, war Miriam sich sicher und wurde schon wieder ganz aufgeregt. »Ich vermute, es handelt sich um eine Bewegung. Angefangen um 8 Uhr 40, 30 – sagen wir mal – Kilometer westlich vom eigentlichen Ort entfernt; um 10 Uhr Ankunft am bestimmten Ort, nämlich 1 Grad Nord, 23 Grad Ost, anschließend Weiterfahrt 150 Kilometer westlich zum Krater Sabine und dort passiert dann um 20 Uhr CD!«

»Nicht schlecht!«, gab Ben anerkennend zu. »Jetzt müssen wir nur noch entschlüsseln, welcher der so genannte eigentliche Ort ist und was um 20 Uhr passiert!«

Ben fiel ein, dass er ja wieder seinen eigenen Raumanzug trug und in dem steckte noch das kleine, nette Büchlein, das er in Röbleins Bibliothek entdeckt hatte: *Reisen zum Mond* hieß es, ein nicht ganz ernst gemeinter Reiseführer zum Mond aus dem Koval Verlag, in dem aber dennoch sehr viele richtige Informationen standen. Ein recht nützliches Buch. Ben blätterte darin herum und hatte schnell gefunden, was er gesucht hatte: »Hier! Sehr interessant! Neben dem Krater Sabine gibt es

⇩

auch noch einen Krater Sabine E. In neueren Karten allerdings ist dieser Krater nach dem ersten Menschen auf dem Mond benannt: Krater Armstrong!«

»KA!«, rief Miriam. »Die Ortsangabe auf dem Zettel heißt doch KA, in Klammern SE für Sabine E!«

»Genau!«, rief Ben. »Das ist es. Denn ein benachbarter Krater wurde nach dem Raumfahrer Collins benannt: KC.«

Jetzt war der Zettel entschlüsselt:

8:40 KC 30 W	hieß: 8 Uhr 40 Krater Collins 30 Grad West
10:00 1° N, 23° E KA (SE)!	hieß: 10 Uhr, 1 Grad Nord, 23 Grad Ost, Krater Armstrong (Sabine E)
18:18 150 W Sabine	hieß: 18 Uhr 18, 150 Grad West, Krater Sabine
20:00 CD	hieß: 20 Uhr CD.

Was CD hieß, blieb noch offen. Aber immerhin wussten sie jetzt, wo der Blonde offenbar um 10 Uhr sein wollte: am Krater Armstrong!

»Ich weiß, wo der ist!«, rief Ralle freudestrahlend.

Flucht vom Mond

Es war nur eine halbe Stunde Fußweg zum Krater Armstrong. Ralle wusste dies ebenso gut wie Rosa. Denn der Krater Armstrong gehörte zum Pflichtprogramm der Mondkunde. So sicher, wie auf der Erde jedes Schulkind mindestens einmal mit der Schulklasse die Sehenswürdigkeiten seiner Stadt ansehen musste, so wurden hier alle Insassen mindestens einmal zum Krater Armstrong geführt, einen weiträumig abgesperrten Bereich, in dem einst die erste Mondlandefähre aufgesetzt hatte und wo noch heute – mittlerweile unter einer durchsichtigen Kuppel gesichert – der Fußabdruck von Neil Armstrong zu sehen war. Der erste Fußabdruck eines Menschen auf dem Mond.

Ein abgesperrter Weg führte zu dem Abdruck, den einmal Horden von Touristen fotografieren würden.

Der Weg dorthin war mühselig. Eine halbe Stunde Fußweg klang nicht weit, nach Maßstäben gerechnet, die auf der Erde galten. Aber in den unbeweglichen und unbequemen Raumanzügen sich wie ein Känguru hopsend fortzubewegen machte selbst einem Sportler wie Frank zu schaffen.

Ben sah auf seine im Ärmel des Raumanzuges eingebaute Uhr. Hoffentlich würden sie es überhaupt noch rechtzeitig bis 10 Uhr schaffen. Und dann war ja noch immer unklar, was sie dort überhaupt erwarten würde. Er fühlte sich nicht wohl bei dem Gedanken, gerade einem Fluchtplan zu folgen, von dem sie selbst nicht das Geringste wussten. Der Blonde wollte fliehen. Möglicherweise war der Zettel, den Thomas bei dem Blonden gefunden hatte, von entscheidender Bedeutung.

Möglicherweise hatte der Blonde seinen Plan aber auch längst über den Haufen geworfen und sie folgten einer völlig falschen oder veralteten Spur.

Die Alternative bestand allerdings nur in der Rückkehr zur Mondstation, und das hieß in die Gefangenschaft. Zumindest der Sauerstoffvorrat im Raumanzug reichte noch für eine ganze Weile, wie er anhand der Anzeige im anderen Ärmel erkennen konnte, wenngleich solche Anstrengungen wie diese Hops-Tour, die sie gerade unternahmen, möglichst nicht zu häufig vorgenommen werden sollten. Der Sauerstoffverbrauch hatte sich im Vergleich zum normalen Gehen auf der Mondoberfläche fast verdoppelt.

Lange bevor die Kinder den Krater erreicht hatten, konnten sie zwischen einigen Hügeln hindurch bereits sehen, was sie dort erwartete.

»Ein Mondgefährt!«, rief Ben aus. Aber eines, wie er es noch nie gesehen hatte, auf keinem Bild, in keinem Buch, auch noch nie im Film. Es war riesengroß mit einem Kettenantrieb wie ein Panzer. Oben gab es einen großen Aufbau mit riesigen Fenstern. Was war das für ein Gefährt?

Um das Gefährt hopsten eine Menge Raumfahrer herum. Sie schienen aber nichts zu untersuchen, sondern es machte eher den Eindruck, als probierten sie etwas aus, jeder für sich und sehr unkoordiniert.

»Jede Wette, das sind Touristen!«, war Miriam sich sicher. Sie kannte diese Menschen nicht, sie wusste nichts vom Mond-Tourismus, aber Miriam hatte einen Blick dafür, wie sich Touristen benahmen. Und die hier – daran hatte sie nicht den geringsten Zweifel – benahmen sich wie Touristen.

»Wie kommst du darauf?«, fragte Jennifer.

Miriam zeigte auf eine der Gestalten, die um das Gefährt herumwuselte. »Guck mal, wie der sich bewegt!«, forderte sie Jennifer auf.

Jennifer konnte nichts Auffälliges an der Gestalt entdecken. Sie musste zwar zugeben, dass deren Bewegungen irgendwie eigenartig erschienen, aber sie hätte nicht sagen können, worin das Eigenartige genau bestand. Die Gestalt schien sich umzugucken, vermutete sie.

Miriam fasste in die rechte Beintasche ihres Raumanzuges, in der – wie bei allen anderen auch – ein kleines Fernglas lag, und reichte es Jennifer. »Wenn du mich fragst«, erläuterte sie, »der guckt sich nicht um, der filmt etwas!«

»Meinst du?«, fragte Jennifer. »Was denn?«

Doch da hatte sie es selbst schon gesehen. Miriam hatte Recht, etwa 20, 30 Meter von der Gestalt entfernt – wenn Jennifer über diese Entfernung den Abstand richtig schätzte – umarmten sich zwei Raumfahrer und blickten die erste Gestalt an; ganz so wie bei einem Familienfoto vor der Londoner Towerbrücke oder dem Pariser Eiffelturm oder . . .

. . . oder dem historischen Ort, an dem Neil Armstrong als erster Mensch im Sommer 1969 den Mond betrat.

»Du hast Recht!«, erkannte jetzt auch Jennifer. »Der hat rechts am Helm eine kleine Kamera, mit der er die beiden filmt, die sich da im Arm haben. Das sind astreine Touris!«

»Sag ich doch!«, bestätigte Miriam und nahm sich wieder ihr Fernglas.

»Der Blonde wusste, dass die jetzt hier sein würden, so dicht an unserer Station!«, grübelte Ralle. »Also will er über die Touristenstation fliehen!« Auch Ralle hatte sich inzwischen sein Fernglas herausgeholt.

»Da sind sie ja auch!«, rief er plötzlich aufgeregt. Er hatte den Blonden und seine Freunde mit dem Fernglas entdeckt.

Sie kauerten noch hinter einem Hügel, waren zwar von der

Position der Kinder aus zu sehen, nicht aber von den Touristen. Sie schienen auf eine günstige Gelegenheit zu warten, um in das Mondgefährt für die Touristen einsteigen zu können.

»Wie will der das machen?«, fragte sich Ben.

Kolja ahnte, was der Blonde vorhatte. »Die haben doch die Raumanzüge aus dem Tunnel an!«, erinnerte er sich. »Wenn das wirklich die Raumanzüge vom Wartungspersonal waren, dann will der quasi als Monteur in das Tourismusgefährt!«

»Geniale Idee!«, erkannte Ben an. »Schade, dass wir sie nicht hatten!«

»Angenommen, *wir* hätten die Idee gehabt!«, spann Jennifer den Gedanken weiter. »Wie wären wir dann vom Mond gekommen?«

Ben zuckte unter seinem großen Raumanzug unsichtbar mit den Schultern. »Vielleicht gibt es da eine Möglichkeit, sich unter die Touristen zu mischen, ohne dass es auffällt!«

»Ha!«, rief Kolja dazwischen. »Das glaubst du doch selbst nicht. Die sind doch auch durchgezählt. Da kommt nicht einer mehr mit. Nein, man müsste mit ihnen die Rolle tauschen.«

»Was soll das Gerede?«, fragte Kathrin. »Wir kommen ja nicht in das Tourismusgefährt, sondern der Blonde!«

Sie hatte die Hoffnung aufgegeben, in absehbarer Zeit vom Mond verschwinden zu können. Für einen Augenblick überlegte sie, ob sie vielleicht einfach zu den Touristen hingehen und ihnen von ihrem Schicksal erzählen sollte. Die Touristen würden bestimmt geschockt sein und ein Herz zeigen und sie retten. Vielleicht auch die anderen, zumindest aber sie, was gingen sie da die anderen an? Ob sie es wagen sollte? Vielleicht würden die Touristen ihr auch gar nicht glauben? Aber ein Versuch war es doch wert. Was hatte sie schon zu verlieren?

Kathrin war gerade dabei, sich ein Herz zu fassen und sich umzusehen, wie sie sich am besten von der Gruppe lösen könnte, als Jennifer Ben leise fragte, wo denn diese Mondfähre stand, mit der die ersten Astronauten damals geflogen seien?

Das wusste Ben nicht, außer dass die sich natürlich in der Nähe befinden mussten, da vor ihnen ja der Krater lag, an dem Apollo 11 gelandet war.

»Ich glaube, ich würde den alten Moon-Buggy wieder finden. Ich erinnere mich noch an unseren Ausflug.« Rosa wandte sich an ihren Bruder. »Ralle, weißt du nicht mehr, wo das Ding stand?«

»Nur ungefähr!«, antwortete Ralle.

Kathrin hatte sich schon gut zehn Meter von den anderen fortgeschlichen, als Jennifer rief: »Dann versuchen wir es!«

»Was denn?«, fragte Ben.

»Reißt euch die Etiketten von den Armen!«, befahl Jennifer, was leichter gesagt als getan war. Denn mit den dicken Handschuhen konnte man gar nichts richtig greifen. Zur Ausrüstung der Raumanzüge gehörten allerdings auch Messer und so hatten die Kinder nach einigen Mühen ihre Etiketten entfernt, während Jennifer den Freunden ihren Plan erläuterte.

Auch Kathrin hatte doch lieber auf ihren Alleingang verzichtet. Vielleicht war der Plan von Jennifer ja brauchbarer als ihr eigener.

Nachdem Jennifer fertig war, machten sie sich im schnellsten Tempo, das man in diesen lästigen Anzügen an den Mondtag legen konnte, auf die Suche nach dem Moon-Buggy.

Schneller als erwartet, hatten sie die Stelle tatsächlich gefunden. Allerdings war es auch viel einfacher gewesen als befürchtet, denn der Weg zu den Buggys war ausgeschildert!

Die Kinder blieben erschrocken stehen. Denn unmittelbar

vor dem Moon-Buggy hatte sich eine Menschengruppe versammelt, die brav Schlange stand, den Moon-Buggy betrachtete und ihn einer nach dem anderen fotografierte oder filmte.

»Mist, was machen wir denn jetzt?«, fragte Jennifer.

Kolja stutzte. »Was fragst du uns? Es war doch dein Plan!«

Jennifer biss sich hinter dem Visier ihres Helms auf die Lippen. Natürlich war das ihr Plan, aber mit so etwas konnte sie doch nicht rechnen. Sie hatte gehofft, sie könnten sich den Moon-Buggy schnappen, der vermutlich nicht mehr fuhr, aber genau darin hätte ja der Trick bestanden. Nach Jennifers Erfahrungen waren Touristen Leute, die in Spanien Schweinshaxe bestellten und sich in Tunesien beschwerten, wenn es kein deutsches Bier gab. Touristen badeten 50 Meter vom Meer entfernt in Swimmingpools, trampelten nur in Badehosen bekleidet durch altehrwürdige Kirchen und hielten die Animationsclowns-Truppe ihres Zweisternehotels für einheimische Folklore. Kurz: Touristen waren engstirnig, dumm, uninformiert oder besoffen. Und vor allem waren Touristen Leute, die es gewohnt waren, dass egal, wo auf der Welt sie Urlaub machten, sich sofort eine Schar von Karussellbetreibern, Fahrradvermietern und Schaustellern über die Kleinen hermachte, um über das Alibi der Kinderbetreuung den Eltern das Geld aus der Tasche zu ziehen. Warum sollte das auf dem Mond anders sein? Jedenfalls war Jennifer überzeugt davon gewesen, dass man den Touristen weismachen konnte, sie hätten als Jugendgruppe eine Ausfahrt in einem dieser Moon-Buggys unternommen, der aber nun seinen Geist aufgegeben hatte, sodass sie hilflos auf der Mondoberfläche herumirrten. Es musste doch mit dem Teufel zugehen, wenn die Touris sie nicht mit in ihren Bus aufnehmen würden.

Aber Jennifer hatte sich geirrt. Nicht nur Armstrongs Fußabdruck, sondern auch die Moon-Buggys selbst gehörten zum Tourismusprogramm. Sie konnten sich schlecht durch eine fotografierende Menge drängeln und dann behaupten, sie wären soeben noch mit dem Fotoobjekt lustig durch die Gegend gegondelt.

Jennifers Plan war im Eimer.

Die Kinder standen wie angewurzelt und wussten nicht, was sie nun tun sollten. Frank spürte, dass sich hinter ihm irgendetwas tat. Er hätte es nicht beschreiben können, es war dieses unbestimmte Gefühl, das er vom Sport kannte, wenn bei irgendeinem Spiel plötzlich hinter ihm ein Gegenspieler auftauchte. Frank drehte sich um und sah, wie hinter ihm der Blonde und sein Gefolge die Gelegenheit nutzen wollten, um an Bord des Touristenbusses zu gelangen. Tatsächlich achtete in diesem Moment keiner der Touristen auf ihren Bus. Zu sehr waren alle damit beschäftigt, einen Moon-Buggy oder den Fußabdruck von Armstrong oder die liebe Gattin vor der untergehenden Erde zu filmen oder zu fotografieren. Frank ließ den Kopf hängen. Der Blonde hatte gewonnen. Seine Crew befand sich schon fast an Bord; die Ersten waren die Leiter schon hinaufgestiegen zur Einstiegsschleuse und sie standen hier wie die Deppen inmitten der Touristen. Es würde nicht mehr lange dauern und die Touristen würden auch wieder einsteigen. Sie blieben dann übrig und mussten weiterhin ihre Zeit in Gefangenschaft auf der Mondstation verbringen.

Glückwunsch!, dachte Frank, obwohl er sich natürlich über den Sieg des Blonden ärgerte. Aber Frank war zu sehr Sportsmann, um nicht auch eine Niederlage einstecken zu können. Bei einem Wettkampf würde er jetzt noch sportlich fair das Trikot tauschen und mit gesenktem Kopf in die Kabine zurückschleichen. Aber hier war er ja nicht auf dem Sportplatz, sondern auf dem Mond.

⇩

Plötzlich hob Frank den Kopf, drehte sich langsam zurück zu der Touristengruppe, schaltete sein Funkgerät auf: *Alle können mithören,* hopste fröhlich auf den ersten Touristen zu und brüllte: »Da seid ihr ja!«

Ben merkte auf. Was war denn in Frank gefahren?

Der Tourist, der ganz hinten in der Schlange stand, drehte sich verwundert um.

Auch Frank stoppte. Vor ihm stand – ein Japaner!

»Sayonara!«, begrüßte er Frank, machte eine leichte Verbeugung nach vorn, was ihm sichtlich schwer fiel. Die dicken Raumanzüge waren für die japanische Begrüßungszeremonie denkbar ungeeignet.

»Hi!«, grüßte Frank zögerlich zurück. Als Jennifer ihnen ihren Plan erläutert hatte, waren alle wie selbstverständlich davon ausgegangen, dass es sich um deutsche Touristen handelte. Frank hätte nie damit gerechnet, hier Japaner zu treffen. Aber offenbar waren die Japaner noch verrückter als die Deutschen und so war es gar nicht so verwunderlich, dass sie es waren, die neben den Journalisten und Wissenschaftlern die erste wirkliche Touristengruppe stellten. Die Deutschen würden vermutlich erst kommen, wenn es auf dem Mond große Hotels, laute Kneipen und Mietautos geben würde.

Der Japaner bemerkte sofort, dass er es mit einem Europäer zu tun hatte und schaltete um ins Englische: »How are you, Mister?«

»Fine!«, antwortete Frank. »But you . . .« Frank hielt inne und sah sich Hilfe suchend zu Jennifer um. »Jennifer, sag ihm doch mal, dass er den falschen Raumanzug trägt!«

»Wie bitte?«, fragte Jennifer nach.

Frank wiederholte seine Anweisung in einem Tonfall, von dem Jennifer hoffentlich kapierte, wie er es meinte. »Du weißt doch, dass die Touristengruppe versehentlich die falschen Anzüge bekommen hat!«

»Die falschen was?«

Frank verzweifelte fast. Wenn Jennifer jetzt kapieren würde, was er vorhatte, gäbe es für sie vielleicht doch noch eine Chance, auf das Touristengefährt zu kommen.

»Die falschen Raumanzüge!«, wiederholte Frank mit übertriebener Betonung und forderte mit Nachdruck: »Sag es ihnen bitte!«

Jennifer zögerte noch immer.

Miriam hingegen war mal wieder schneller als ihre Freundin. »Aber sicher!«, sprang sie Jennifer bei.

Mehr aus Vertrauen als aus Einsicht übersetzte Jennifer dem Japaner ins Englische, dass er einen falschen Raumanzug trug, der daraufhin natürlich noch erstaunter war als Jennifer zuvor.

»Why?«, stammelte er hervor.

Tja, dachte Jennifer. *Das wüsste ich auch gern.*

So viel Englisch konnte Frank auch und fügte sogleich die verlangte Begründung an: »Weil sie nicht sicher genug sind.« Das musste doch genügen. Überall auf der Welt konnte man Touristen damit verunsichern, wenn man ihnen erzählte, irgendetwas sei nicht sicher genug.

Jennifer übersetzte auch dies und Franks Vermutung bestätigte sich. Der Japaner schreckte auf, rief sofort einige andere aus der Gruppe herbei und berichtete ihnen die schreckliche Neuigkeit.

In null Komma nichts brach unter den Touristen eine wilde, aufgebrachte Diskussion aus, die auch die Reisebetreuerin in der Gruppe nicht mehr in den Griff bekam. Sie drängelte sich durch die hektisch schnatternden Touristen hindurch und fragte Jennifer in scharfem Ton, was los sei, wer sie sei, wie es weitergehe und weshalb sie von allem nichts wusste.

Jennifer hob beschwichtigend die Hände.

Möglich, dass Frank eine gute Idee gehabt hatte. Aber das Ganze schien aus den Fugen zu geraten. Die Hektik nahm Formen an, die kaum noch kontrollierbar erschienen. Doch für solche Fälle gab es ja Miriam.

»Keine Aufregung, meine Damen und Herren!«, schrie sie selbstbewusst in ihrem besten Englisch in die Versammlung. »Es wird sich alles aufklären!«

Miriams Filmleidenschaft kam ihr in diesem Moment zugute. Hunderte Male schon hatte sie im Kino und im Fernsehen gesehen, wie aufgebrachte Menschenmengen von Ordnungshütern beruhigt wurden. Das war doch immer dasselbe.

»Dafür sind wir ja da!«, fuhr sie in autoritärem Tonfall fort. »Es handelt sich lediglich um . . .« Sie stockte, weil sie erst mal nachdenken musste, wie viele Personen sie überhaupt waren. In Gedanken ging sie die Namen durch: Jennifer, Ben, Frank, Thomas, Kolja, Rosa, Ralle und ach ja, Kathrin, also acht.

»Es handelt sich ja nur um acht defekte Raumanzüge!«

»Defekt?«, kreischte die Reisebetreuerin. »Defekt? Sind Sie wahnsinnig? Wissen Sie, was das bedeutet, ein defekter Raumanzug?«

Miriam biss sich auf die Lippen. Die blöde Zicke sollte bloß nicht jedes Wort auf die Goldwaage legen. »Ich meinte, nicht ganz sicher . . .«, korrigierte Miriam sich. »Also, acht Raumanzüge . . .« Wieder unterbrach Miriam sich. »Ich meinte natürlich neun . . .« Himmel, jetzt hätte sie sich selbst beinahe vergessen! ». . . also lediglich neun Raumanzüge müssen ausgetauscht werden!«

»Lediglich?«, schimpfte die Reisebegleiterin sofort los. »Wir sind eine Gruppe von fünfzehn Touristen, davon tragen neun einen defekten Raumanzug und Sie sprechen von lediglich?«

Miriam hasste die Frau vor sich. Das einzig Gute war, dass

die Reisebegleiterin sie als Abgesandte irgendeiner technischen Abteilung offenbar für voll nahm.

»Na ja«, antwortete Miriam entschuldigend. »Dafür sind wir ja jetzt da.«

Die anderen staunten Bauklötze, was Miriam da trieb und vor allem, wie sie es machte. Miriam ließ nun alle Touristen einzeln vor sich antanzen und Ben begriff, was sie damit bezweckte. Jeder Einzelne sollte begutachten, ob ihm die Größe passte und ob – wegen einer späteren Identifikation – das Geschlecht stimmte.

Miriam also sah sich gar nicht die Touristen an, sondern wartete auf ein kurzes Zeichen ihrer Freunde, wenn einer von ihnen den passenden Anzug gefunden hatte.

Als neun nichts ahnende japanische Touristen ausgesucht waren, gab Miriam ihnen die Anweisung, sich im Touristen-Gefährt zum Kleidertausch einzufinden. Miriam und die technische Crew, die aus ihren Freunden bestand, folgten ihnen, während der klägliche Rest der Touristenschar ihnen durch ihre Helme fassungslos hinterherglotzte. Manche filmten sogar dies.

Jetzt kam es drauf an. Draußen, im Schutze des Raumanzuges, war es leicht gewesen, sich mit dem entsprechenden Auftreten als technische Crew auszugeben, aber drinnen? Was würden die Touristen sagen, wenn sie beim Tauschen der Raumanzüge sahen, dass die technische Crew aus Kindern bestand?

Als die Gruppe durch die Schleuse den Innenraum des Touristengefährts betrat, wunderte sich Ben. Er hätte erwartet, hier drinnen den Blonden und sein Gefolge zu treffen. Doch von denen war nichts zu sehen. Offenbar hatten sie ein geeignetes Versteck gefunden, in dem sie bis zum Umsteigen in einen Shuttle ausharren wollten. Draußen waren sie sicher, weil sie in den Raumanzügen des Wartungspersonals herumliefen, aber hier drinnen hatten sie dasselbe Problem wie Ben und seine Freunde. Sie würden als Kinder identifiziert werden. Und als solche würde ihnen der Umstieg in einen Shuttle zum Flug auf die Erde nicht gelingen.

Gut, sie hatten es immerhin schon mal bis in dieses Touristengefährt geschafft. Jetzt musste ihnen für den Rest der Strecke auch noch etwas einfallen.

Ab nach Hause!

Miriam war so froh darüber, wie reibungslos ihr Plan funktionierte, dass ihr das Problem gar nicht bewusst war. Gerade wollte sie sich von ihrem Helm befreien, als Ben ihr auf die Schulter tippte und mit einem Kopfschütteln anzeigte den Helm aufzubehalten.

Miriam nahm die Hände vom Helm, wusste aber noch nicht so recht, worin das Problem bestand. Auch die anderen zögerten, ohne so richtig zu wissen, weshalb. Es war ausnahmsweise mal Thomas, der neben Ben als Erster das Problem erkannt hatte und am schnellsten schaltete.

»Sie wollen doch gleich wieder hinaus!«, sagte Thomas und merkte, dass ihn niemand verstand. Jennifer musste wieder den Part der Übersetzerin übernehmen.

Die Japaner nickten nun eifrig. Natürlich wollten sie gleich wieder hinaus. Ihr Urlaub war schließlich teuer genug gewesen, die Zeit ohnehin knapp bemessen, da war es mehr als lästig, sich zwischendurch noch umziehen zu müssen, weil der Veranstalter defekte Raumauszüge ausgegeben hatte. Japaner gehörten nicht zu der Sorte Touristen, die sich lauthals beschwerten. Aber im Nachhinein durfte der Reiseveranstalter sich auf eine höflich formulierte, doch in der Sache knallharte Beschwerde gefasst machen.

»Dann ist es doch das einfachste und schnellste Verfahren, Sie behalten alles an und wechseln nur die Jacken!«, schlug Thomas vor und Jennifer begriff Thomas' brillante Idee!

Nur auf den Jacken waren die Personal-Identifikations-Nummern befestigt. Würden sie die Jacken tauschen, wären sie damit automatisch plötzlich Touristen und die Touristen zunächst namenlose Gestalten, weil an den Raumanzügen der Kinder ja die Etiketten fehlten. Möglich, dass sie irgendwann von Suchrobotern aufgegriffen und in die Mondstation gebracht werden würden. Jedenfalls brauchten sie jetzt nach Thomas' Methode die Helme nicht zu wechseln und sich damit als Kinder zu erkennen geben.

Die Touristen waren froh, dass sich die umständliche Prozedur des Anzugwechsels nun deutlich verkürzte und sich die Unannehmlichkeiten in Grenzen hielten. Trotzdem dauerte alles in allem eine gute halbe Stunde.

Kathrin nutzte die Zeit, um einen der Touristen beiläufig zu fragen, wie lange denn ihr Ausflug insgesamt dauern würde, und erhielt eine mehr als aufschlussreiche Antwort:

Sie sollten um kurz nach 18 Uhr im Krater Sabine ankommen, weil ihr Start Richtung Erde für 20 Uhr angesetzt war!

Diese Information schlug bei den Kindern ein wie ein Blitz! Abflug zur Erde um 20 Uhr!

Das war das, was auf dem Zettel des Blonden für 20 Uhr notiert war! CD stand für Count-down! Es war der Abflug zum Heimatplaneten!

Sie waren nur noch einen kleinen Schritt von ihrer erfolgreichen Flucht entfernt!

Endlich waren die Touristen so weit, um wieder auszusteigen. Das allerdings zu einem Zeitpunkt, als die gesamte Touristengruppe eigentlich schon wieder zurückkommen sollte, um zum nächsten Ort zu fahren.

Eine entsprechende Durchsage kündigte die Weiterfahrt an, während die Touristen noch in der Schleuse für den Ausgang saßen.

»Scheiße!«, fluchte Kolja. »Und was jetzt?«

»Wir müssen dieses Ding hier in Bewegung setzen!«, lautete Franks Vorschlag.

Nur wie man das machte, das wusste niemand.

»Wir können doch auch nicht einfach die Touristen dort draußen stehen lassen. Die melden sich doch in der Zentrale und dann sind wir sofort geliefert!«, wandte Ralle ein.

»Es sei denn, man sagt ihnen, dass sie gleich abgeholt werden!«, kam ein Vorschlag von hinten.

Ralle drehte sich um und sah auf den Blonden.

»Ihr habt es nun mal bis hierher geschafft, jetzt müssen wir euch wohl oder übel ein Stück mitnehmen!«, lautete sein Vorschlag zum kurzzeitigen Waffenstillstand.

Niemand von Bens Freunden ging darauf ein. Kolja fragte nur: »Und wie sagt man den Touris, dass sie abgeholt werden?«

»Wir haben die Schaltzentrale dieses Touri-Shuttles gefunden. Man kann über Funk allen Bescheid geben«, berichtete der Blonde. »Das Problem ist nur, dass wir die anderen zentralen Durchsagen nicht abschalten können. Mit anderen Worten: Wir sagen den Touristen, dass sie gleich abgeholt werden, während die zentrale Durchsage ihnen mitteilt, dass sie an Bord kommen sollen.«

»Na super!«, schnaufte Miriam, die sich jetzt endlich ihren blöden Helm vom Kopf nahm.

»Außerdem wissen wir nicht, wie wir dieses Ding hier in Gang bekommen!«, warf Ben noch als zusätzliches Problem ein.

»Das Ding fährt von allein!«, erklärte der Blonde. »Es ist nicht nur ein Mond-Auto, sondern gewissermaßen selbst ein intelligenter Roboter. Wenn alle an Bord sind, fährt er los!«

Der Blonde erläuterte weiter, dass genau darin sein Plan bestanden hatte: Er konnte als Monteur mit seiner Crew an

Bord. Danach wären die Touristen gefolgt und das Gefährt hätte sich selbstständig auf den Weg gemacht. Dann aber kamen Ben und seine Freunde mit ihrem Jackenwechsel dazwischen. Damit gelangten auch neun Unbefugte an Bord. Die waren zwar inzwischen wieder von Bord gegangen – nämlich die Japaner in den Jacken der Kinder –, aber nun gab es die verzwackte Lage, dass offiziell schon neun Touristen an Bord waren (nämlich die Kinder in den Jacken der Japaner), aber der Rest der Touristen noch fehlte. Darauf wartete das Gefährt jetzt und rief sie deshalb aus.

»Und da dachte ich mir«, fuhr der Blonde fort, »da ihr uns die Suppe eingebrockt habt, löffelt ihr sie auch wieder aus!«

Daher also wehte der Wind. Das Friedensangebot des Blonden war reiner Selbstzweck gewesen. Wenn Ben und seinen Freunden nichts Gescheites einfiel, war auch der Blonde aufgeschmissen. Sie mussten nun – ob sie wollten oder nicht – gemeinsame Sache machen.

»Ich habe auch keine Idee, wie wir nun die sieben Touristen an Bord kriegen, ohne dass der Rest der Gruppe auch mitkommen will«, stöhnte da Thomas auf.

»Es musste doch so ähnlich sein wie in der Mondstation«, grübelte Ben. »Es kommt nicht darauf an, ob alle Touristen an Bord sind, sondern darauf, ob die Maschine hier es glaubt!«

»Richtig!«, gab der Blonde zu. »Und wie willst du es ihr weismachen?«

»Jackentausch! Wir spielen dasselbe Spiel noch einmal«, antwortete Ben.

Frank wunderte sich sehr über seinen Freund. Was sollte das für ein Chaos geben. Erst erzählt man denen, die Jacken seien kaputt, dann wieder nicht, dann wird getauscht, dann wieder zurück. So etwas war doch albern!

Ben klopfte seinem Freund auf die breiten Schultern. »Du hast mich falsch verstanden, Frank! Nicht wir tauschen mit den Touristen die Jacken, sondern sie!« Ben zeigte auf den Blonden und seine Crew, von denen komischerweise nie einer ein Wort sprach. Immer handelte der Blonde alles aus.

»Wir?«, wiederholte der Blonde angewidert. »Wieso wir? Ihr habt doch den Schlamassel angerichtet und . . .«

»Nur so bekommen wir die fehlenden Touristenjacken an Bord!«

Und dann geschah das Wunder. Einer aus der Crew des Blonden trat einen Schritt vor, ohne dass der Blonde ihn dazu aufgefordert hatte, sah seinen Chef ernst an und sagte – unaufgefordert: »Jetzt lass doch endlich mal gut sein! Sie haben doch Recht. Wir können jetzt entweder gemeinsam fliehen oder gemeinsam die Flucht versauen. Ich bin für gemeinsames Fliehen!«

Ohne seinen Boss eines weiteren Blickes zu würdigen und auch ohne die anderen anzusehen, ging er, um seine Raumfahrerjacke zu holen, überreichte sie Ben und fügte an: »Beeilt euch, wir haben nicht mehr viel Zeit. Ruft die restlichen Touristen zum Jackentausch hoch!«

Der Blonde wollte etwas erwidern, seine Autorität zurückerobern, sein Gesicht wahren, doch da holte schon der Zweite seine Jacke und reichte sie Ben.

Jennifer ging zu dem ersten Meuterer, ließ sich von ihm den Schaltraum zeigen, um von dort in englischer Sprache die Touristen zu rufen.

Kolja ging langsam auf den Blonden zu. Er wusste, was sein Widersacher fühlte. Er kannte die Probleme eines Bandenchefs und dass es nichts Schlimmeres gab, als in der Öffentlichkeit und vor der eigenen Clique sein Gesicht zu verlieren. Kolja klopfte ihm auf die Schulter.

⇩

Der Blonde sah ihn mit versteinertem Gesicht an.

»Wenn du uns jetzt die Flucht versaust, wirst du sicher nie mehr Boss von irgendeiner Gruppe sein!«, flüsterte Kolja dem Blonden ins Ohr. »Ansonsten bleibt dieser Vorfall natürlich unter uns!«

Der Blonde blickte Kolja tief in die Augen.

Kolja reichte ihm die Hand senkrecht emporgestreckt zum Einschlagen.

Der Blonde zögerte, kniff die Lippen zusammen, nickte mit dem Kopf und schlug ein.

Der Plan funktionierte. Zwar empörte sich die Reiseleiterin noch mehr als zuvor, vor allem, da sie diesmal selbst zum Jackenwechsel aufgerufen wurde, damit die Kinder auch genügend Anzüge zusammenbekamen. Aber die restlichen Touristen stiegen brav durch die Schleuse in das Tourismusgefährt, tauschten die Jacken und gingen zurück auf die Mondoberfläche, weil ihnen die Kinder versprochen hatten, dass sie ihren Ausflug um eine halbe Stunde verlängern durften und anschließend von einem kleineren, schnelleren Gefährt abgeholt würden. Dies sei eine entschuldigende Geste des Veranstalters.

Aus Sicherheitsgründen hatten sich alle Kinder bis auf Ben und Jennifer in die Schaltzentrale verkrümelt. Ben und Jennifer hatten ihre Helme wieder aufgesetzt, um sich nicht als Kinder zu erkennen zu geben.

Jetzt war es geschafft.

Alle Touristen standen draußen auf der Mondoberfläche und alle Kinder waren drinnen.

Die Maschine war zufrieden, weil alle Raumanzüge der Touristen die Schleuse passiert hatten und damit offiziell alle an Bord waren. Er setzte sich in Bewegung und die Wartungs-Crew (nämlich die Japaner in den Jacken des Blonden und seiner Bande) war wieder gegangen. Für den Roboter-Mondbus war damit alles in Ordnung.

»Kleider machen Leute!«, lachte Miriam laut durch den Raum. »Das scheint auf dem Mond auch nicht anders zu sein als auf der Erde!«

Genau so war es.

Als die Kinder den Krater Sabine erreichten, wartete der Mond-Shuttle schon abflugbereit und nahm die Kinder in den Touristenjacken zuvorkommend auf. Niemand fragte oder überprüfte, ob es sich um die echten Touristen handelte. Wichtig war, dass die Etiketten stimmten.

»Seht ihr?«, freute sich Miriam. »Deshalb achtet meine Mutter vor unseren Mallorca-Reisen auch immer peinlich darauf, dass wir alle Reisepapiere zusammenhaben. Ohne Identifikations-Nummer gibt es dich gar nicht!«

Genau das war das Problem der wahren Touristengruppe. Die wurde nämlich schon bald nach Abfahrt der Kinder von Suchrobotern aufgegriffen und in die Mondstation gebracht. Der heftige Protest der Reiseleiterin nützte nur wenig.

Als sich der ganze Fall allmählich aufzuklären begann, waren die Kinder schon weit im Weltraum auf dem Weg zur Erde, wo sie schon bald von verdutzten japanischen Familien in Empfang genommen werden würden.

Die Kinder hatten ihnen eine Menge zu erzählen und die japanischen Touristen – bis zu ihrer Befreiung durch die Touristenbehörden auf der Erde – eine Menge zu filmen – im illegalen Mondjugendgefängnis!

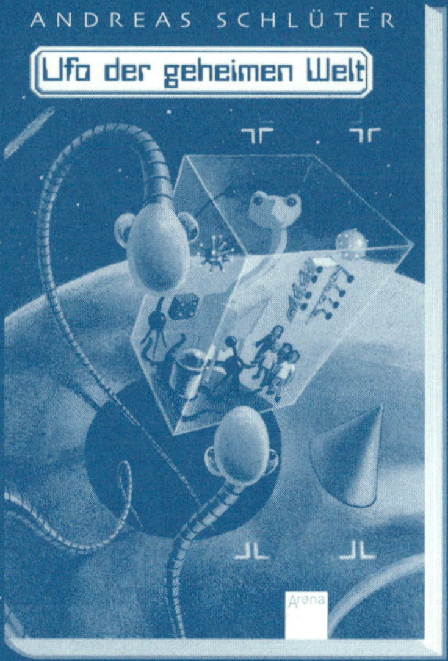

ISBN 3-401-0**5684**-0

ISBN 3-401-0**5686**-7

ISBN 3-40

ISBN 3-401-0**5737**-5

ISBN 3-401-0**5740**-5

ISBN 3-401